abc LA COLLECTION

Réussite
Le BREVET efficace

Histoire-Géo 3e
Enseignement moral et civique

Grégoire Pralon
Laure Genet
Florian Louis

Nathan

Réalisation éditoriale Roseline Messager

Édition Nicolas Waszak, Julie Langlais, Susana Pizarro, Maria Tasso

Schémas Corédoc

Cartographie Afdec, Corédoc

Conception graphique intérieur Julie Lannes

Couverture Élise Launay

Compositeur Linéale, PCA

ISBN : 978-2-09-157105-8

Mode d'emploi

Un ouvrage synthétique pour réviser et progresser avec méthode !

Cours

Cours | L'essentiel | Méthode | Exercices | Corrigés

- Le cours est structuré en doubles pages, pour faciliter les révisions. La page de gauche présente un **cours précis et concis**.
- La page de droite présente les **documents** associés, ainsi que le vocabulaire.

L'essentiel

Cours | L'essentiel | Méthode | Exercices | Corrigés

- **L'essentiel** du cours à connaître, présenté par double-pages.
- Des **schémas synthétiques** et complémentaires pour mieux mémoriser.
- Un **Testez-vous !** en fin de cours pour vérifier rapidement ses connaissances.

Méthode

Cours | L'essentiel | Méthode | Exercices | Corrigés

- Cette rubrique présente de manière simple la **résolution de questions classiques** qu'il est indispensable de maîtriser en Histoire-Géographie-EMC.
- Ces **fiches-méthode** s'appuient sur des documents variés et présentent la démarche à suivre de manière très détaillée.

Exercices

Cours | L'essentiel | Méthode | Exercices | Corrigés

- Des questions de **vérifications des connaissances** vous permettent de voir si le cours est bien acquis.
- Des exercices **Vers le brevet** permettent de vous entraîner sérieusement à tous les types de sujets de la nouvelle épreuve du brevet.

Corrigés

Cours | L'essentiel | Méthode | Exos et sujets | Corrigés

- **Des corrigés précis et commentés**, pour progresser plus vite.
- De nombreux **conseils** proposés en marge sous forme de bulles d'aide.

ANNEXES

- Des **sujets de brevet**, avec leurs corrigés très détaillés et des conseils de méthode, pour s'entraîner dans les conditions de l'examen.
- Des frises historiques et des cartes géographiques

RESSOURCES VIDÉOS

L'appli Nathan live, c'est un environnement **sécurisé** pour accéder gratuitement **sans inscription**, sans publicité et d'un **simple scan** aux **contenus numériques** de ton ouvrage.

L'appli garde en mémoire les ressources déjà scannées, te permettant ainsi de les consulter n'importe où et n'importe quand, même sans ton ouvrage.

1 Télécharge l'appli gratuitement

DISPONIBLE SUR Google Play — Disponible sur App Store

2 Lance l'appli et scanne les pages de ton manuel pour faire apparaître les ressources (audio, vidéo, liens...)

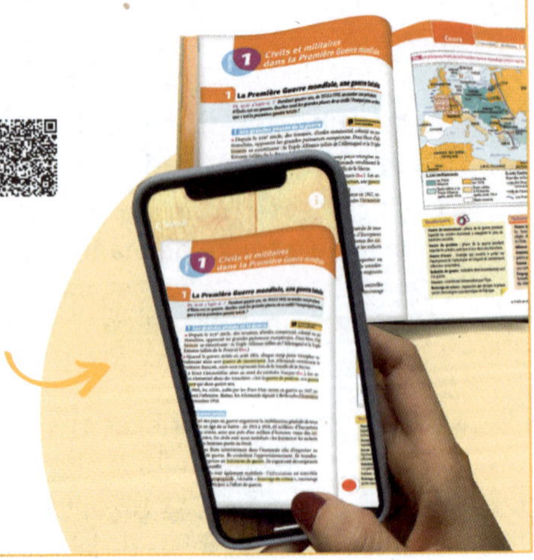

+ D'INFOS ET TUTOS

sur nathan.fr/nathan-live
ou en scannant cette page
avec Nathan live

Sommaire

PARTIE 2 • Géographie

CHAPITRE 9 Les aires urbaines, la nouvelle géographie d'une France mondialisée

CHAPITRE 10 Les espaces productifs et leurs évolutions

CHAPITRE 11 Les espaces de faible densité et leurs atouts

CHAPITRE 12 Pourquoi et comment aménager le territoire ?

CHAPITRE 13 La France et l'Union européenne

PARTIE 3 • Enseignement moral et civique

CHAPITRE 14 La République et la citoyenneté

CHAPITRE 15 La Ve République, une démocratie

CHAPITRE 16 Construire une culture civique

DESCRIPTION DE L'ÉPREUVE

1 L'épreuve du brevet

- **L'épreuve d'Histoire, Géographie et EMC** comporte trois exercices pour une durée de **2 heures**.

2 Les différents types d'exercices

Exercice 1 : Analyser et comprendre des documents (20 points)

- Ce premier exercice se compose **d'un ou de plusieurs documents** en relation avec les programmes d'Histoire ou de Géographie ; il vise à évaluer les capacités de l'élève à **comprendre un document** en utilisant les méthodes et connaissances fondamentales vues tout au long de l'année au sein des programmes des différentes matières.
- **Les questions** qui accompagnent les documents ont pour objectif de guider l'élève pour évaluer ses capacités à **dégager le sens des documents**, à **prélever les informations** adéquates pour **comprendre l'intérêt** mais aussi les limites des documents.

Exercice 2 : Maîtriser différents langages pour raisonner et utiliser des repères historiques ou géographiques (20 points)

- Un **développement**, construit sur un thème donné dans les consignes et de longueur correspondant aux attentes des correcteurs, est attendu de la part du candidat. Il devra **mettre en œuvre toutes ses connaissances et bien les sélectionner** pour répondre le plus précisément possible au sujet donné.
- **Un second exercice faisant appel à un autre langage** peut éventuellement être prévu. Il s'agit de remplir une frise, un croquis ou un schéma en respectant les consignes données.

Exercice 3 : Mobiliser des compétences relevant de l'Enseignement moral et civique (10 points)

- Une **situation pratique** sera proposée au candidat ainsi qu'un **ensemble de questions en relation avec la situation**.
- L'élève devra comprendre le cas décrit et **mettre à profit toutes ses connaissances** pour répondre correctement.

Se préparer à l'épreuve

1 Pendant l'année

- Apprenez régulièrement les **repères** d'Histoire et de Géographie vus pendant l'année.
- Entraînez-vous à **localiser des lieux sur des fonds de carte** et à associer des événements à des dates précises.
- Identifiez pour chaque chapitre les **notions clés**, les **personnages essentiels**, les **grandes idées** du cours ainsi que les **dates** incontournables.
- Établissez des **fiches de cours** pour chacun des chapitres.
- En Géographie, pensez à bien **revoir les croquis** vus pendant les cours et à les refaire. Il faut bien **comprendre comment se construit une légende**.
- Entraînez-vous à lire plusieurs sortes de documents (graphiques, affiches, textes, etc.) et demandez-vous quel est le sens général de chacun d'eux.
- Réalisez régulièrement les **sujets d'entraînement au brevet**, puis aidez-vous de la correction pour vous imprégner de la méthode et du déroulement de l'épreuve.

2 Comment traiter les différents types d'exercices ?

Les questions

- Prenez le temps de **bien lire les questions** et **soyez précis dans vos réponses**. Par exemple, si on vous demande de citer « trois mesures », veillez à bien en citer trois.
- **Utilisez le plus possible les mots-clés** appris en cours. N'hésitez pas à expliquer les notions demandées, ou à présenter un personnage si on vous le demande. Montrez que vous avez des connaissances précises.

Les exercices sur les documents

- **Observez et lisez attentivement les documents.** N'oubliez pas les légendes des cartes. Analysez les chiffres, notez les détails d'une photographie ou d'un dessin en lien avec le sujet.
- **Soyez vigilants** aux **dates**, aux **lieux de production** et aux **auteurs des documents**, à **l'espace en Géographie**, cela peut vous donner des informations précieuses pour bien répondre aux questions.
- Certaines questions vous demandent de **prélever des informations dans les documents**, d'autres de vous servir de vos **connaissances** pour répondre à la question, d'autres encore **d'analyser les informations** données par les documents. **Soyez attentif aux intitulés des questions et des consignes.**

La rédaction de la synthèse

- Pour la synthèse, qui demande un **développement construit** un peu plus long (20 lignes, comme c'est indiqué dans le sujet), **pensez à structurer votre propos**. Vos idées doivent s'organiser par thèmes.
- **Pensez à utiliser** un **vocabulaire précis** appris en cours.

L'exercice faisant appel à la maîtrise de différents langages

- Cet exercice peut être un **croquis**, un **schéma** ou une **frise chronologique**.
- **Mémorisez** les différentes sortes de **figurés** (linéaires, ponctuels) et pensez à varier les couleurs et leur intensité, selon le phénomène à représenter.
- **Lisez bien la consigne :** si on vous demande de tracer, il ne faut pas colorier ; si on vous demande de localiser, il faut le faire avec précision sur la frise chronologique.

3 Le jour de l'épreuve

Matériel et gestion du temps

- **Munissez-vous** toujours d'une **règle** et de **crayons de couleur**.
- **Vous disposez de 2 heures :** l'exercice 1 et l'exercice 2 doivent prendre **environ 45 minutes chacun**, et l'exercice 3 **environ 25 minutes**. Il restera 5 minutes pour vous relire et éviter au maximum les fautes d'orthographe.
- **Soyez attentif** au **barème des questions** : développez davantage celles qui peuvent vous rapporter le plus de points.
- **Ayez confiance** en vous, le travail de toute une année portera ses fruits.

PARTIE 1 Histoire

CHAPITRE

1 Civils et militaires dans la Première Guerre mondiale

1 La Première Guerre mondiale, une guerre totale

De quoi s'agit-il ? **Pendant quatre ans, de 1914 à 1918, un nombre sans précédent d'États est en guerre. Quelles sont les grandes phases de ce conflit ? Pourquoi peut-on dire que c'est la première guerre totale ?**

1 Les grandes phases de la guerre

Comprendre la Première Guerre mondiale

• Depuis le XIXe siècle, des tensions, d'ordre commercial, colonial ou nationaliste, opposent les grandes puissances européennes. Deux blocs d'alliances se constituent : la Triple Alliance (alliés de l'Allemagne) et la Triple Entente (alliés de la France) (**Doc.**).

• Quand la guerre éclate en août 1914, chaque camp pense triompher rapidement dans une guerre de mouvement. Les Allemands envahissent le territoire français, mais sont repoussés lors de la bataille de la Marne.

• Le front s'immobilise alors au nord du territoire français (**Doc.**). Les armées s'enterrent dans des tranchées : c'est la guerre de position, une guerre d'usure qui dure quatre ans.

• En 1918, les Alliés, aidés par les États-Unis entrés en guerre en 1917, reprennent l'offensive. Battus, les Allemands signent à Rethondes l'Armistice le 11 novembre 1918.

2 Une guerre totale

• La plupart des pays en guerre organisent la mobilisation générale de tous les hommes en âge de se battre : de 1914 à 1918, 65 millions d'Européens prennent les armes, ainsi que près d'un million d'hommes venus des colonies. À l'arrière, les civils sont aussi mobilisés : les femmes et les enfants remplacent les hommes partis au front.

• De même, les États interviennent dans l'économie afin d'organiser au mieux l'effort de guerre. Ils contrôlent l'approvisionnement. Ils transforment leurs entreprises en industries de guerre. Ils organisent des emprunts pour financer le conflit.

• Enfin, les esprits sont également mobilisés : l'information est contrôlée par la censure. La propagande , véritable « bourrage de crânes », encourage la population à participer à l'effort de guerre.

Doc. **Les principaux fronts de la Première Guerre mondiale (1914-1917)**

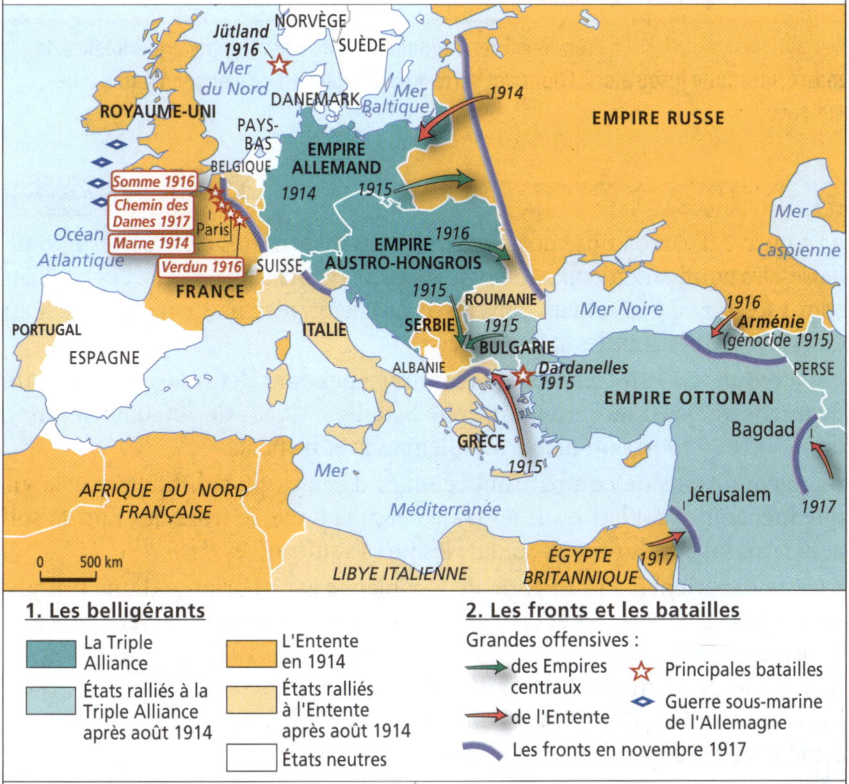

Vocabulaire

Guerre de mouvement : phase de la guerre pendant laquelle les armées cherchent à conquérir le plus de territoires possible.

Guerre de position : phase de la guerre pendant laquelle les armées sont face à face dans des tranchées.

Guerre d'usure : stratégie qui consiste à parier sur l'épuisement de l'adversaire en lançant de nombreuses offensives meurtrières.

Industrie de guerre : industrie dont la production sert à la guerre.

Censure : contrôle de l'information par l'État.

Bourrage de crânes : expression qui désigne la propagande mensongère caractéristique de l'époque.

Notions-clés

Guerre totale : guerre dans laquelle toutes les forces humaines, économiques, techniques et scientifiques sont mobilisées par les États, (grâce à la propagande, etc.).

Alliance : accord militaire entre des États.

Armistice : accord conclu entre des pays en guerre pour suspendre les combats.

Colonie : territoire dominé et exploité par une métropole.

Propagande : ensemble des méthodes d'informations utilisées pour faire accepter des idées ou une idéologie.

2 La violence de masse

De quoi s'agit-il ? La Première Guerre mondiale voit se développer une violence de masse inconnue jusqu'alors. Comment cette guerre totale a-t-elle engendré une telle violence ?

1 L'expérience combattante

La vie dans les tranchées

- La guerre d'usure utilise de nouvelles armes meurtrières : les gaz, les mitrailleuses, les bombardements aériens, les obus, les chars d'assaut, etc. Les combats sont incessants. Les soldats doivent risquer leurs vies plusieurs fois par jour dans des assauts inutiles et meurtriers.
- À Verdun, en 1916, les combats font rage pendant dix mois pour un gain de territoire quasi nul. Au total, cette bataille fait plus de 700 000 victimes, dont 300 000 morts ou disparus, allemands et français.
- Les conditions de combat sont rendues d'autant plus difficiles par la vie que mènent les soldats dans les tranchées : la boue, le froid, les rats, la soif et la faim font endurer aux soldats les pires souffrances.
- Cette expérience quotidienne de la violence est à l'origine d'une brutalisation des soldats et des sociétés toutes entières, poussés toujours plus loin dans l'atrocité de la guerre (**Doc.**). Ainsi, à partir de 1915, la population arménienne de l'Empire ottoman, considérée comme susceptible de trahir l'Empire, est déportée et massacrée en masse. Le génocide arménien représente environ un million de morts.

2 Un bilan catastrophique

- Avec plus de 10 millions de morts, la Première Guerre mondiale est le conflit le plus meurtrier jamais connu à cette époque : 9 millions de soldats tués, un génocide touchant une population civile, sans compter les victimes des invasions, des famines, etc.
- La guerre laisse des millions d'invalides (gazés, mutilés, « gueules cassées », etc.), de veuves et d'orphelins. Le traumatisme est immense. Des villes, des villages, des régions entières sont en ruines particulièrement dans le nord et l'est de la France.
- Face à ce bilan catastrophique, des mouvements pacifistes se développent en Europe. Cette guerre doit être la « Der des ders ».

Doc. Extrait de *J'ai tué* de Blaise Cendrars

Me voici les nerfs tendus, les muscles bandés, prêt à bondir dans la réalité.

J'ai bravé la torpille, le canon, les mines, le feu, les gaz, les mitrailleuses, toute la machinerie anonyme, démoniaque, systématique, aveugle. Je vais braver l'homme. Mon semblable. Un singe. Oeil pour oeil, dent pour dent. À nous deux maintenant. À coups de poing, à coups de couteaux. Sans merci. Je saute sur mon antagoniste. Je lui porte un coup terrible. La tête est presque décollée. J'ai tué le Boche. J'étais plus vif et plus rapide que lui. Plus direct.

J'ai frappé le premier. J'ai agi. J'ai tué ? Comme celui qui veut vivre.

Blaise Cendrars, *J'ai tué*, À la Belle Édition, 1918.

Blaise Cendrars, écrivain et journaliste, s'engage comme volontaire dans la légion étrangère. Blessé, il est amputé d'un bras en 1915.

Cendrars dénonce la violence aveugle de l'armement moderne qui s'abat sur les soldats.

Tout le texte montre la brutalisation des soldats et comment la violence de masse les transforme en animaux sauvages.

Vocabulaire

Obus : bombe lancée par un canon.

Assaut : attaque rapide du camp ennemi.

Bataille de Verdun (février-décembre 1916) : longue offensive allemande, caractéristique de la guerre d'usure, qui fait plus de 300 000 morts et se solde par un échec.

Déportation : voir p. 33.

« Gueules cassées » : expression désignant les soldats défigurés par la guerre.

Notions-clés

Violence de masse : terme qui désigne l'ensemble des violences faites à l'encontre des soldats et des civils pendant la guerre, notamment grâce à l'apparition d'un armement moderne et meurtrier.

Brutalisation : violence extrême subie par les soldats et les civils, qui engendre chez eux d'autres comportements brutaux.

Génocide : destruction systématique d'un peuple pour le faire disparaître.

Traumatisme : choc moral vécu par un individu ou une population entière et qui laisse des traces durables.

Pacifisme : mouvement qui agit en faveur de la paix.

3 Les conséquences de la guerre

De quoi s'agit-il ? **Après quatre ans de conflit, l'Europe est bouleversée. Quelles sont les conséquences territoriales et politiques de la « Grande guerre » ?**

1 Une paix insatisfaisante

Comprendre l'armistice

- À la suite de l'armistice signée en 1918, une conférence de paix est organisée à Paris, en 1919, afin de réorganiser l'Europe. Les traités qui en découlent, comme le traité de Versailles, déclarent l'Allemagne et ses alliés responsables de la guerre, leur imposent de sévères conditions, notamment financières, et créent la SDN (**Doc.**).
- Avec ces traités, les frontières de l'Europe sont entièrement redessinées : les grands empires disparaissent et laissent la place à une multitude d'États. Ces nouveaux États sont sources de tensions, car ils réunissent des populations de nationalités différentes, comme en Yougoslavie, ou en divisent d'autres. Ainsi, le corridor de Dantzig, qui assure à la Pologne un accès à la mer, coupe en deux le territoire allemand.
- Enfin, même si les pays vainqueurs semblent retrouver leur rang au niveau mondial, l'Europe sort bel et bien affaiblie de la guerre. Les États-Unis apparaissent comme la nouvelle grande puissance.

2 La vague révolutionnaire en Europe

- En Russie, en février 1917, les terribles conditions de vie des soldats et des civils ont poussé la population à se révolter.
- Le gouvernement provisoire décide pourtant de continuer la guerre. Lénine, chef du parti bolchevik, organise alors une nouvelle révolution en octobre 1917, qui donne le pouvoir aux soviets. Il signe la paix avec l'Allemagne, jette les bases d'un régime communiste en Russie et se débarrasse définitivement de l'ancienne Russie en exécutant le tsar et sa famille.
- À la fin de la guerre, de nombreux pays européens connaissent des épisodes révolutionnaires d'inspiration bolchevique, mais ce sont tous des échecs, comme la révolution spartakiste en Allemagne menée par Rosa Luxembourg et Karl Liebknecht. En Italie, ces insurrections se heurtent à la répression menée par les fascistes de Mussolini qui prend le pouvoir en 1922.

Doc. **Une paix imposée à l'Allemagne**

Art. 42-43. Il est interdit à l'Allemagne de maintenir ou construire des fortifications sur la rive gauche du Rhin et sur la rive droite sur 50 kilomètres.

Art. 51. Les territoires cédés à l'Allemagne par le traité de Francfort du 10 mai 1871 sont réintégrés dans la souveraineté française […].

Art. 119. L'Allemagne renonce à ses possessions outre-mer.

Art. 160. L'armée allemande ne pourra dépasser 100 000 hommes.

Art. 171. La fabrication de tanks est interdite.

Art. 173. Tout service militaire est aboli.

Art. 198. Les forces militaires allemandes ne devront comprendre aucune aviation.

Art. 231. L'Allemagne reconnaît qu'elle et ses alliés sont responsables de toutes les pertes et de tous les dommages subis par les gouvernements alliés.

Art. 232. Les gouvernements alliés exigent et l'Allemagne prend l'engagement que soient réparés tous les dommages causés à la population civile des alliés et à leurs biens.

Extraits du traité de Versailles, 28 juin 1919.

Le traité de Versailles désarme presque totalement l'Allemagne. Les vainqueurs pensent ainsi éviter une reprise de la guerre.

L'Allemagne est dépossédée de nombreux territoires dont l'Alsace-Lorraine rendue à la France et ses colonies. Elle perd aussi des territoires au profit de la Pologne et de la Tchécoslovaquie, notamment le corridor de Dantzig.

L'Allemagne et ses alliés sont déclarés responsables de la guerre et doivent payer de lourdes réparations.

Vocabulaire

SDN : Société des Nations, créée en 1919 pour maintenir la paix future en veillant à l'application des traités de paix.

Bolchevik : partisan de Lénine, puis synonyme de communiste.

Soviet : conseil d'ouvriers, de soldats et de paysans au moment de la révolution russe en 1917.

Tsar : empereur de Russie jusqu'à la révolution de 1917.

Spartakiste : communiste allemand qui organise une révolution en 1918, mais qui échoue.

Notions-clés

Nationalité : appartenance à une nation, c'est-à-dire un peuple partageant la même culture, la même langue et les mêmes valeurs.

Révolution : changement politique, social et économique, qui se fait dans la violence.

Communisme : voir p. 31.

Fascisme : mouvement politique autoritaire, nationaliste et anticommuniste, mené par Mussolini en Italie.

RÉVISION EXPRESS

LES DATES IMPORTANTES

La Première Guerre mondiale

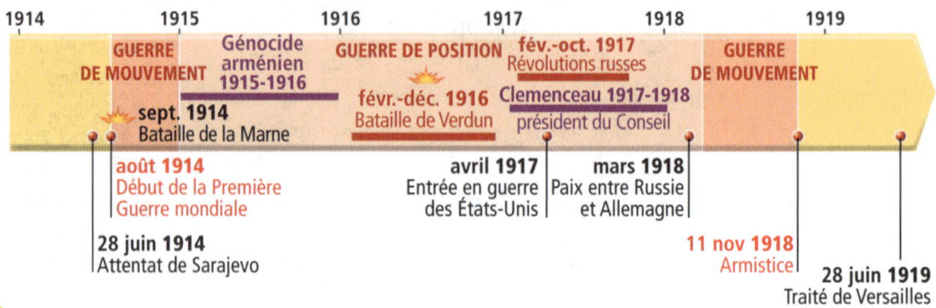

LES MOTS IMPORTANTS

- front
- alliance
- colonie
- guerre de mouvement
- guerre de position
- guerre d'usure
- tranchée
- armistice
- nationalité
- mobilisation générale
- obus
- arrière
- industrie de guerre
- censure
- bourrage de crânes
- guerre totale
- violence de masse
- brutalisation
- génocide
- propagande
- « Gueules cassées »
- SDN
- soviet
- bolchevik
- spartakistes
- communisme
- fascisme

LES PERSONNAGES IMPORTANTS

Georges Clemenceau
1841-1929

Homme politique français, défenseur de la République. Deux fois président du Conseil, il est surnommé le « Tigre » en raison de sa lutte acharnée contre les criminels, puis, pendant la guerre, contre les Allemands. En 1918, il devient le « Père la victoire ».

Philippe Pétain
1856-1951

Général commandant l'armée française à Verdun. En 1940, il engage la France dans une politique de collaboration avec l'Allemagne. (Voir p. 64)

Vladimir Lénine
1870-1924

Chef des Bolcheviks au moment de la révolution de 1917.
Il devient le chef de l'État et fonde l'URSS en 1922.

LES POINTS IMPORTANTS À RETENIR

**Pourquoi la Première Guerre mondiale est-elle une guerre d'un genre nouveau ?
Pourquoi a-t-elle des conséquences si importantes ?**

Guerre totale : mobilisation des sociétés

- mobilisation générale des hommes en âge de se battre
- mobilisation de la population civile dans les champs et les industries de guerre
- mobilisation des esprits : propagande et « bourrage de crânes », censure
- mobilisation économique : industries de guerre, emprunts nationaux, mobilisation des scientifiques, etc.

Violence et brutalisation des sociétés

- violence extrême des combats : guerre de tranchées, armement moderne. 9 millions de soldats tués
- conditions de vie déplorables dans les tranchées
- répercussion de cette violence dans la société civile (deuil, propagande qui déshumanise l'ennemi, difficile réinsertion des invalides, etc.)
- ces violences engendrent d'autres violences : génocide arménien, insurrections révolutionnaires

Conséquences territoriales et politiques

- l'Allemagne et ses alliés déclarés responsables de la guerre par le traité de Versailles et lourdement sanctionnés
- les frontières de l'Europe sont entièrement redessinées
- la guerre est un des déclencheurs de la révolution bolchevique en Russie, en octobre 1917
- la révolution russe entraîne une vague révolutionnaire en Europe au lendemain de la guerre

Quiz

1. La guerre de positions a duré moins longtemps que la guerre de mouvement.
☐ vrai ☐ faux

2. Les États-Unis entrent en guerre en :
☐ 1915 ☐ 1916 ☐ 1917

3. Le « bourrage de crânes » est une propagande mensongère.
☐ vrai ☐ faux

4. L'armistice est signé le :
☐ 11 novembre 1918
☐ 8 mai 1918 ☐ 28 juin 1919

→ Réponses p. 27

Analyser un tableau

La lumière d'un tableau permet de savoir ce que le peintre veut mettre en avant. Ici la lumière éclaire très fortement les trois personnages et souligne leurs déformations.

Otto Dix, *Les Joueurs de Skat*, 1920,
huile sur toile, 110 × 87 cm, Neue Nationalgalerie, Berlin

Prenez le temps d'observer la scène représentée et d'essayer de la comprendre de vous-même, sans chercher à répondre à la consigne. Il y a beaucoup de détails à observer sur ce tableau.

D'une manière générale, il faut situer la scène représentée dans un tableau. Ici on doit remarquer la déformation de l'espace qui fait écho à la déformation des corps des personnages.

Avant de lire la consigne, prenez le temps d'identifier le document en relevant rapidement les informations fournies.

QUESTIONS

1. Présentez le document.

2. Décrivez les personnages représentés et le décor qui les entoure.

3. Expliquez comment le peintre dénonce les conséquences de la guerre sur les anciens combattants.

MÉTHODE

1. Présenter un tableau

- Il vous faut relever le **nom du peintre**, le **titre de l'œuvre**, la **date de sa création**, ses **dimensions**, la **technique utilisée** et le **type de support** (ici, une peinture à l'huile sur une toile).
- Le lieu d'exposition de l'œuvre, indiqué ici, est moins indispensable.

2. Décrire les personnages

- Demandez-vous **qui ils sont**, **ce qu'ils font** et **comment ils sont représentés**. Il vous faut également vous demander comment le peintre place ces personnages dans le tableau, ce qu'il met dans la lumière et ce qu'il laisse dans l'ombre.
- Il faut donc s'interroger sur la « **mise en scène** », c'est-à-dire la composition du tableau faite par le peintre.
- Vous pouvez essayer de repérer les **lignes directrices du tableau**, sa **perspective**, etc. Ici, il faut remarquer que l'espace est déformé.

3. Expliquer un tableau

- Il faut se demander **pourquoi le peintre a représenté cette scène** et éventuellement si son tableau porte un **message critique** sur la société dans laquelle il vit.
- Pour *Les Joueurs de Skat*, il existe un décalage entre le titre de l'œuvre qui semble nous présenter une scène conviviale de la vie quotidienne et son sens réel.
- Demandez-vous pourquoi Otto Dix a peint ce tableau et faites le lien entre vos observations et vos connaissances personnelles tirées du cours.

CORRIGÉ DES QUESTIONS

> **Gagnez des points !**
> Mobilisez vos connaissances d'Histoire des arts pour mieux présenter le tableau et son auteur. Si vous connaissez le courant artistique auquel il se rattache, n'hésitez pas à l'insérer dans votre réponse.

1. Ce tableau intitulé *Les Joueurs de Skat* est **une peinture d'Otto Dix datant de 1920**. C'est une **huile sur toile**, dont les dimensions sont de **1 m 10 sur 87 cm** ; c'est donc une peinture relativement petite. Otto Dix est lui-même un ancien combattant allemand de la Première Guerre mondiale. On l'a rattaché au mouvement expressionniste allemand qui cherchait à provoquer l'émotion du spectateur en déformant la réalité.

> **Piège à éviter**
> **La partie « décrire » ne doit pas être trop longue :** ne faites pas une liste sans fin de chaque détail du tableau, mais relevez les éléments les plus importants et que vous pourrez ensuite expliquer.

2. Les personnages présents ici ont tous les **corps mutilés et déformés**. Ce sont **d'anciens combattants, des « gueules cassées »** qui jouent aux cartes (au Skat). Par exemple, le personnage de gauche n'a plus d'œil ; un conduit auditif posé sur la table lui sert d'oreille ; il a une main mécanique et tient ses cartes avec son pied. Les autres **personnages sont tout aussi déformés**, celui de droite est juste posé sur sa chaise, dépourvu de jambes. La **déformation des corps est accentuée par la déformation de l'espace** : les chaises s'entremêlent à la table et aux jambes artificielles ; **des journaux rappelant des événements de la guerre** semblent être affichés au-dessus des têtes. **La lumière d'une ampoule électrique éclaire fortement la scène et souligne encore davantage la déformation des corps.**

> **Gagnez des points !**
> Pensez à utiliser un **vocabulaire précis** appris en cours : « mutilés », « gueules cassées », « traumatisme », « brutalisation », etc.

3. À travers cette scène, Otto Dix dénonce la **violence des combats et le traumatisme subi par les anciens combattants**. Les mutilations sont là pour rappeler l'horreur des combats et **la brutalisation dues à l'armement moderne**. Ces « gueules cassées » sont exclues de la société : ils ne peuvent plus que jouer aux cartes. **Otto Dix dénonce donc la guerre, mais aussi ses conséquences dans la société d'après-guerre**. Le traumatisme est physique, mais aussi psychologique et ne s'effacera jamais.

Vérification des connaissances

1 Expliquez quelles sont les trois phases de la Première Guerre mondiale.

2 Pourquoi la Première Guerre est-elle une guerre d'un genre nouveau ?

3 Quelles sont les conséquences politiques de la Grande guerre ?

Vers le brevet

QUESTIONS

1 Quand commence et quand se termine la Première Guerre mondiale (années) ?

2 Quelle est la date de la bataille de Verdun ?

3 En quelle année a eu lieu la révolution russe ?

4 Donnez un exemple d'une violence de masse exercée à l'encontre de civils pendant la Première Guerre mondiale.

5 Décrivez les conditions de vie des soldats dans les tranchées à Verdun.

6 Quel est le bilan humain de la guerre ?

ÉTUDE DE DOCUMENT

Doc. **L'Europe au début des années 1920** (voir page suivante)

1 Présentez le document.

2 Que sont devenus les quatre empires qui existaient en 1914 ?

3 Combien d'États naissent à l'issue des traités de paix. Citez-en deux.

4 Montrez à l'aide d'un exemple sur la carte que les nouvelles frontières créent des conflits.

5 Décrivez ce qui arrive au territoire de l'Allemagne à l'issue des traités de paix.

Doc. L'Europe au début des années 1920

Quiz

1 Faux : la guerre de position dure de fin 1914 à début 1918.

2 1917.

3 Vrai.

4 11 novembre 1918.

Vérification des connaissances

1 La guerre débute par une guerre de mouvement imposée par l'Allemagne à la France. Les Allemands lancent une offensive, stoppée par les Français lors de la bataille de la Marne. La guerre s'enlise alors dans une guerre de position qui dure quatre ans : le front est immobilisé et les soldats s'enterrent dans des tranchées. La guerre de mouvement ne reprend qu'en 1918, lorsque les Français et les Anglais, aidés par l'entrée en guerre des États-Unis l'année précédente, réussissent enfin à enfoncer les lignes allemandes.

2 La Première Guerre mondiale est une guerre d'un genre nouveau. Pour la première fois, on assiste à une guerre totale qui mobilise l'ensemble des sociétés et des économies. De plus, la violence des combats est sans précédent. C'est pourquoi on parle de « violence de masse » qui entraîne une brutalisation des sociétés.

3 La Grande guerre a de nombreuses conséquences politiques. Les différents traités de paix, dont le traité de Versailles, réorganisent totalement les frontières européennes : les grands empires disparaissent et de nombreux États apparaissent en Europe centrale, sans toujours tenir compte de la volonté des peuples.
Surtout, la Première Guerre mondiale entraîne un réel affaiblissement des puissances européennes au profit des États-Unis et du Japon.
Enfin, des insurrections révolutionnaires naissent partout en Europe à la fin de la guerre, dans le sillage de la révolution russe d'octobre 1917 qui amène les communistes au pouvoir pour la première fois.

Vers le brevet

QUESTIONS

1 La Première Guerre mondiale a débuté en 1914 et s'est terminée en 1918.

2 La bataille de Verdun a eu lieu en 1916.

3 La révolution russe a éclaté en 1917.

4 La principale violence de masse exercée contre des civils est le génocide arménien : en 1915, les soldats de l'Empire ottoman, qui est allié à l'Allemagne, déportent et exécutent massivement la population arménienne de l'Empire. Ce génocide aboutit à la mort d'environ un million de civils.

5 À Verdun, pendant 10 mois, les soldats souffrent d'abord de l'omniprésence de la mort : à tout moment, ils peuvent être tués lors d'un assaut, d'une attaque au gaz ou d'un bombardement ennemi. À cela s'ajoute l'inconfort des tranchées : le froid, le faim, la promiscuité, la présence de nombreux parasites comme les poux ou les rats, etc.

6 Le bilan de la guerre est terrible sur le plan humain : le conflit fait plus de 10 millions de morts et des millions de blessés. Il laisse des millions de veuves et d'orphelins. Le traumatisme de la guerre est donc énorme. De plus, des régions entières sont rasées et doivent se reconstruire.

ÉTUDE DE DOCUMENT

1 Ce document est une carte de l'Europe au début des années 1920, c'est-à-dire de l'Europe à l'issue des traités de paix conduits par les pays vainqueurs de la guerre, comme le traité de Versailles.

> **Piège à éviter**
> C'est la légende qui vous donne les principales informations utiles pour répondre à l'ensemble des questions. Il faut donc lire attentivement la légende lorsque l'on étudie une carte.

2 Des quatre empires qui existaient en 1914, il n'en existe plus aucun : l'Empire russe a disparu après la révolution de 1917 ; les empires allemand, austro-hongrois et ottoman, tous trois dans le camp des vaincus, ont été démantelés par les vainqueurs.

3 Sept États naissent à l'issue des traités. On peut notamment citer la Pologne créée à partir de territoires appartenant auparavant à l'Empire allemand, à l'Empire austro-hongrois et à l'Empire russe. La Yougoslavie, elle, est issue de territoires de l'Empire austro-hongrois, de la Serbie et du Monténégro.

> **Piège à éviter**
> Attention de ne pas confondre le tracé des frontières des anciens Empires avec les frontières des nouveaux États (qui apparaissent en blanc).

4 Ces nouvelles frontières provoquent parfois des conflits. Par exemple, la Russie et la Pologne se font la guerre en 1920.

5 Le territoire de l'Allemagne est fortement réduit à l'issue des traités de paix. Par exemple, elle perd l'Alsace-Lorraine, qui est rendue à la France.

> **Gagnez des points !**
> Afin que votre réponse soit complète, donnez un exemple de territoire perdu par l'Allemagne.

Mais surtout son territoire est coupé en deux par le corridor de Dantzig, afin de permettre à la Pologne d'avoir un accès à la mer.

CHAPITRE 2

Démocraties fragilisées et expériences totalitaires dans l'Europe de l'entre-deux-guerres

1 L'URSS, une dictature communiste

De quoi s'agit-il ? En 1922, à la suite des révolutions de 1917, la Russie devient l'URSS : le premier État communiste. Comment Staline, à la suite de Lénine, met-il en place les fondements de ce nouveau régime ?

1 L'arrivée au pouvoir de Staline

- Après la révolution d'octobre 1917 en Russie, Lénine a mené une violente guerre civile contre ses adversaires politiques et a jeté les bases d'un régime communiste en URSS, notamment en s'appuyant sur les soviets, conseils d'ouvriers et de paysans.
- À sa mort en 1924, une lutte de pouvoir oppose les différents dirigeants communistes. Joseph Staline, le secrétaire général du Parti communiste, réussit à se présenter comme l'unique héritier de Lénine, à écarter ses concurrents et à s'imposer comme le seul dirigeant du pays.

2 Une économie étatisée

Le régime totalitaire de Staline

- Pour rattraper le retard pris par son pays sur les pays industriels et capitalistes de l'ouest de l'Europe et sur les États-Unis, Staline entreprend l'industrialisation de l'URSS. Pour cela, il planifie une économie étatisée : les objectifs économiques sont dès lors programmés par l'État dans des plans quinquennaux. La priorité est donnée à l'industrie et de grands travaux sont organisés pour construire usines, barrages et voies ferrées. Alekseï Stakhanov, un mineur censé avoir établi un record dans l'extraction du charbon, est mis en avant par le régime pour montrer le sacrifice que chaque ouvrier doit faire pour la patrie soviétique.
- Dans les campagnes, Staline met en place la collectivisation totale des terres agricoles : les moyens de production (usines, machines et terres agricoles, etc.) sont mis en commun afin de rendre la société égalitaire et de moderniser l'agriculture. Les paysans doivent ainsi renoncer à leur propriété privée et sont regroupés dans de grandes exploitations agricoles collectives : les kolkhozes (**Doc.**).
- Les pénuries liées à la collectivisation provoquent des famines qui font des millions de victimes, notamment en Ukraine. Cette collectivisation se fait dans la violence : des millions de koulaks et d'opposants sont déportés.

Doc. Staline à la tête d'une économie et d'une société communistes

Le gigantesque portrait de Staline montre le culte de la personnalité présent en URSS.

« Pour la fin du premier plan quinquennal, la collectivisation de l'URSS doit être dans son ensemble terminée. »
Planification et collectivisation sont les axes fondamentaux de la politique économique soviétique.

« La classe ouvrière de l'URSS conduit avec assurance et sans faiblir l'équipement technique de son alliée, la classe paysanne. »
L'union des paysans et des ouvriers est un des principes fondateurs de l'URSS, illustré par la faucille et le marteau sur son drapeau.

L'affiche met l'accent sur la mécanisation des campagnes entreprise par Staline en montrant des tracteurs travaillant dans les champs.

Vocabulaire

URSS : Union des Républiques Socialistes Soviétiques. État communiste créé en 1922 pour remplacer l'Empire russe.

Soviet : conseil d'ouvriers et de paysans pendant et après la révolution bolchevique de 1917.

Plans quinquennaux : plans fixant des objectifs de production sur 5 ans dans les différents secteurs de l'économie.

Kolkhoze : exploitation agricole collectivisée.

Koulak : nom donné aux riches paysans russes, puis par extension à tous ceux qui s'opposent à la collectivisation.

Notions-clés

Communisme : système politique et économique s'inspirant des idées de Karl Marx et visant à l'établissement d'une société égalitaire et sans classes sociales, grâce à la mise en commun des moyens de production.

Capitalisme : système économique fondé sur la propriété privée des moyens de production et sur la libre concurrence.

Industrialisation : passage, aux XIXe et XXe siècles, d'une économie fondée sur l'agriculture à une économie fondée sur l'industrie.

Économie étatisée : économie contrôlée et dirigée par l'État et non par des entreprises privées.

Collectivisation : mise en commun des moyens de production (usines, machines, terres agricoles, etc.) dans un système communiste.

2 L'URSS de Staline, un État totalitaire

De quoi s'agit-il ? À la tête de l'URSS depuis 1924, Staline renforce la dictature du régime en exigeant un engagement total de la population dans l'État communiste. En quoi cette dictature est-elle caractéristique d'un nouveau type de régime appelé « totalitaire » ?

1 Une dictature personnelle

- L'URSS est une dictature dans laquelle Staline règne en maître absolu. Chef de l'État et du seul parti autorisé, le Parti communiste, il concentre tous les pouvoirs.
- Toutes les libertés sont supprimées. L'information est censurée, la population n'a plus le droit de quitter le pays, les lieux de culte sont fermés, etc. De plus, seul le Parti communiste a le droit de présenter des candidats aux élections.

2 L'encadrement de la société

- Cette dictature personnelle se manifeste par une propagande incessante qui impose un culte de la personnalité de Staline. Des défilés sont organisés en son honneur, le portrait du « petit père des peuples » est présent partout dans l'espace public et privé, sous forme de peintures, de statues, de films, etc.
- La propagande est également mise au service de l'idéologie communiste. L'État vante les mérites d'un système qui fait naître un homme nouveau, prêt à se sacrifier pour la nation soviétique. Les populations sont recrutées dans des organisations destinées à se mobiliser en faveur du régime. Ainsi, l'école et les Jeunesses communistes éduquent la société tout en l'embrigadant.

3 Le contrôle de la population par la terreur

- L'encadrement de la société s'accompagne d'une surveillance de tous les instants par la police politique (NKVD) et d'une répression destinée à éliminer toute opposition et à terroriser la population (**Doc.**).
- Des millions d'opposants, ou de personnes supposées l'être, sont qualifiés de saboteurs, arrêtés et déportés dans des camps de travail appelés goulags, principalement situés en Sibérie. Les conditions de vie y sont terribles et mènent souvent à la mort. De même, entre 1936 et 1938, lors de la « Grande terreur », les « procès de Moscou » permettent à Staline de se débarrasser de tous ses rivaux à l'intérieur du Parti communiste.

Doc. Les chiffres de la répression stalinienne

Politique qui vise à éliminer tous les opposants à la collectivisation en les déportant dans des régions éloignées et inhospitalières.

Victimes de la dékoulakisation entre 1930 et 1933	
Nombre de familles déportées dans des régions éloignées de l'URSS	Près d'un million de familles
Taux annuel de mortalité en déportation	15 % des adultes 50 % des enfants en bas âge
Victimes de la répression contre le Parti communiste entre 1936 et 1938	
Arrestations et condamnations par le NKVD	1 500 000
Exécutions	680 000
Nombre de détenus au goulag (approximations)	
1934	500 000
1936	1 300 000
1938	1 900 000
1940	1 650 000

Victimes de la Grande Terreur.

Vocabulaire

Dictature : régime autoritaire où le pouvoir est détenu par un chef ou un parti unique et dans lequel les libertés sont limitées.

Embrigadement : recrutement de la population dans des organisations destinées à se mobiliser en faveur du régime.

Police politique : police chargée, dans les régimes totalitaires, de surveiller la population et d'arrêter les opposants politiques. En URSS, elle s'appelle tour à tour la Tchéka, le Guépéou, le NKVD, puis le KGB.

Déportation : déplacement forcé d'une population pour l'envoyer dans un camp de travail, de concentration, voire d'extermination dans l'Europe nazie.

Goulag : camp de travail forcé principalement situé en Sibérie, où les conditions de vie sont terribles et mènent souvent à la mort.

Notions-clés

Idéologie : ensemble d'idées et de croyances sur lesquelles s'appuie un régime politique.

Encadrement : contrôle de la population par la propagande, l'embrigadement dans diverses organisations et la terreur.

Terreur : moyen de contrôle de la population par la violence qui vise à empêcher toute opposition.

3 L'Allemagne nazie, la mise en place d'un régime totalitaire

De quoi s'agit-il ? **Après les élections législatives de 1933, Hitler arrive au pouvoir légalement. En quoi son arrivée au pouvoir remet-elle en cause la démocratie ? En quoi le régime qu'il met en place est-il lui aussi totalitaire ?**

1 L'arrivée au pouvoir d'Hitler dans un contexte de crise

- En Allemagne, les difficultés économiques et la misère sont très grandes au début des années 1930. L'incapacité de la République allemande à résoudre cette crise favorise la montée des partis extrémistes, communistes comme nationalistes.
- Accusant les démocrates, les communistes et les Juifs d'être les responsables de l'affaiblissement de l'Allemagne, Adolf Hitler, chef du Parti nazi, promet de mettre fin à la crise, de résorber le chômage et de laver l'affront du traité de Versailles.
- En 1933, le Parti nazi remporte les élections et Hitler devient chancelier. En 1934, à la mort du président Hindenburg, Hitler a les pleins pouvoirs.

2 La mise en place d'un régime totalitaire

- Une fois au pouvoir, Hitler supprime la démocratie. Il fait incendier le Reichstag et accuse les communistes, ce qui lui permet de les arrêter.
- Le Parti nazi devient le seul parti politique autorisé. Les libertés, comme la liberté de la presse, disparaissent peu à peu et l'Allemagne devient une dictature dirigée par un « Führer ». Hitler soulève les foules lors de grandes manifestations publiques (**Doc.**).
- Toute la société est encadrée et doit participer au nouveau régime totalitaire. La propagande met en avant le culte du chef et on se salue en disant « Heil Hitler ». Les jeunes sont embrigadés dans les Jeunesses hitlériennes et le régime organise de grands rassemblements destinés à mobiliser la nation allemande.
- De même, la propagande est incessante dans la presse, à la radio, au cinéma, etc. La police politique, la Gestapo et la SS surveillent la population, font régner la terreur et, dès 1933, enferment les opposants dans des camps de concentration, comme à Dachau.

Doc. Organiser des cérémonies de masse

Croix gammée, symbole de l'Allemagne nazie.

Membres du Parti nazi, en uniformes et alignés, comme une armée derrière son chef.

Esplanade spécialement aménagée pour la tenue des congrès du Parti nazi.

Hitler, au centre, dans une mise en scène qui souligne le culte du chef.

Vocabulaire

Parti nazi ou NSDAP : parti national-socialiste d'extrême droite, fondé par Hitler en 1920 et qui défend des idées nationalistes et racistes.

Reichstag : Parlement allemand.

Führer : mot signifiant « guide » en allemand. C'est le nom que se donne Hitler dans le régime nazi.

Gestapo : police politique.

SS : organisation chargée de protéger Hitler et le régime nazi, ainsi que de réprimer les opposants.

Camps de concentration : camps de travail où sont envoyés les opposants au régime.

Notions-clés

Traité de Versailles : traité de paix signé entre l'Allemagne et les vainqueurs de la Première guerre mondiale.

Régime totalitaire : régime politique dans lequel l'État dictatorial encadre la population par la propagande, l'embrigadement et la terreur, dans le but de la faire adhérer totalement à son idéologie.

Propagande : Voir p. 15.

Culte de la personnalité : propagande destinée à faire aimer le dictateur.

4 L'Allemagne nazie, un régime raciste et nationaliste

De quoi s'agit-il ? **L'État totalitaire nazi est mis au service d'une idéologie raciste et nationaliste, à laquelle toute la population est contrainte d'adhérer. En quoi cette idéologie est-elle à l'origine de la persécution des Juifs et de la Seconde Guerre mondiale ?**

Comprendre les caractéristiques du régime hitlérien

1 Un État raciste et antisémite

- Le régime nazi s'appuie sur une idéologie raciste qui mobilise la population contre les « ennemis du peuple aryen », au premier rang duquel le peuple juif. Pour les nazis, les Allemands font partie d'une « race pure », la race aryenne. À l'inverse, la « race juive » est inférieure.
- Les Juifs sont donc les premières victimes des nazis à travers différentes lois antisémites : les lois de Nuremberg en 1935, et celles de 1938. Ainsi, les Juifs sont exclus de la société et privés de la nationalité allemande (**Doc.**). Au fil des années, les humiliations et les violences s'accentuent. Elles se déchaînent lors de la Nuit de Cristal en 1938 : des synagogues sont brûlées, des commerces détruits et des Juifs assassinés.
- La propagande antisémite est partout. Elle s'adresse à toute la population à travers la presse, la radio et même dans les écoles : les Juifs sont rabaissés et accusés d'être à l'origine de tous les problèmes. On exalte au contraire le mythe du jeune aryen, sportif, courageux, discipliné et nationaliste, qui redressera l'Allemagne.

2 La course à la guerre

- L'idéologie nazie est également nationaliste et impérialiste. Le but d'Hitler est de former une « Grande Allemagne » en Europe centrale : c'est l'« espace vital » que son peuple doit conquérir au nom de la supériorité de la « race allemande ».
- Hitler viole donc le traité de Versailles en remilitarisant le pays et en annexant, à partir de 1938, des territoires à l'Est. Lors de l'Anschluss, il annexe l'Autriche puis, devant l'inaction des démocraties, fait de même avec le territoire des Sudètes en Tchécoslovaquie. Le 1er septembre 1939, il envahit la Pologne en ayant auparavant signé un pacte de non-agression avec son ennemi de toujours : l'URSS de Staline. La France et le Royaume-Uni lui déclarent alors la guerre.

Doc. **Comment Hitler met-il en place une législation antisémite ?**

Art. 1 : Les mariages entre Juifs et sujets de sang allemand ou apparenté sont interdits. […]

> Par cette disposition, le sang aryen sera protégé de mélanges impurs avec le sang juif (d'où le nom donné à cette loi).

Art. 3 : Il est interdit aux Juifs d'employer à des travaux de ménage chez eux des femmes de sang allemand ou assimilé âgées de moins de quarante-cinq ans.

Art. 4 : Il est interdit aux Juifs de hisser le drapeau national du Reich […]. Il leur est en revanche permis de pavoiser aux couleurs juives […].

> Ainsi, les Juifs ne sont plus des citoyens allemands.

Art. 5 : Les infractions à l'article 1er seront punies de travaux forcés.

> Ces travaux forcés désignent l'enfermement dans des camps de concentration

Lois pour la protection du sang et de l'honneur allemands, dites lois de Nuremberg, 15 septembre 1935.

Art. 1 : Avec effet au 1er janvier 1939, il est interdit aux Juifs d'exploiter des magasins de vente de détail, […] ainsi que [d'exercer] un métier à leur compte. […] Les entreprises juives exploitées à l'encontre de cette interdiction seront fermées par la police.

> Les Juifs sont mis à l'écart de la vie économique. Ils ne peuvent plus vivre normalement en Allemagne.

Ordonnance, 12 novembre 1938.

Vocabulaire

Peuple aryen : nom donné par les nazis au peuple censé représenter la « race pure allemande ».

Espace vital : espace nécessaire à la race supérieure des Aryens pour vivre. Cet espace, selon Hitler, se trouve à l'est de l'Allemagne.

Annexion : rattachement autoritaire d'un État à un autre.

Anschluss : terme allemand désignant l'annexion de l'Autriche par l'Allemagne en 1938.

Région des Sudètes : région à l'ouest de la Tchécoslovaquie, peuplée en partie par des Allemands.

Notions-clés

Antisémitisme : racisme, hostilité envers les Juifs.

Impérialisme : volonté de domination politique, économique et culturelle d'un État sur d'autres peuples.

5 La République fragilisée dans les années 1930

De quoi s'agit-il ? **Dans les années 1930, la France, comme toutes les démocraties, connaît des difficultés économiques et sociales qui sont à l'origine d'une crise politique. Quelles réponses le Front populaire apporte-t-il à ces difficultés ?**

1 Une crise économique, sociale et politique

- À partir de 1931, la France subit les effets de la crise économique mondiale. La production industrielle diminue et le chômage augmente. De nombreux Français, qui jusque-là soutenaient la IIIe République, n'ont plus confiance en l'avenir.
- Face à cette crise, les partis politiques traditionnels ne trouvent pas de solution. Plusieurs scandales financiers jettent le doute sur l'honnêteté des hommes politiques. Certains Français se tournent alors vers des partis extrémistes comme le PCF, dont le but est la révolution par les armes, ou les ligues d'extrême droite nationalistes, racistes et antiparlementaires. Le 6 février 1934, ces ligues manifestent violemment devant la Chambre des députés à Paris.

2 Le Front populaire : la réponse des partis de gauche

Les départs en vacances

- Les partis de gauche interprètent cette manifestation comme une menace contre la République. Pour les élections de 1936, les socialistes, les communistes et les radicaux s'unissent donc pour former le Front populaire et obtiennent la majorité à l'Assemblée. Léon Blum, le dirigeant de la SFIO, devient président du Conseil et forme son Gouvernement. Il est soutenu par les grèves massives qui accompagnent cette victoire, afin de faire pression sur les patrons.
- Très rapidement, le Gouvernement de Léon Blum fait signer les accords de Matignon et voter des lois sociales qui améliorent les conditions de travail et le niveau de vie des classes populaires. Parmi ces mesures, on peut citer les congés payés (**Doc.**), la semaine de 40 heures, la liberté syndicale ou les augmentations de salaire.
- Face aux nombreuses attaques ainsi qu'à la persistance de la crise économique, le Front populaire disparaît en 1938. Malgré cet échec, ses mesures améliorent nettement les conditions de vie des classes populaires et sont à la base du système social français.

Doc. **Les salopards en vacances**

Les bourgeois de droite, qui traitent les ouvriers en vacances de « salopards », sont ici caricaturés par un dessinateur de gauche.

Les ouvriers, assimilés aux bolcheviks, profitent de leurs premiers congés payés.

La bourgeoisie refuse de se tremper dans la même eau que les gens du peuple. Le dessinateur met l'accent sur la mauvaise humeur des bourgeois qui n'ont plus les plages pour eux tout seul.

Vocabulaire

Crise économique mondiale : crise économique qui éclate en octobre 1929 aux États-Unis, lorsque les cours de la Bourse de Wall Street à New York s'effondrent.

PCF : Parti Communiste Français né en 1920.

Ligues d'extrême droite : groupes d'extrême droite français dans l'entre-deux-guerres. Souvent racistes et antiparlementaires, les ligues s'opposent violemment à la IIIe République.

Front populaire : Gouvernement issu du succès de l'alliance des partis de gauche aux élections législatives de 1936 et dirigé par Léon Blum.

SFIO : Section Française de l'Internationale Ouvrière, parti socialiste, principal parti de gauche.

Notions-clés

Nationalisme : idéologie mettant en avant la supériorité de sa nation sur les autres et donc le droit de les dominer.

Antiparlementarisme : rejet du Parlement et de la démocratie parlementaire. Dans les années 1930, en France, les ligues en font leur ligne politique.

Accords de Matignon : accords sociaux passés en juin 1936 entre les patrons et les syndicats pour instaurer de meilleures conditions de travail.

Congés payés : 15 jours de vacances par an, payés par le patron à ses employés.

RÉVISION EXPRESS

LES DATES IMPORTANTES

Les régimes totalitaires en URSS et en Allemagne

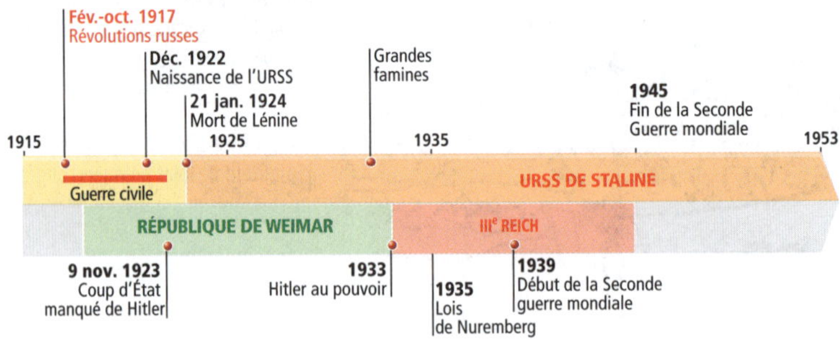

La France, une démocratie fragilisée

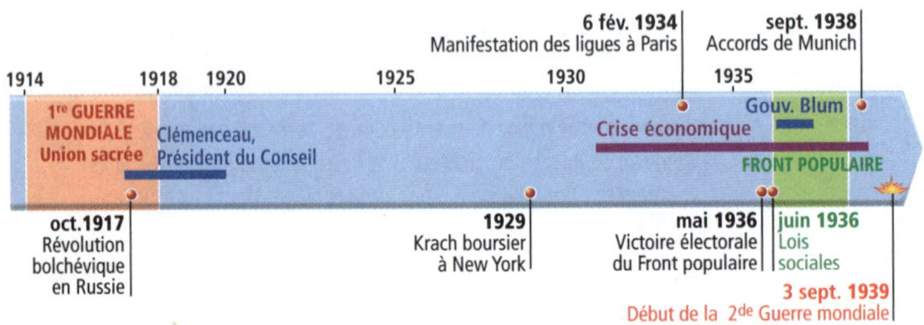

LES PERSONNAGES IMPORTANTS

Adolf Hitler

1889-1945

Chef du Parti nazi, il arrive au pouvoir par les urnes en 1933 en Allemagne et y installe une dictature totalitaire et antisémite. Sa politique agressive d'annexions déclenche la Seconde Guerre mondiale. Il se suicide en 1945.

Joseph Staline

1878-1953

Révolutionnaire russe, dirigeant du Parti communiste, puis de l'URSS qu'il gouverne de 1924 à 1953. Il installe un régime totalitaire qui fait des millions de victimes.

Léon Blum

1872-1950

Principal responsable de la SFIO (Parti socialiste), il est le président du Conseil du Front populaire en 1936. Déporté pendant la Seconde Guerre mondiale, il revient à la vie politique à la Libération.

LES POINTS IMPORTANTS À RETENIR

L'URSS de Staline, un régime totalitaire

Dictature personnelle…
- Staline
- le Parti communiste

… qui vise à imposer le communisme…
- collectivisation
- planification
- égalitarisme et société sans classe

… en encadrant et en terrorisant la population
- école et Jeunesses communistes
- culte de la personnalité autour de Staline, propagande pour la collectivisation
- NKVD et goulags

L'Allemagne nazie, un régime totalitaire

Dictature personnelle…
- Hitler
- le Parti nazi

… qui vise à imposer une idéologie raciste et nationaliste
- mythe de la «race aryenne»
- persécutions des Juifs
- espace vital

… en encadrant et en terrorisant la population
- école et Jeunesses hitlériennes
- culte de la personnalité autour d'Hitler, propagande antisémite
- SS, Gestapo et camps de concentration

La France : une démocratie fragilisée

Démocratie parlementaire…
- Parlement élu par les citoyens
- plusieurs partis politiques
- libertés garanties

…qui doit faire face à des difficultés…
- crise économique et sociale
- agitation politique des ligues d'extrême droite

… mais qui triomphe
- victoire du Front populaire en 1936
- mesures sociales qui améliorent la vie des classes populaires

LES MOTS IMPORTANTS

La France, une démocratie fragilisée
- Crise économique mondiale
- Ligues d'extrême droite
- Antiparlementarisme
- Front populaire
- Accords de Matignon
- Congés payés

L'URSS, un régime totalitaire
- Soviet
- Idéologie communiste
- Collectivisation
- Kolkhoze
- Dictature / Terreur
- Culte de la personnalité
- Propagande
- Embrigadement/Jeunesses communistes
- Police politique/NKVD
- Goulag

L'Allemagne, un régime totalitaire
- Parti nazi / Führer
- Idéologie nazie / Terreur
- Peuple aryen
- Antisémitisme
- Espace vital
- Culte de la personnalité
- Propagande
- Embrigadement/Jeunesses hitlériennes
- Police politique/Gestapo
- Camp de concentration

Analyser une affiche de propagande

Portrait officiel placé dans les lieux publics, 1938.

Avant de lire les questions, veillez à bien observer Hitler et la manière dont il est représenté.

Avant de lire les questions, prenez le temps d'identifier le document, notamment en lisant les informations qui vous sont fournies.

« Un peuple, un Empire, un chef ! » résume l'idéologie nazie.

QUESTIONS

1. Présentez le document.

2. Décrivez l'attitude d'Hitler sur cette affiche. Quel aspect du totalitarisme montre-t-elle ?

3. En quoi le slogan présent sur l'affiche illustre-t-il l'idéologie nationaliste et raciste des nazis ?

MÉTHODE

1. Présenter une affiche de propagande

- Une affiche de propagande a pour objectif de délivrer un **message politique** au plus grand nombre. Il vous faut donc vous demander **qui a donné l'ordre de diffuser cette affiche et à qui elle est destinée**.
- Par ailleurs, pour comprendre une affiche de propagande, il faut connaître le **contexte** dans lequel elle a été faite. En 1938, Hitler est au pouvoir depuis 5 ans. Il a réussi à imposer un État totalitaire. Il faut donc se demander quelles sont les caractéristiques d'un régime totalitaire que l'on retrouve dans le document. Pour cela, vous avez besoin de mobiliser vos **connaissances personnelles**, issues du cours, sur le totalitarisme.

2. Utiliser le vocabulaire pour décrire

- Pour décrire l'attitude d'Hitler, il vous faut bien observer la manière dont il se tient, son regard, la façon dont il pose ses bras, son costume, etc. La lumière et les couleurs sont aussi des indicateurs de ce que l'affiche veut mettre en avant.
- Pour répondre à cette question, il vous faut maîtriser le **vocabulaire de la leçon** : « nationaliste », « raciste », etc. Dans une affiche de propagande, le slogan est là pour résumer l'idée principale de l'affiche. Il convient donc de relier le sens du slogan à celui de l'image pour répondre aux questions.

CORRIGÉ DES QUESTIONS

1. Ce document est une **affiche de propagande** qui représente un **portrait d'Hitler et qui date de 1938**. Ce portrait est un **portrait officiel**, c'est-à-dire qu'il a été commandé par Hitler et l'État nazi pour être **placé dans tous les lieux publics**.

2. Sur cette affiche, Hitler est **debout, en costume militaire,** le regard tourné vers la droite (souvent utilisé pour représenter l'avenir sur ce genre d'affiche). Il est représenté en contre-plongée, c'est-à-dire qu'il apparaît comme étant au-dessus du spectateur. **Son bras droit sur la hanche montre sa détermination. La lumière l'éclaire** alors que tout est sombre autour de lui. Tout cela est fait pour **montrer la grandeur du « Führer », le guide de la nation allemande**. L'aspect du totalitarisme présent sur cette affiche est donc le **culte de la personnalité** qui est organisé autour d'Hitler, représenté comme le sauveur du peuple allemand.

Gagnez des points !

Sachez réutiliser le vocabulaire et les notions appris en Histoire des arts pour analyser une image : « contre-plongée », « cadrage », « éclairage », etc. Ces termes vous permettront d'analyser l'image et de gagner des points.

3. Le slogan « *Ein Reich, ein Volk, ein Führer* » est nationaliste et raciste. « *Ein Reich* », qui signifie « Un empire », montre le nationalisme d'Hitler qui **veut refonder l'empire allemand** détruit par le traité de Versailles. Pour cela il veut **étendre le territoire occupé par un peuple allemand réunifié** (c'est l'« espace vital » dont il a besoin). Ce peuple allemand (« *Ein Volk* ») sera également **unifié par la mise à l'écart des autres « races », notamment les Juifs et les tziganes**. Cette volonté de purification du peuple allemand (le « peuple aryen ») montre bien le caractère raciste du régime nazi.

Piège à éviter

Ne vous contentez pas de traduire le slogan. Il vous faut expliquer, avec vos connaissances issues de votre cours, pourquoi le régime nazi est nationaliste et raciste. Par ailleurs, séparez bien le nationalisme du racisme, car ces deux notions ne sont pas synonymes.

Gagnez des points !

Sachez réinvestir le vocabulaire nazi : « espace vital », « peuple aryen », « race inférieure », etc. doivent se retrouver dans votre réponse pour montrer au correcteur que vous maîtrisez vraiment le sujet.

Vérification des connaissances

1 Comment Staline accède-t-il au pouvoir ?

2 Comment les Juifs sont-ils persécutés dans l'Allemagne nazie jusqu'en 1939 ?

3 En quelle année le Front populaire fait-il voter de nouvelles lois sociales ?

Vers le brevet

QUESTIONS

1 Quelles sont les dates de début et de fin de la dictature de Staline sur l'URSS ?

2 Quelles sont les dates de début et de fin de la dictature d'Hitler sur l'Allemagne ?

3 Qu'est-ce que le Front populaire ?

4 Expliquez trois grandes caractéristiques du régime totalitaire nazi. Vous rédigerez votre réponse en une dizaine de lignes sous la forme d'un développement construit.

ÉTUDE DE DOCUMENT

Doc. **Les mesures du Front populaire**

La tâche du Gouvernement se trouve donc définie dès la première heure de son existence. Sa **majorité** est celle que le pays a voulue, rassemblée sous le signe du Front populaire. Dès le début de la semaine prochaine, nous déposerons un ensemble de projets de lois qui concernent : […]

– La semaine de 40 heures

– Les contrats collectifs

– Les congés payés

– Un plan de grands travaux, c'est-à-dire d'outillage économique, sanitaire, scientifique, sportif, touristique […]

– La prolongation de la scolarité

Nous nous efforcerons ainsi de ranimer l'économie française, de résorber le chômage, d'accroître la masse des revenus consommables, de fournir **un peu de bien-être et de sécurité** à tous ceux qui créent par leur travail la véritable richesse.

Léon Blum, discours à la Chambre des députés, 6 juin 1936.

1 Présentez le document en expliquant le contexte dans lequel Léon Blum prononce ce discours.

2 Quels sont les projets de loi qui visent à faire baisser le chômage ?

3 Quels sont les projets de loi qui réduisent la durée du temps de travail des salariés ? Pourquoi le Front populaire prend-il ces mesures ?

4 Quels sont les projets de loi qui visent à donner plus de droits aux salariés ? Pourquoi le Front populaire prend-il ces mesures ?

Vérification des connaissances

1 En 1924, à la mort de Lénine, Staline est le secrétaire général du Parti communiste. Il est alors en concurrence avec d'autres personnalités communistes de premier plan comme Léon Trotski, le chef de l'Armée rouge. Il parvient progressivement à écarter tous ses concurrents et devient le seul dirigeant de l'URSS en 1928.

2 Considérés par les nazis comme étant inférieurs, les Juifs sont privés de leur nationalité allemande par les lois de Nuremberg en 1935. Ces lois antisémites et d'autres ordonnances leur interdisent peu à peu toute activité économique et tout poste à responsabilité. On les oblige aussi à porter une étoile jaune sur leurs vêtements. En 1938, lors de la Nuit de Cristal, les vitrines des magasins juifs sont détruites, des synagogues sont brûlées et de nombreux Juifs sont violentés.

3 Le Front populaire fait voter ses lois sociales en 1936.

Vers le brevet

QUESTIONS

1 Staline dirige l'URSS de 1924 à 1953.

2 Hitler dirige l'Allemagne de 1933 à 1945.

3 Le Front populaire est l'alliance politique entre les partis de gauche français en vue de gagner les élections de 1936. Ces partis sont la SFIO, le Parti radical et le PCF. Une fois au pouvoir, le Front populaire est un Gouvernement dirigé par le socialiste Léon Blum.

4 Le régime totalitaire nazi est d'abord une dictature, caractérisée par un chef et un parti uniques. Dans cette dictature, les libertés individuelles et collectives sont supprimées.

> **Gagnez des points !**
> Il vous est demandé d'expliquer trois grandes caractéristiques du régime nazi. Votre réponse doit donc être construite en trois paragraphes distincts.

Pour mieux contrôler la population et s'assurer de son engagement dans le régime, celle-ci est encadrée par une propagande incessante et un culte de la personnalité rendu au Führer. L'encadrement de la population passe aussi par un embrigadement de tous au sein de différentes organisations : les jeunes dans les Jeunesses hitlériennes, les adultes dans le Parti nazi et l'armée.

La population est aussi contrôlée par la terreur mise en place par la police politique, la Gestapo, chargée de surveiller toute la société et de réprimer les opposants. Ces derniers sont parfois assassinés, mais le plus souvent envoyés dans des camps de concentration.

Gagnez des points !

Montrez au correcteur que vous savez ce qu'est la politique de terreur instaurée par les nazis et quel est son but.

ÉTUDE DE DOCUMENT

1 Ce document est un extrait du discours prononcé par Léon Blum à la Chambre des députés le 6 juin 1936. À cette date, le Front populaire vient de remporter les élections législatives et Léon Blum, dirigeant du parti socialiste (SFIO), est devenu président du Conseil, c'est-à-dire chef du Gouvernement.

Gagnez des points !

Si vous avez quelques connaissances sur Léon Blum, vous pouvez vous en servir ici. Attention tout de même de ne pas faire une longue biographie du personnage.

2 Le Front populaire fait voter des lois qui doivent permettre de faire baisser le chômage : le Gouvernement de Léon Blum lance une politique de « grands travaux, c'est-à-dire d'outillage économique, sanitaire, scientifique, sportif, touristique qui visent à donner du travail aux chômeurs, tout en modernisant le pays ». Par exemple, il fait construire des salles de spectacle, des gymnases ou encore des bibliothèques, car le Front populaire vise aussi à améliorer les conditions de vie des classes populaires.

Piège à éviter

Vous pouvez citer le texte, mais n'oubliez pas d'introduire les citations et de les expliquer avec vos propres mots. Ne vous contentez pas de faire du « copier-coller » en recopiant simplement un morceau du texte.

3 La durée du temps de travail est réduite par le Front populaire qui met en place la semaine de 40 heures au lieu de 48 heures, ainsi que les deux semaines de congés payés par les patrons. Ces mesures visent à améliorer les conditions de vie des classes populaires, à leur fournir « un peu de bien-être », comme le dit Léon Blum.

Piège à éviter

N'oubliez pas la seconde partie de la question. Ne vous contentez pas de citer les mesures en question, mais expliquez-les.

4 Les contrats collectifs visent à donner plus de droits aux salariés. En effet, ces contrats, signés entre les patrons et les syndicats, doivent améliorer les conditions de travail dans les entreprises. C'est d'ailleurs le lendemain de ce discours que sont signés les accords de Matignon définissant précisément ces nouveaux droits.

Gagnez des points !

Si vous connaissez les accords de Matignon, n'hésitez pas à les citer. Sinon, essayez d'expliquer rapidement en quoi consistent les contrats collectifs.

CHAPITRE

3 La Seconde Guerre mondiale, une guerre d'anéantissement (1939-1945)

1 Un affrontement aux dimensions planétaires

De quoi s'agit-il ? De 1939 à 1945, le monde est entraîné dans le conflit le plus meurtrier de son histoire. Quelles sont les grandes étapes de cette guerre mondiale ? Quelles sont ses répercussions politiques ?

1 Une guerre mondiale

Comprendre la bataille de Stalingrad

- Suite aux coups de force nazis en Europe et aux agressions japonaises en Chine, le monde bascule dans la guerre.
- De 1939 à 1942, les forces de l'Axe remportent toutes les victoires. Grâce à la Blitzkrieg, la Wehrmacht envahit l'Europe, y compris la France en 1940. Le Royaume-Uni reste le seul adversaire des nazis jusqu'à l'invasion de l'URSS par les Allemands en juin 1941. En Asie, l'armée japonaise continue d'avancer et pousse les États-Unis à entrer en guerre auprès des Alliés, après l'attaque de Pearl Harbor, en décembre 1941 (**Doc.**).
- À partir de 1942, les forces s'équilibrent. Les Allemands sont battus à Stalingrad, alors que les Japonais subissent des revers dans le Pacifique (**Doc.**). Les Alliés débarquent en Afrique du Nord et en Italie, où Mussolini capitule en 1943.
- En 1944, les Alliés débarquent en Normandie puis en Provence (**Doc.**). Peu à peu, l'Europe est libérée et l'Allemagne capitule le 8 mai 1945. Dans le Pacifique, suite au bombardement atomique de Hiroshima et de Nagasaki (6 et 9 août 1945), le Japon capitule.

2 Les répercussions politiques de la guerre

- Lors des conférences de paix de Yalta et de Postdam en 1945, les Alliés installent un nouvel ordre international dominé par les États-Unis et l'URSS, les deux grands vainqueurs de la guerre.
- En Afrique et en Asie, les puissances européennes perdent de leur influence car les colonies revendiquent leur indépendance. En Europe de l'Ouest, la démocratie se remet en place, financée par les investissements américains. À l'Est, l'armée rouge impose sa présence militaire et influence la vie politique. Une vive tension s'installe donc rapidement entre les anciens alliés. Par exemple, l'Allemagne, comme sa capitale Berlin, est occupée militairement et divisée en quatre zones.

Doc. Une guerre aux dimensions planétaires (1942-1944)

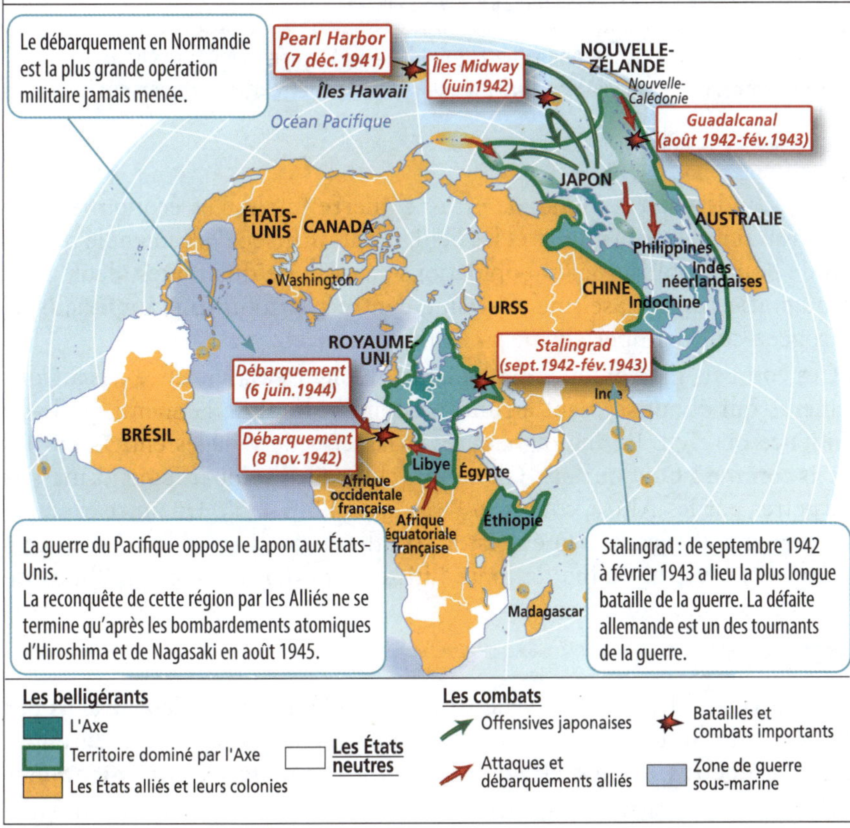

Vocabulaire

Axe : alliance entre l'Allemagne, l'Italie et le Japon à partir de 1940.

Wehrmacht : armée allemande.

Alliés : États alliés contre l'Allemagne.

Bombe atomique : arme de destruction massive, mise au point par les Américains pendant la guerre et utilisée pour la première fois à Hiroshima en 1945.

Armée rouge : armée de l'URSS.

Notions-clés

Blitzkrieg : « Guerre éclair », tactique qui consiste à bombarder les lignes ennemies avant d'avancer le plus loin possible avec l'artillerie.

Conférence de Yalta : conférence organisée par les Alliés (Roosevelt pour les USA, Churchill pour le R-U et Staline pour l'URSS) en février 1945, dans le but de mettre en place le nouvel ordre international.

Ordre international : organisation politique du monde, fondée sur la domination de certaines grandes puissances.

2 Une guerre d'anéantissement

De quoi s'agit-il ? La Seconde Guerre mondiale est la guerre la plus meurtrière de tous les temps. Pourquoi peut-on parler d'une véritable guerre d'anéantissement ?

1 Une guerre totale

- La Seconde Guerre mondiale est une guerre totale. Les économies sont mises au service de la guerre et les belligérants utilisent largement la propagande pour mobiliser leurs populations au nom de différentes idéologies : démocratie contre fascisme, fascisme contre communisme, impérialisme européen contre impérialisme japonais en Asie, etc.
- Ces combats idéologiques expliquent l'ampleur et la violence des affrontements qui aboutissement à l'anéantissement total de l'ennemi qu'il soit militaire ou civil. En témoignent les massacres de villages entiers par les nazis comme à Oradour-sur-Glane en 1944, ou les bombardements massifs perpétrés par les Alliés, comme à Dresde en 1945 (**Doc.**). Un autre exemple de la guerre d'anéantissement est la bataille de Stalingrad, qui est la plus coûteuse en vie humaine de toute l'histoire militaire : 1 à 2 millions de morts en six mois de combats.

2 Une politique d'extermination

- Les Juifs sont les premières victimes de la « Solution finale » : exclus par des lois antisémites, ils sont exécutés par les *Einsatzgruppen* ou regroupés dans des ghettos avant d'être déportés dans des camps d'extermination.
- La mort y est organisée de façon industrielle. Environ 6 millions de Juifs (Shoah) et 250 000 Tziganes sont ainsi exterminés : c'est le plus grand génocide de l'histoire.

3 Des sociétés et des économies bouleversées

La bombe atomique à Hiroshima

- Le conflit coûte la vie à plus de 50 millions de personnes, dont 30,5 millions de civils. De plus, des millions de personnes démunies se retrouvent sur les routes.
- Les horreurs de cette guerre d'anéantissement sont vécues comme un traumatisme . Les nouveaux moyens techniques et scientifiques ont permis la destruction de masse. La barbarie nazie est jugée par le tribunal de Nüremberg qui définit la notion de « crime contre l'humanité ».
- Les économies sont ravagées. L'Allemagne et le Japon sont en ruine. La situation ne s'arrange qu'avec l'aide américaine distribuée par le plan Marshall en 1947.

Doc. **Les pertes humaines et matérielles de la guerre**

Pays	Pertes militaires (en millions)	Pertes civiles (en millions)	Quelques exemples de destructions
Total monde	24,5	30,5	
Allemagne	3,25	3,8	Les villes de Dresde et Hambourg sont détruites à 95 % et 80 %
URSS	13,6	7,7	70 % des usines sont détruites
Royaume-Uni	0,1	0,04	50 % de la flotte de commerce est détruite
France	0,25	0,36	85 % des locomotives sont détruites
Pologne	0,12	5,3	La capitale Varsovie est détruite
Italie	0,36	0,09	
États-Unis	0,3	–	
Japon	1,7	0,36	La ville de Tokyo est détruite, Hiroshima et Nagasaki sont rasées

La Shoah conduit à l'extermination de 90 % des Juifs polonais. En Europe, entre 5 et 6 millions de Juifs sont exterminés.

La Seconde Guerre mondiale est le premier conflit lors duquel les pertes civiles dépassent les pertes militaires.

Vocabulaire

Belligérants : pays en guerre.

Solution finale : nom donné par les Nazis à l'extermination des Juifs décidée en 1941-1942.

Einsatzgruppen : commandos nazis chargés de l'exécution despopulations juives lors de l'invasion de l'URSS.

Ghetto : quartier destiné à la population juive pour l'isoler du reste de la société.

Camp d'extermination : camp où les nazis envoient les Juifs, lesTziganes et les « asociaux » dans le seul but de les tuer massivement.

Traumatisme : choc moral vécu par un individu ou une population entière et qui laisse des traces durables.

Plan Marshall : aide économique fournie par les États- Unis aux pays européens à partir de 1947.

Notions-clés

Guerre totale : voir p. 15.

Fascisme : voir p. 19.

Communisme : voir p. 31.

Impérialisme : voir p. 37.

Shoah : génocide des Juifs pendant la Seconde Guerre mondiale.

Génocide : voir p. 17.

Destruction de masse : anéantissement d'une population et d'un territoire en utilisant tous les moyens techniques modernes.

Crime contre l'humanité : tous les actes inhumains commis lors d'une guerre contre des populations civiles pour des motifs religieux, politiques et raciaux.

RÉVISION EXPRESS

LES DATES IMPORTANTES

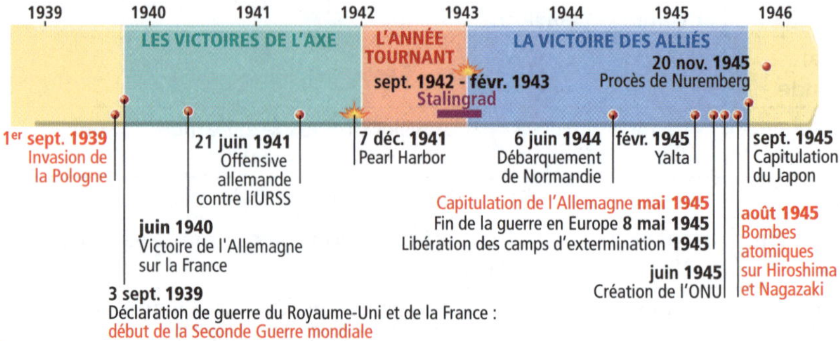

LES PERSONNAGES IMPORTANTS

Winston Churchill
1874-1965

Premier ministre britannique durant la Seconde Guerre mondiale, il incarne la volonté de résistance anglaise. Il joue un rôle important durant les conférences inter-alliées (Yalta).

Hitler : voir p. 40.

Franklin Roosevelt
1892-1945

Président démocrate des États-Unis de 1932 à 1945, il engage son pays dans la guerre après Pearl Harbor (1941) et participe activement à l'après-guerre. Il meurt avant la fin de son mandat.

Staline : voir p. 40.

LES MOTS IMPORTANTS

- Blitzkrieg
- Wehrmacht
- Alliés ; Axe
- bombe atomique
- guerre totale et d'anéantissement
- propagande
- fascisme
- *Einsatzgruppen*
- ghetto
- camp d'extermination
- Solution finale
- déportation
- génocide
- Shoah
- chambres à gaz
- fours crématoires
- plan Marshall
- conférence de Yalta
- ONU
- crime contre l'humanité
- destruction de masse
- nouvel ordre international
- armée rouge
- communisme
- impérialisme
- belligérant

LES POINTS IMPORTANTS À RETENIR

La Seconde Guerre mondiale : une rupture majeure

• Une guerre d'anéantissement aux dimensions planétaires
- guerre totale et mondiale
- choc des idéologies
- destruction de masse avec des villes entières détruites
- crimes contre l'humanité et Shoah
- plus de 50 millions de morts

• La domination nazie sur l'Europe conduit à la barbarie
- différents modes d'occupation, de l'annexion à la collaboration
- pillage économique et humain
- répression et terreur
- mise en œuvre de la « Solution finale »

• La Seconde Guerre mondiale fait naître un nouvel ordre international
- l'Europe est affaiblie
- les colonies réclament plus ouvertement leur indépendance
- les États-Unis et l'URSS apparaissent comme les deux grands vainqueurs de la guerre
- l'ONU est créée pour « développer entre les nations des relations amicales » et maintenir la paix dans le monde

Quiz

1. Les forces de l'Axe comprennent :
- ☐ l'Allemagne, l'Italie et l'Espagne
- ☐ l'Allemagne, l'Italie et l'URSS
- ☐ l'Allemagne, l'Italie et le Japon

2. Les États-Unis entrent en guerre :
- ☐ en 1939
- ☐ en 1940
- ☐ en 1941

3. Stalingrad est le lieu d'une victoire allemande sur l'Armée rouge.
☐ vrai ☐ faux

4. La Shoah est le nom donné au génocide juif.
☐ vrai ☐ faux

5. La conférence de Yalta réunit :
- ☐ les États-Unis, le Royaume-Uni et l'URSS
- ☐ l'Allemagne, l'Italie et le Japon
- ☐ le Royaume-Uni, la France et l'Allemagne

6. La Seconde Guerre mondiale s'achève totalement en :
- ☐ août 1944
- ☐ mai 1945
- ☐ septembre 1945

→ Réponses p. 61

Analyser une carte historique

L'Europe en 1942

Tenez compte de la date pour mieux comprendre la carte. Ici, on en est en 1942, l'année où la domination nazie atteint son maximum.

Vous devez d'abord lire la légende et la comprendre avant d'étudier la carte. Ici, il y a 5 couleurs correspondant à différentes situations des pays européens pendant la guerre. Il y a aussi 2 « figurés » qui symbolisent deux types de camps nazis.

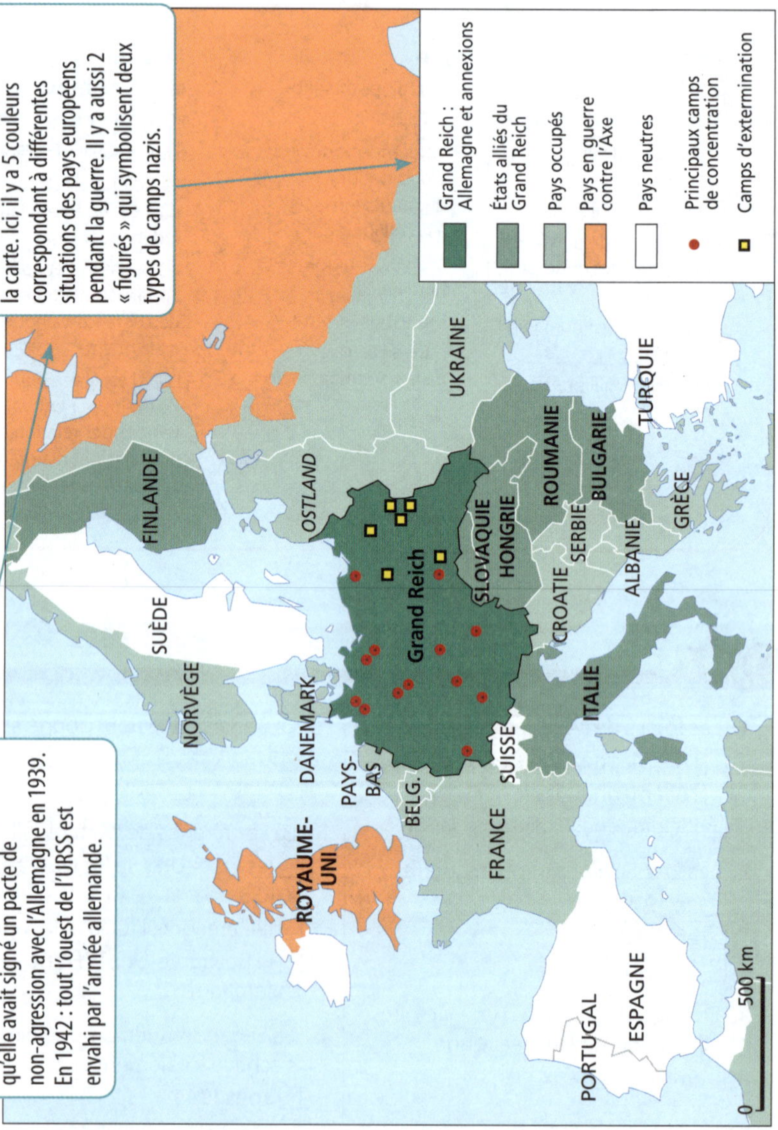

L'URSS est entrée en guerre en 1941 après son invasion par l'Allemagne, alors qu'elle avait signé un pacte de non-agression avec l'Allemagne en 1939. En 1942 : tout l'ouest de l'URSS est envahi par l'armée allemande.

QUESTIONS

1. Présentez le document.

2. Comment l'Allemagne contrôle-t-elle la quasi-totalité des pays européens en 1942 (trois types de contrôle sont attendus) ? Vous donnerez deux exemples de pays ou de régions pour chaque type de contrôle.

3. Quels sont les pays qui continuent la guerre contre l'Allemagne en Europe ?

4. Quels sont les deux types de camps mis en place par les nazis dans le Reich allemand ? Définissez chacun de ces camps.

MÉTHODE

1. Présenter une carte historique

- Vous devez donner sa nature (donc dire que c'est une carte), expliquer quel espace est représenté et à quelle date.

2. Lire une légende de carte

- Pour la question 2, vous devez vous appuyer sur la légende de la carte. Tous les pays contrôlés par l'Allemagne sont représentés dans des nuances de vert. Trois nuances correspondent à trois types de domination qui sont expliqués dans la légende. N'oubliez pas la deuxième partie de la question qui vous demande de citer des pays ou des régions, parfois disparus de la carte. Vous avez donc besoin de connaissances personnelles issues de votre cours pour savoir vous repérer sur cette carte.
- Pour la question 3, encore une fois, vous devez vous appuyer sur la légende. Les deux pays ennemis de l'Allemagne sont représentés dans une même couleur.
- Les deux types de camps sont représentés avec des « figurés » différents, mais vous avez absolument besoin de connaissances personnelles pour répondre à la seconde partie de la question 4. Décrivez bien la différence entre ces deux types de camps, notamment en abordant les différentes personnes qui y sont envoyées et le but assigné à chacun de ces deux types de camps.

CORRIGÉ DES QUESTIONS

1. Ce document est une carte représentant l'Europe sous le contrôle de l'Allemagne nazie en 1942. À cette date, la domination nazie sur l'Europe atteint son maximum.

Gagnez des points !

Vous serez valorisé si vous replacez l'année 1942 dans le contexte des grandes phases de la guerre.

2. L'Allemagne nazie, victorieuse partout en Europe, a tout d'abord élargi son « **espace vital** », c'est-à-dire élargi les frontières du **Grand Reich** en annexant différents territoires, par exemple l'ouest de la Pologne et l'Alsace-Lorraine. D'autres États en Europe ont passé des alliances avec l'Allemagne nazie, comme la Roumanie et l'Italie. D'autres encore, défaits militairement, **sont occupés par l'armée allemande**. C'est le cas de la France ou de la Grèce.

> **Gagnez des points !**
> Vous serez valorisé si vous réussissez à utiliser des connaissances précises apprises en cours pour expliquer la domination nazie. Cela peut être du vocabulaire comme « espace vital » ou des territoires difficiles à repérer comme l'« Alsace-Lorraine ».

3. Les deux pays qui continuent la guerre contre l'Allemagne nazie en Europe sont le **Royaume-Uni**, entré en guerre en 1939, et l'**URSS**, entrée en guerre en 1941 après l'invasion de l'ouest du pays par l'Allemagne.

> **Piège à éviter**
> Attention de ne pas citer les États-Unis, qui sont effectivement en guerre contre l'Allemagne depuis fin 1941, mais qui, en 1942, ne participent pas aux combats en Europe.

4. Dans le Grand Reich allemand, on trouve des **camps de concentration**. Apparus dès 1933, ces camps de concentration sont des camps de travail dans lesquels les nazis enferment avant tout les opposants au régime, notamment les communistes et les résistants. Dans l'est du Reich (le territoire pris à la Pologne), on trouve six camps d'extermination. Dans ces camps, dont le plus important est Auschwitz, tout est organisé pour exterminer, de façon massive, la population juive européenne, ainsi que les Tziganes. Des milliers de personnes meurent chaque jour dans les chambres à gaz, puis sont brûlées dans les fours crématoires.

> **Gagnez des points !**
> Pour cette question, vous pouvez gagner des points dans la description des deux types de camps : si vous utilisez un vocabulaire précis, appris en cours, vous montrerez au correcteur que vous maîtrisez réellement le sujet.
> Quelques exemples : « opposants », « Auschwitz », « chambre à gaz », « fours crématoires », etc.

Vérification des connaissances

1 Pourquoi peut-on dire que la Seconde Guerre mondiale est une guerre d'anéantissement ?

2 En quoi peut-on dire que le bilan de la Seconde Guerre mondiale est désastreux pour l'Europe ?

Vers le brevet

QUESTIONS

1 Quand la guerre s'arrête-t-elle en Europe ?

2 À quelle date des bombes atomiques sont-elles lancées sur les villes japonaises d'Hiroshima et de Nagasaki ?

3 Expliquez quels sont les principaux États en guerre contre l'Allemagne nazie.

4 Expliquez dans un développement construit d'une dizaine de lignes les différentes façons utilisées par les nazis pour exterminer les Juifs pendant la Seconde Guerre mondiale.

ÉTUDE DE DOCUMENT

Doc. Témoignage de Mme Simone Veil, déportée à l'âge de 16 ans

J'ai été arrêtée à Nice le 29 ou le 30 mars 1944. Chaque semaine, les Juifs qui avaient été arrêtés partaient pour Drancy [...].

On arrivait à Auschwitz-Birkenau dans la nuit. La rampe était éclairée par de puissants projecteurs. Cette « mise en scène » permettait sans doute de séparer les familles en évitant les incidents et les violences. Poussés brutalement hors des wagons par des hommes en tenue de bagnards, nous étions affolés par les cris et les aboiements des chiens. Tout de suite les SS, aidés de déportés, nous faisaient mettre en rang afin de séparer ceux qui allaient entrer dans le camp et ceux qui iraient à la chambre à gaz [...].

À partir de début mai jusqu'à la fin juin 1944, on a vu défiler les trains venant de Hongrie les uns après les autres sur la rampe prolongée pour être tout près de la chambre à gaz et du crématoire. Du bloc où j'étais, on voyait les gens descendre, certains entraient dans le camp mais la plupart étaient directement conduits vers les chambres à gaz. Les trains se succédaient. Plusieurs centaines de milliers de Hongrois[1] sont ainsi arrivés à Auschwitz en deux mois. La plupart ont été gazés dès leur arrivée. C'était effrayant...

1. Ces personnes sont des Juifs en provenance de Hongrie.

Le Monde, n° 50, supplément au *Monde* n° 18666, du 29 janvier 2005

1 Présentez le document.

2 Expliquez pourquoi Simone Veil a été arrêtée et comment elle a été déportée.

3 Où Simone Veil a-t-elle été envoyée ? Qu'arrivait-il aux prisonniers à leur arrivée ?

4 Pourquoi peut-on dire que le camp d'Auschwitz est un camp d'extermination ?

Quiz

1 L'Allemagne, l'Italie et le Japon.
2 En 1941 après l'attaque japonaise de Pearl Harbor.
3 Faux : C'est l'URSS qui gagne la bataille contre l'Allemagne.
4 Vrai.
5 Les États-Unis, le Royaume-Uni et l'URSS.
6 Septembre 1945.

Vérification des connaissances

1 La Seconde Guerre mondiale est une guerre d'anéantissement car c'est une guerre totale qui vise non plus seulement à vaincre l'ennemi, mais à le détruire. Cette volonté d'anéantir l'ennemi s'explique par le caractère idéologique des combats qui opposent le fascisme à la démocratie et au communisme. Tous les moyens de la guerre totale sont mobilisés pour parvenir à ce but. Jamais autant de crimes de masse n'ont été commis lors d'un conflit. La victoire contre le nazisme et l'impérialisme japonais se fait au prix de plus de 50 millions de morts.

2 À la fin de la Seconde Guerre mondiale, l'Europe est très affaiblie : des millions d'Européens sont morts, des villes entières sont détruites, l'économie est entièrement à reconstruire. La plupart des gouvernements européens se sont compromis dans la guerre. Leurs colonies réclament plus ouvertement leur indépendance au nom des droits de l'Homme et de leur participation à la victoire. Cet affaiblissement profite aux États-Unis et à l'URSS qui apparaissent comme les deux grands vainqueurs du conflit.

Vers le brevet

QUESTIONS

1 La fin de la guerre en Europe est signée le 8 mai 1945.

2 Les villes japonaises d'Hiroshima et de Nagasaki sont détruites par des bombes atomiques américaines en août 1945.

3 Au début de la Seconde Guerre mondiale, les principaux adversaires de l'Allemagne nazie sont la France et

Gagnez des points !

N'hésitez pas à rappeler la chronologie des événements pour montrer votre connaissance de la question.

le Royaume-Uni. Cependant, avec la défaite française en 1940, le Royaume Uni reste seul face à l'Allemagne, rejoint par les Français ayant choisi de suivre de Gaulle au sein de la France libre. À partir de 1941, les « Alliés » sont renforcés par l'entrée en guerre de l'URSS, envahie par les Allemands, et par les États-Unis, après l'attaque de Pearl Harbor par les Japonais, alliés à Hitler.

4 La Shoah (« catastrophe » en hébreu) est le nom donné au génocide du peuple juif commis par les nazis. L'extermination s'est décidée progressivement, d'abord par l'exclusion des Juifs de la société puis, à partir de 1941 lors de l'invasion de l'URSS, par des massacres commis par les *Einsatzgruppen*, des commandos SS chargés de tuer systématiquement tous les Juifs présents dans les villages conquis. C'est la « Shoah par balles ».

Ce génocide s'est poursuivi dans les ghettos où les Juifs polonais sont regroupés et meurent de faim.

Enfin, le génocide juif a pris une nouvelle dimension avec l'organisation industrielle des camps de concentration et d'extermination, comme à Auschwitz, où la plupart des Juifs sont, dès leur arrivée, gazés dans des chambres à gaz et leurs corps brûlés dans des fours crématoires.

Au total, ce génocide a tué entre 5 et 6 millions de Juifs européens.

ÉTUDE DE DOCUMENT

1 Ce document est un **extrait de texte, tiré du témoignage de Simone Veil, paru le 29 janvier 2005 dans le supplément du numéro 18 666 du journal *Le Monde*.** Simone Veil raconte qu'elle a été déportée à Auschwitz en 1944 à l'âge de 16 ans.

> **Gagnez des points !**
>
> Vous pouvez gagner des points si vous connaissez la personnalité de Simone Veil, femme politique française importante, qui est notamment à l'origine de la loi sur l'avortement et si vous évoquez sa carrière rapidement.

2 Simone Veil raconte **qu'elle a été arrêtée en France, à Nice, dans le sud de la France**, le 29 ou le 30 mars 1944. **Son arrestation est uniquement due au fait qu'elle était juive.** Elle a ensuite été **transférée au camp de Drancy**, d'où partaient les trains en direction des « camps de la mort ».

3 Simone Veil a été déportée dans **le camp d'Auschwitz-Birkenau**, le plus grand des camps d'extermination. À leur arrivée dans des trains à bestiaux, **les prisonniers étaient « poussés brutalement hors des wagons », mis en rang et sélectionnés.** Cette sélection consistait à sépa-

> **Piège à éviter**
>
> Attention, la seconde partie de la question ne s'arrête pas uniquement sur le cas particulier de Simone Veil, mais généralise à tous les prisonniers qui arrivent dans le camp dont il est question.

rer les prisonniers qui allaient rejoindre le camp de travail forcé, ou camp de concentration, et ceux qui allaient être directement assassinés dans des chambres à gaz. Les corps des prisonniers gazés étaient ensuite brûlés dans des fours crématoires.

4 Auschwitz est bien un camp d'extermination, car **la plupart des prisonniers qui y arrivaient étaient directement tués dans les chambres à gaz.** Simone Veil explique ainsi que **plusieurs centaines de milliers de Juifs hongrois ont été tués en deux mois seulement.**

CHAPITRE 4

La France défaite et occupée. Régime de Vichy, collaboration, Résistance

1 L'effondrement de la République

De quoi s'agit-il ? **Dès le début de la Seconde Guerre mondiale, l'armée française est vaincue par les Allemands. En quoi cette défaite entraîne-t-elle l'effondrement de la République et la mise en place d'un régime antidémocratique ?**

1 La défaite de 1940

L'offensive allemande de 1940

- La Blitzkrieg menée par l'armée allemande en mai 1940 submerge les défenses de l'armée française et jette des millions de civils effrayés sur les routes : c'est l'exode.
- Appelé au pouvoir dans un pays totalement désorganisé, le maréchal Pétain décide de signer l'armistice malgré les très lourdes conditions imposées par les Allemands : occupation du nord du pays et de la côte atlantique, entretien de l'armée allemande à la charge de la France, non-retour des prisonniers de guerre, etc. Dans le même temps, en France, la IIIe République disparaît. Pétain reçoit les pleins pouvoirs (exécutif et législatif) et modifie la Constitution : la IIIe République disparaît.
- À Londres, le général de Gaulle refuse la défaite : le 18 juin 1940, il lance à la radio un appel à continuer la guerre et à résister. Reconnu par le gouvernement britannique, il devient le représentant de la France libre.

2 Le régime de Vichy

- Le gouvernement de Vichy devient donc un régime autoritaire, dirigé par un chef unique : Pétain. Le culte de sa personnalité participe de la Révolution nationale entreprise par le régime (**Doc.**). Les valeurs de la République sont remplacées par des valeurs conservatrices résumées dans la nouvelle devise du pays : « Travail, Famille, Patrie ». Une législation antisémite, sur le statut de Juifs, est mise en place.
- De plus, le régime de Vichy collabore avec les nazis. Le STO oblige tous les jeunes Français à partir travailler en Allemagne ; la milice aide la Gestapo à réprimer la Résistance ; les forces de police françaises sont chargées d'appliquer la nouvelle législation antisémite et d'organiser des rafles de Juifs, participant ainsi à la guerre d'anéantissement menée par les nazis.

Doc. Une affiche de propagande à la gloire de Pétain

Ces symboles remplacent les symboles républicains.

Le maréchal Pétain fait l'objet d'un culte de la personnalité. Il est au centre de l'affiche, dans la lumière et il surplombe l'ensemble des Français.

La francisque est une hache portée par les guerriers francs. Elle met en avant le nationalisme du régime.

Les Français représentés ici symbolisent une France traditionnelle, avant tout rurale, sur laquelle s'appuie le Gouvernement de Vichy.

Vocabulaire

France libre ou Forces Françaises Libres (FFL) : organisation résistante fondée par le général de Gaulle, en juin 1940, à Londres. Elle incarne la France républicaine.

Révolution nationale : programme antirépublicain du régime de Vichy fondé sur la devise « Travail, Famille, Patrie ».

STO : Service du Travail Obligatoire imposé par Hitler à la France pour fournir de la main-d'œuvre à l'Allemagne.

Milice : organisation de volontaires qui collaborent avec les Allemands pour traquer les ennemis du régime de Vichy.

Rafle : descente de police pour arrêter les Juifs ou les résistants.

Notions-clés

Blitzkrieg : voir p. 51.

Exode : fuite massive de la population devant l'armée allemande en 1940.

Armistice : voir p. 15.

Culte de la personnalité : voir p. 35.

Antisémitisme : voir p. 37.

Collaboration : politique de coopération avec l'Allemagne nazie voulue par le maréchal Pétain, mais aussi comportement de ceux qui, pendant la Seconde Guerre mondiale, ont aidé les occupants nazis.

Guerre d'anéantissement : guerre qui a pour but l'anéantissement de l'ennemi et de son idéologie.

2 Résistance et Libération : la refondation républicaine

De quoi s'agit-il ? **Alors que la France est occupée et que le régime de Vichy collabore avec les Allemands, la Résistance continue le combat. En quoi cette lutte contribue-t-elle à la Libération et prépare-t-elle la refondation républicaine ?**

1 La Résistance, gardienne des valeurs républicaines

La France occupée

- La Résistance naît d'abord du refus de l'armistice et du régime de Vichy qu'elle combat, ainsi que les nazis, au nom des valeurs démocratiques et républicaines.
- Une résistance extérieure s'organise au Royaume-Uni après l'appel du général de Gaulle. C'est avant tout une résistance militaire. De Gaulle crée les FFL dans lesquelles s'enrôlent les Français venus le rejoindre à Londres. Dès 1940 et jusqu'en 1943, il reçoit les ralliements de la plupart des colonies françaises, qui mettent en place des troupes prêtes à combattre aux côtés des Alliés et des FFL.
- Dans le même temps, une résistance intérieure se met en place. C'est avant tout une résistance civile. Elle s'organise en réseaux, comme les FTP, et en mouvements, comme Libération-Sud. Organisés parfois en maquis, ils mènent des actions militaires comme le sabotage de trains de ravitaillement, l'assassinat de miliciens, l'attaque de convois allemands, etc. Ils mènent aussi des actions plus politiques en imprimant des tracts et des journaux clandestins destinés à mobiliser la population contre l'occupant et le gouvernement collaborateur.
- En 1943, les mouvements résistants sont unifiés par de Gaulle et Jean Moulin avec la création du CNR, dont le but est de refonder la République. Les FFI, issues de cette unification, mènent la lutte armée pour la Libération.

2 La Libération et la fin du régime de Vichy

- Le 6 juin 1944, les Alliés, accompagnés par les FFL, débarquent en Normandie puis en Provence. La résistance intérieure participe activement à leurs côtés aux combats contre l'armée allemande en repli. Peu à peu, la France est libérée. Dans le même temps, de Gaulle devient le chef du Gouvernement provisoire de la République française (GPRF).
- De Gaulle annule les lois du gouvernement de Vichy. Il fait arrêter Pétain et, en 1945, à la fin de la Libération, son procès et celui de la collaboration s'ouvrent. Pétain est condamné à mort, puis sa peine est commuée en prison à vie.

Doc. **Extraits du programme du Conseil national de la Résistance (CNR), 15 mars 1944**

Plan d'action immédiate

Les représentants des organisations de Résistance des centrales syndicales et des partis ou tendances politiques groupés au sein du CNR [...] proclament leur volonté de délivrer la patrie en collaborant étroitement aux opérations militaires que l'armée française et les armées alliées entreprendront sur le continent mais aussi de hâter cette libération. [...]

Mesures à appliquer :

[...]

4°) Afin d'assurer :

– l'établissement de la démocratie la plus large en rendant la parole au peuple français par le rétablissement du suffrage universel ;

– la pleine liberté de pensée, de conscience et d'expression ;

– la liberté de la presse [...]

– l'égalité absolue de tous les citoyens devant la loi [...].

Ce conseil, mis en place par Jean Moulin sur ordre de de Gaulle, travaille à Londres et regroupe les principaux mouvements de la résistance intérieure.

Ce programme a été diffusé au printemps 1944 dans la clandestinité par les journaux des mouvements de Résistance. Il incite la résistance intérieure à aider les Alliés et à participer à leurs côtés à la libération de la France.

Le CNR prévoit déjà la refondation républicaine qui devra succéder au gouvernement du maréchal Pétain. Ce sont toutes les libertés individuelles et le suffrage universel qui seront rétablis pour permettre le retour de la République.

Vocabulaire

FFL : voir p. 65.

FTP : Francs Tireurs et Partisans. Réseau résistant créé par le Parti communiste français.

Maquis : regroupement de résistants dans des zones difficiles d'accès ou peu peuplées (forêts, montagnes, etc.) et qui mènent des actions militaires contre l'occupant.

CNR : Conseil National de la Résistance, créé en 1943 par Jean Moulin afin d'unifier tous les mouvements de la Résistance intérieure. En 1944, son programme prépare le rétablissement de la République.

FFI : Forces Françaises de l'Intérieur, ensemble des organisations armées de la Résistance intérieure.

Notions-clés

Résistance : ensemble des actions individuelles ou organisées exprimant le refus de l'occupation nazie et du régime de Vichy.

Résistance extérieure : résistance militaire qui s'organise sous le commandement du général de Gaulle et des Alliés.

Colonies : voir page 15.

Résistance intérieure : ensemble des organisations de résistance (mouvements, réseaux, maquis).

GPRF : voir p. 107.

RÉVISION EXPRESS

LES DATES IMPORTANTES

La France pendant la Seconde Guerre mondiale

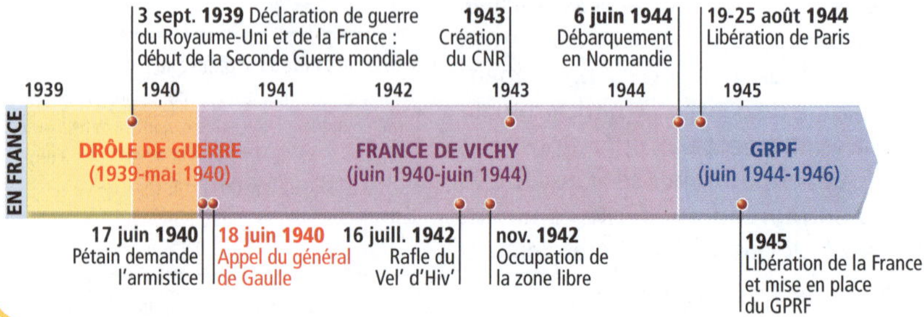

LES MOTS IMPORTANTS

- Blitzkrieg
- exode
- armistice
- France libre ou Forces Françaises Libres (FFL)
- Révolution nationale
- STO
- milice
- rafle
- culte de la personnalité
- antisémitisme
- collaboration
- guerre d'anéantissement
- FTP
- CNR
- FFI
- Résistance
- résistances intérieure/extérieure
- maquis

LES PERSONNAGES IMPORTANTS

Charles de Gaulle
1890-1970

Général français qui refuse la défaite et lance depuis Londres, le 18 juin 1940, un appel à la résistance. Il est le chef de la France libre de 1940 à 1944 puis chef du gouvernement provisoire (1944-1945).

Philippe Pétain
1856-1951

Maréchal de France après la Première Guerre mondiale, il devient le chef du Gouvernement de Vichy qui collabore avec l'Allemagne de 1940 à 1944. Condamné à mort en 1945, il est ensuite gracié.

Jean Moulin
1899-1943

Préfet d'Eure-et-Loir en 1940, il est révoqué par Vichy et rejoint de Gaulle qui le charge d'unifier les mouvements de la Résistance intérieure. Arrêté et torturé par la Gestapo, il meurt sans parler en 1943.

LES POINTS IMPORTANTS À RETENIR

	La France de Vichy	La France de la Résistance
Face à la défaite	– Pétain annonce qu'il demande l'armistice le 17 juin 1940 – Pétain accepte des conditions d'armistice très défavorables à la France – Il prend les pleins pouvoirs, mettant fin à la IIIe République. Il met en place un régime autoriraire opposé aux valeurs républicaines	– Le général de Gaulle lance un appel à la résistance le 18 juin 1940 – De Gaulle organise la France Libre pour continuer la guerre aux côtés des Alliés – De Gaulle incarne la continuité républicaine et est reconnu par les Alliés comme chef de la France libre
Face aux Allemands	– le Gouvernement de Vichy collabore avec l'occupant nazi : il organise le STO, met en place une législation antisémite et participe à la déportation des Juifs – la milice traque les résistants et les livre à la Gestapo	– la France Libre participe aux combats aux côtés des Alliés – les mouvements, réseaux et maquis de la résistance intérieure mènent une lutte politique et militaire contre les nazis et les collaborateurs
Face à la Libération	– le procès de Pétain et de la collaboration s'ouvre à la Libération. Pétain est condamné à mort, puis sa peine est commuée en prison à vie – les collaborateurs sont considérés comme des criminels et jugés	– le programme du CNR prépare la Libération et la refondation de la République – De Gaulle devient le chef du GPRF dès juin 1944

Quiz

1. L'appel à la résistance lancé par le général de Gaulle a lieu :
- ☐ le 17 juin 1940
- ☐ le 18 juin 1940
- ☐ le 14 juillet 1940

2. Le Gouvernement de Vichy est un régime :
- ☐ autoritaire
- ☐ parlementaire
- ☐ antisémite

3. Pour unifier la Résistance intérieure, Jean Moulin a fondé :
- ☐ le CNR
- ☐ le FTP
- ☐ la France libre

4. De Gaulle a dirigé :
- ☐ la France libre
- ☐ le GPRF
- ☐ la IVe République

→ Réponses p. 75

Analyser un témoignage de résistant

Entretien avec Lucie Aubrac

Je me suis engagée dans la Résistance par rébellion contre Pétain. Il venait de signer un accord de collaboration avec Hitler en octobre 1940 à Montoire. Durant ma vie étudiante, j'avais milité activement contre la montée du fascisme et cette collaboration avec les nazis m'avait bouleversée. Jean Cavaillès, professeur de philosophie [fusillé en janvier 1944], Emmanuel d'Astier de La Vigerie, journaliste, et moi-même, professeure d'Histoire, nous étions du côté de la liberté. Nous avons donc fondé le mouvement Libération-Sud à Clermont-Ferrand. Par la force des choses, ce mouvement est devenu antinazi avec l'occupation allemande. Le statut des Juifs était aussi pour moi un sujet de révolte. Vichy avait par exemple interdit aux Juifs d'exercer dans la fonction publique.

Extrait de « Entretien avec Lucie Aubrac », revue *TDC*, n° 852, 15-31 mars 2003.

La mort de Lucie Aubrac

Son vrai nom est Lucie Samuel. Aubrac est le nom que son mari Raymond prend dans la clandestinité et qu'elle adopte à son tour. Les résistants prenaient en effet souvent des noms d'emprunt pour éviter de se faire repérer. Ils garderont ce nom après la guerre.

Veillez à bien analyser le contexte évoqué par Lucie Aubrac : au début de la guerre, Clermont-Ferrand est située en zone Sud, que l'on appelle aussi zone libre car elle échappe à l'occupation allemande, bien qu'elle soit dirigée par le Gouvernement de Vichy. À partir de la fin de l'année 1942, cette zone libre est occupée par les Allemands.

Veillez à bien lire le texte en entier avant de répondre aux questions. Resituez dans son contexte, grâce à vos connaissances personnelles, chaque événement et chaque personnage évoqués que vous connaissez. Ici par exemple, vous devez notamment avoir des connaissances sur Pétain, sur Montoire et sur le statut des Juifs.

QUESTIONS

1. Présentez le document en précisant quand l'entretien a eu lieu et quelle période historique il aborde.

2. Trouvez trois raisons qui ont poussé Lucie Aubrac à résister.

3. Comment Lucie Aubrac et ses camarades organisent-ils leur résistance ? Au nom de quel principe se révoltent-ils ?

4. Expliquez à l'aide de ce témoignage et de vos connaissances personnelles ce qu'était le statut des Juifs mis en place par le Gouvernement de Vichy. Pourquoi ce statut est-il un sujet de révolte pour Lucie Aubrac ?

MÉTHODE

1. Présenter un témoignage

- Quand on aborde un témoignage en Histoire, il faut toujours faire très attention à la **date à laquelle le témoignage est recueilli**, car elle peut être très éloignée de celle des événements décrits dans le témoignage.
- D'autre part, vous devez vous interroger sur le **rôle du témoin** : est-ce quelqu'un qui a vécu les événements qu'il raconte (témoin direct) ou quelqu'un qui reconstitue les faits dont il a entendu parler (témoin indirect) ? Lucie Aubrac est bien un témoin direct de l'occupation allemande pendant la Seconde Guerre mondiale, même si elle décrit ici son expérience de la guerre soixante ans après les faits.

2. Prélever des informations dans le texte

- Vous avez le choix, car on vous demande trois motifs d'engagement et on peut en trouver **au moins quatre dans le témoignage**.
- Vous pouvez remarquer que Lucie Aubrac s'engage pour des motifs liés aux événements de la guerre, mais aussi pour des raisons politiques plus profondes, qui remontent aux années 1930.

3. Éviter de recopier le texte

- Il s'agit ici de **prélever des informations de manière très précise** dans le document.
- **Ne recopiez pas pour autant un long extrait du texte**. Deux mots ou expressions présents dans le texte sont particulièrement importants dans votre réponse.

4. Utiliser ses connaissances personnelles

- Vous avez besoin de **connaissances personnelles** pour donner du sens au témoignage de Lucie Aubrac sur le statut des Juifs.
- N'hésitez pas à décrire précisément ce que cette loi implique pour la population juive de France.
- De la même manière, vous devez expliquer en quoi cette loi a choqué une partie de la population française et les a poussés à s'engager dans la Résistance.

CORRIGÉ DES QUESTIONS

1. Ce document est un **extrait du témoignage de Lucie Aubrac** paru dans la revue *TDC* (une revue pédagogique destinée aux enseignants et aux élèves). Ce témoignage est **recueilli en 2003, soit environ soixante ans après les faits racontés**, qui se déroulent entre 1940 et 1944.

> **Gagnez des points !**
> Pensez à bien montrer que vous avez compris qu'il y a soixante ans d'écart entre le témoignage de Lucie Aubrac et les événements qu'elle décrit.

2. Lucie Aubrac s'engage dans la Résistance avant tout par **rébellion contre Pétain et sa politique de collaboration avec l'occupant nazi**. Cette décision fait suite à un **engagement ancien**, dans les années 1930, **contre la montée du fascisme et de l'extrême droite** en Europe. À partir de la fin de l'année 1942, Lucie Aubrac, qui habite Clermont-Ferrand, **résiste directement contre les nazis suite à l'invasion de la zone sud par l'armée allemande**.

> **Piège à éviter**
>
> Faites bien attention à vous appuyer sur les différentes raisons pour lesquelles Lucie Aubrac s'est engagée. Vous avez le droit de parler du statut des Juifs, même si une autre question l'aborde.

3. Lucie Aubrac et ses amis, notamment Jean Cavaillès et Emmanuel d'Astier de La Vigerie, **fondent le mouvement Libération-Sud**, dont l'une des principales actions est la publication du journal clandestin *Libération*. **Cet engagement dans la Résistance se fait pour la défense de la liberté**, bafouée par le Gouvernement de Vichy et les nazis.

> **Gagnez des points !**
>
> Si vous avez étudié le mouvement Libération-Sud en cours, n'hésitez pas à donner des précisions sur ses actions, notamment sur la diffusion du journal clandestin *Libération*. Sinon, vous pouvez comparer avec un autre mouvement ou réseau étudié en cours.

4. Le statut des Juifs est arrêté par un décret rédigé par le maréchal Pétain le 3 octobre 1940. Il s'agissait d'**exclure les Juifs de la société française**, notamment de la fonction publique et des médias. Avec cette loi, un juif français ne pouvait donc plus être ni enseignant, ni journaliste, ni policier. Lucie Aubrac, enseignante, **assiste à la mise en place de cette discrimination** et à la mise à l'écart de certains de ses collègues, ce qui est pour elle un **sujet de révolte**.

> **Piège à éviter**
>
> Ne racontez pas la déportation des Juifs dans la France occupée. Ce n'est pas le sujet ici.

Vérification des connaissances

1 Expliquez la différence d'attitude de Pétain et de de Gaulle face à la défaite en 1940.

2 Expliquez comment s'organise la Résistance pendant l'Occupation.

3 En quoi consiste la collaboration du Gouvernement de Vichy ?

Vers le brevet

QUESTIONS

1 Indiquez en quelle année commence et en quelle année prend fin le régime de Vichy.

2 Quand la France est-elle libérée lors de la Seconde Guerre mondiale ?

3 Qu'est-ce que le STO ?

4 Racontez quel est le rôle du général de Gaulle pendant la guerre.

ÉTUDE DE DOCUMENT

Doc. **L'Appel du 18 juin**

Les chefs qui, depuis de nombreuses années, sont à la tête des armées françaises, ont formé un Gouvernement. Ce Gouvernement, alléguant la défaite de nos armées, s'est mis en rapport avec l'ennemi pour cesser le combat.

Certes, nous avons été, nous sommes, submergés par la force mécanique, terrestre et aérienne de l'ennemi [...]. Mais le dernier mot est-il dit ? L'espérance doit-elle disparaître ? La défaite est-elle définitive ? Non ! Croyez-moi, moi qui vous parle en connaissance de cause et vous dis que rien n'est perdu pour la France. Les mêmes moyens qui nous ont vaincus peuvent faire venir un jour la victoire. Car la France n'est pas seule ! Elle n'est pas seule ! Elle n'est pas seule ! Elle a un vaste empire derrière elle. Elle peut faire bloc avec l'empire britannique qui tient la mer et continue la lutte. Elle peut, comme l'Angleterre, utiliser sans limites l'immense industrie des États-Unis [...]. Moi, général de Gaulle, actuellement à Londres, j'invite les officiers et les soldats français qui se trouvent en territoire britannique ou qui viendraient à s'y trouver, avec leurs armes ou sans leurs armes, j'invite les ingénieurs et les ouvriers spécialistes des industries d'armement qui se trouvent en territoire britannique ou qui viendraient à s'y trouver, à se mettre en rapport avec moi. Quoi qu'il arrive, la flamme de la résistance française ne doit pas s'éteindre et ne s'éteindra pas. Demain, comme aujourd'hui, je parlerai à la radio de Londres.

Discours du général de Gaulle prononcé à la radio de Londres, le 18 juin 1940.

1 Présentez le document en le situant dans son contexte historique (vous pouvez vous aider du 1er paragraphe).

2 Que refuse de Gaulle ? Pourquoi dit-il que « la France n'est pas seule » ?

3 À qui s'adresse ce discours en particulier ? Que leur demande-t-il de faire ?

4 Expliquez la phrase : « la flamme de la résistance française ne doit pas s'éteindre et ne s'éteindra pas ».

Quiz

1 Le 18 juin 1940.

2 Autoritaire et antisémite.

3 Le CNR (Conseil national de la Résistance).

4 La France libre et le GPRF (Gouvernement provisoire de la République française).

Vérification des connaissances

1 Face à la défaite de l'armée française, Pétain choisit de demander l'armistice et de collaborer avec l'occupant allemand. Pour lui, la victoire de l'Allemagne montre la supériorité de la dictature sur la République. Il met donc en place un régime autoritaire chargé de redresser la France et rejette ainsi les valeurs républicaines et démocratiques. De Gaulle, au contraire, refuse la victoire de l'Allemagne. Il pense que, malgré la défaite de la bataille de France, il est encore possible de gagner la guerre, notamment grâce aux Alliés et aux colonies. Il entend aussi continuer à défendre les valeurs de liberté et la démocratie face aux victoires des régimes totalitaires. C'est pourquoi, le 18 juin 1940, il lance un appel à la résistance.

2 La Résistance s'organise d'abord depuis Londres, autour du général de Gaulle et de la France libre. C'est une résistance militaire qui participe aux combats aux côtés des Alliés. Très vite, une résistance s'organise aussi sur le territoire français. Des réseaux, des mouvements et des maquis lancent toute sorte d'actions pour lutter contre l'occupant. À partir de 1943, ces mouvements de résistance intérieure sont unifiés par le CNR créé par Jean Moulin. Les FFI, liées au CNR, participent ainsi aux combats pour la libération du pays.

3 Le Gouvernement de Vichy choisit la collaboration suite à la défaite de la France face à l'Allemagne en 1940. Cette collaboration consiste en une aide matérielle fournie par les réquisitions, mais aussi par l'envoi des jeunes Français pour travailler en Allemagne dans le cadre du STO. Enfin, l'État français apporte une aide active dans l'application de la politique nazie : la police française aide la Gestapo à traquer les résistants et participe à la déportation des Juifs français et étrangers vers les camps de la mort.

Vers le brevet

QUESTIONS

1 Le régime de Vichy dure de 1940 à 1944.

2 À la fin de la Seconde Guerre mondiale, la France est libérée entre 1944 et 1945.

3 Le STO est le Service du Travail Obligatoire, c'est-à-dire le service mis en place par le régime de Vichy dans le cadre de la collaboration pour envoyer les jeunes Français travailler en Allemagne.

4 Militaire de métier, officier, le général de Gaulle participe à la bataille de France. Mais c'est avec l'appel à la résistance qu'il lance depuis Londres le 18 juin 1940 et la création des Forces Françaises libres que son rôle prend de l'importance : il devient alors le chef de la résistance extérieure. Par la suite, il réussit, avec l'aide de Jean Moulin, à unir les différents mouvements de résistance sous son autorité. En 1944, lors de la libération du pays, il devient donc le chef du gouvernement provisoire.

ÉTUDE DE DOCUMENT

1 Ce document est un extrait du discours prononcé par le général de Gaulle à la radio de Londres, le 18 juin 1940. La veille, face à la défaite de l'armée française lors de la bataille de France, le chef du Gouvernement, le maréchal Pétain, avait demandé l'armistice à l'Allemagne.

> **Gagnez des points !**
>
> Soyez précis sur le contexte. On attend de vous que vous sachiez dans quel contexte ce document, nécessairement étudié en cours, a été prononcé.

2 De Gaulle refuse la défaite définitive et l'armistice décidé par Pétain. Il dit que la France n'est pas seule, car son empire colonial n'est pas envahi et peut continuer le combat. De plus, le Royaume-Uni, allié à la France, continue la guerre, soutenu par ses nombreuses colonies et surtout par sa marine qui « tient la mer ». Enfin, les États-Unis et leur puissante industrie peuvent soutenir l'économie des pays en guerre contre l'Allemagne.

> **Piège à éviter**
>
> Attention à la chronologie. Au moment où de Gaulle prononce ce discours, les États-Unis ne sont pas en guerre. Ils ne rentreront dans le conflit qu'à la fin de l'année 1941, lorsqu'ils seront attaqués par le Japon, allié à l'Allemagne. C'est donc sur l'aide industrielle fournie par les États-Unis au Royaume-Uni et à la France que compte de Gaulle pour redresser la situation.

3 Ce discours s'adresse aux officiers et aux soldats français, ainsi qu'aux ingénieurs et aux ouvriers des industries d'armement, particulièrement utiles à la guerre. Il leur demande de le rejoindre à Londres, si possible avec leurs armes, pour organiser la résistance.

> **Piège à éviter**
> Soyez précis dans votre réponse. Le 18 juin 1940, de Gaulle ne s'adresse pas à tous les Français, mais à une catégorie en particulier.

4 Par cette image, de Gaulle insiste sur le fait que tout espoir n'est pas perdu et qu'il faut continuer le combat, même si celui-ci s'annonce très difficile.

> **Piège à éviter**
> Pour cette question, on attend de vous que vous transposiez en langage courant une phrase qui utilise un symbole.

CHAPITRE

5 Guerre froide et indépendances : le monde de 1945 à 1991

1 La guerre froide : le monde divisé en deux blocs

De quoi s'agit-il ? **Sitôt la Seconde Guerre mondiale achevée, un conflit oppose les deux grands vainqueurs, les États-Unis et l'URSS. Comment cette opposition, appelée « guerre froide », se manifeste-t-elle dans les relations internationales ?**

1 Les débuts de la guerre froide (1945-1949)

L'antagonisme États-Unis/URSS

• Dès la fin de la Seconde Guerre mondiale, des tensions apparaissent entre les deux grands vainqueurs du conflit qui se partagent l'Europe, divisée par un « rideau de fer » (**Doc.**).

• En 1947, Truman, le président des États-Unis, propose aux pays européens une aide économique, le Plan Marshall, que l'URSS refuse, accusant les Américains d'impérialisme, c'est-à-dire de vouloir dominer politiquement, économiquement et culturellement d'autres peuples.

2 Tensions et détente entre les deux blocs (1949-1989)

• Au début des années 1950, chaque puissance organise une alliance militaire : l'OTAN à l'Ouest et le Pacte de Varsovie à l'Est. Deux blocs se forment ainsi (**Doc.**) et s'opposent dans une guerre idéologique sans jamais tomber dans un affrontement direct, notamment à cause de la menace nucléaire.

• Des crises existent néanmoins, comme lors de la guerre de Corée (1950-1953), mais c'est l'Allemagne et Berlin qui focalisent toutes les tensions. Le pays et son ancienne capitale sont divisés en deux depuis 1949 : la RFA à l'Ouest et la RDA à l'Est. La construction du mur de Berlin en 1961 manque de faire basculer le monde dans un conflit atomique (**Doc.**).

• Cependant, après 1965, la course à l'armement ralentit et la menace d'un conflit s'éloigne : c'est la détente.

3 La fin de la guerre froide

• Dans les années 1980, l'URSS est en pleine crise économique. Elle est ruinée par la course à l'armement et à la technologie (conquête spatiale).

• Peu à peu, les populations des pays européens du bloc de l'Est profitent de l'affaiblissement de l'URSS pour demander plus de libertés. La chute du mur de Berlin en 1989 annonce la fin des dictatures communistes en Europe de l'Est puis l'effondrement de l'URSS qui redevient la Russie en 1991.

Doc. Le monde bipolaire

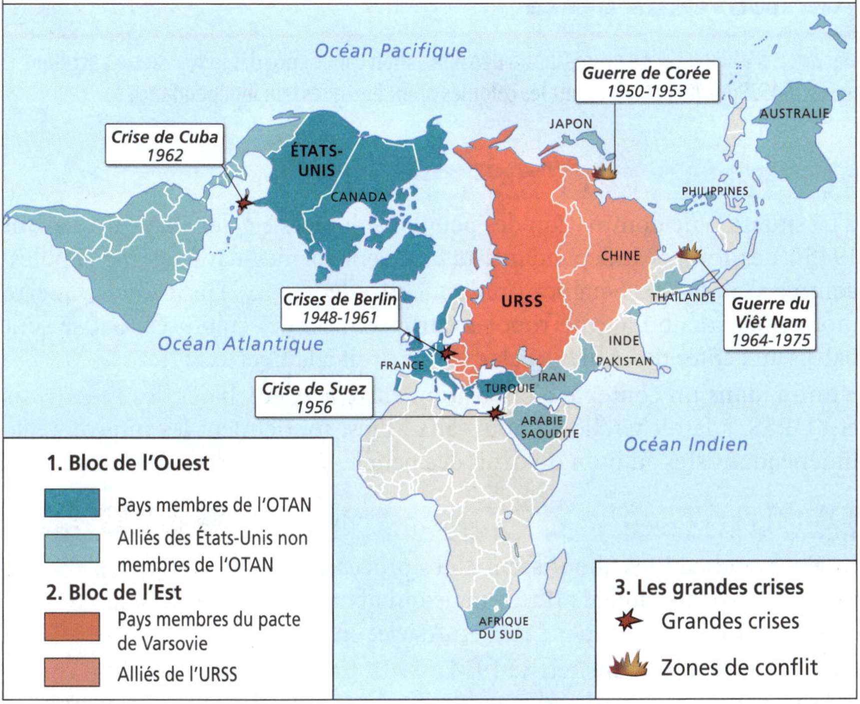

Vocabulaire

Rideau de fer : image utilisée par Churchill pour désigner la frontière infranchissable entre le bloc de l'Est et le bloc de l'Ouest en Europe.

Plan Marshall : voir p. 53.

OTAN : Organisation du Traité de l'Atlantique Nord, alliance militaire autour des États-Unis signée en 1949.

RFA : République fédérale d'Allemagne (Allemagne de l'Ouest).

RDA : République démocratique allemande (Allemagne de l'Est).

Notions-clés

Guerre froide : conflit politique et idéologique entre les États-Unis et l'URSS pour la domination du monde. Elle repose sur la menace nucléaire et des affrontements indirects, mais n'aboutit jamais à une guerre ouverte.

Impérialisme : voir p. 37.

Menace nucléaire : menace d'un bombardement atomique qui pèse sur les deux camps pendant la guerre froide. Cette menace est dite de dissuasion, car aucun des deux grands ne veut risquer l'anéantissement.

Course à l'armement : engrenage qui pousse les deux grandes puissances à consacrer une grande partie de leur budget à un équipement militaire de plus en plus sophistiqué.

2 Indépendances et construction de nouveaux États

De quoi s'agit-il ? **Le processus de décolonisation commencé dès le XVIIIe siècle s'accélère après 1945. Pourquoi et comment les colonies prennent-elles leur indépendance ?**

1 Les origines de la décolonisation

• La situation de domination des peuples colonisés est dénoncée bien avant 1945 : des leaders indépendantistes souvent formés dans les métropoles, comme Gandhi ou Senghor, font entendre leur voix. La Seconde Guerre mondiale a affaibli les métropoles européennes. Les colonisés, qui se sont battus aux côtés des Alliés, réclament le droit à la liberté.

• Enfin, dans un contexte d'opposition entre les deux blocs, les États-Unis et l'URSS, à la recherche de nouveaux alliés, soutiennent les mouvements indépendantistes au nom du droit des peuples à disposer d'eux-mêmes.

2 Des revendications à l'indépendance

Comprendre les accords d'Évian

• Ces revendications aboutissent à des processus de décolonisation parfois négociés, parfois violents (**Doc.**), mais qui aboutissent souvent à la création de nouveaux États indépendants en Asie et en Afrique.

• Ainsi l'Algérie doit mener, de 1954 à 1962, une guerre de libération contre la France qui lui refuse l'indépendance, alors qu'elle l'accorde pourtant à la Tunisie, au Maroc et à l'Afrique sub-saharienne à la suite de négociations. La guerre en Algérie affaiblit la France qui est critiquée sur la scène internationale. En 1962, le président Charles de Gaulle signe donc avec le FLN algérien les accords d'Évian qui accordent son indépendance à l'Algérie.

• De la même manière le Royaume-Uni, face au mouvement de désobéissance civile de Gandhi, donne son indépendance à l'Inde en 1947.

3 De nouveaux États indépendants

• L'assassinat de Gandhi et les affrontements meurtriers entre hindous et musulmans, qui suivent l'indépendance de l'Inde et qui conduisent à la création de deux États séparés (Union indienne et Pakistan), montrent bien les difficultés rencontrées par les États issus de la décolonisation.

• Ces nouveaux États, tenus à l'écart de l'industrialisation par leur métropole, peinent à se développer. Ils se désignent alors sous le terme de tiers-monde et se réunissent lors de grandes conférences comme celle de Bandung en 1955. Ils s'unissent pour être reconnus et entendus sur la scène internationale, notamment à travers leur représentation à l'ONU.

Doc. La décolonisation en Afrique et en Asie

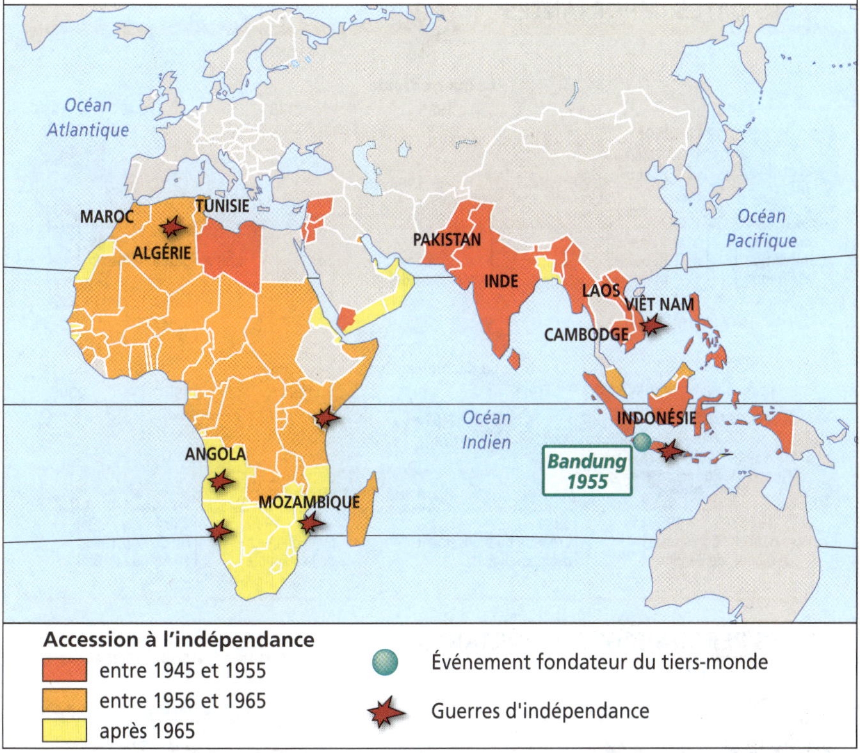

Vocabulaire

Colonie : voir p. 15.

Indépendance : situation d'un État qui n'est plus soumis à un autre et qui décide lui-même de sa politique.

Indépendantiste : personne qui milite en faveur de l'indépendance de son pays.

Métropole (en Histoire) : puissance coloniale, pays qui possède des colonies.

FLN : Front de Libération Nationale, créé en 1954 pour obtenir l'indépendance de l'Algérie par la lutte armée.

Désobéissance civile : mouvement de protestation lancé par Gandhi en Inde et qui consiste à refuser pacifiquement la domination britannique.

Hindou : pratiquant la religion hindouiste.

Notions-clés

Décolonisation : processus qui aboutit à l'indépendance des pays colonisés.

Industrialisation : processus par lequel l'économie d'un pays se développe autour de grandes industries.

Développement : amélioration des conditions de vie dans un pays, notamment grâce à la scolarisation et à une meilleure prise en charge médicale.

Tiers-monde : expression qui désigne les pays les moins développés, issus de la décolonisation, en référence au « tiers état » dans la France de 1789.

ONU : Organisation des Nations unies, créée en 1945 pour maintenir la paix dans le monde et soutenir le droit des peuples à disposer d'eux-mêmes.

RÉVISION EXPRESS

LES DATES IMPORTANTES

La guerre froide

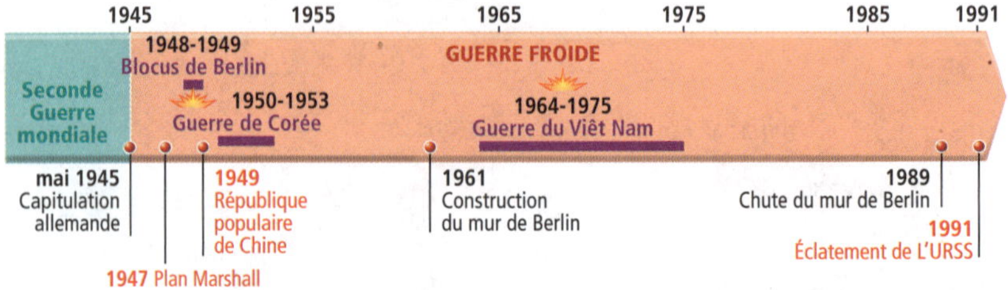

La décolonisation

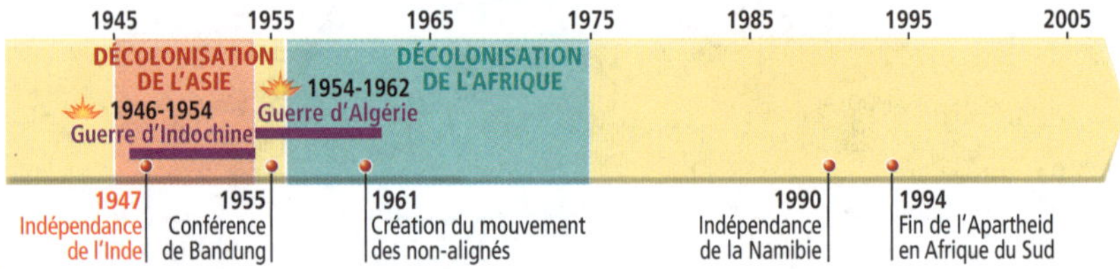

LES PERSONNAGES IMPORTANTS

H. Truman
1884-1972
Président des États-Unis de 1945 à 1952.

Gandhi
1869-1948
Partisan de l'indépendance de l'Inde.

Reagan
1911-2004
Président des États-Unis de 1980 à 1988.

J-F Kennedy
1917-1963
Président des États-Unis de 1961 à 1963.

L. S. Senghor
1906-2001
Poète et homme politique sénégalais. Indépendantiste pendant la colonisation, il devient président du Sénégal décolonisé en 1960.

Gorbatchev
né en 1931
Dirigeant de l'URSS de 1985 à 1991.

LES POINTS IMPORTANTS À RETENIR

Guerre froide

- création de l'ONU en 1945 : maintenir la paix dans le monde
- la Chine devient communiste en 1949
- des tensions entre les deux grands vainqueurs
- l'Europe est divisée par : un « rideau de fer »
- un affrontement surtout politique et militaire
- à la fin des années 1980, l'URSS abandonne la course à l'armement : fin de la guerre froide

Décolonisations et nouveaux États

- après la Seconde Guerre mondiale, les conditions sont réunies pour la décolonisation de l'Asie et de l'Afrique
- les décolonisations se font de façon négociée, ou après des guerres d'indépendance
- 1947-1962 : principale phase de la décolonisation
- difficultés de développement pour les nouveaux pays décolonisés
- Réunis, les non-alignés forment le tiers-monde

LES MOTS IMPORTANTS

Guerre froide

- guerre froide
- plan Marshall
- rideau de fer
- capitalisme/communisme
- impérialisme
- OTAN/Pacte de Varsovie
- menace nucléaire
- crises de la guerre froide (Berlin, Cuba, etc.)
- blocus de Berlin
- course à l'armement
- chute du mur de Berlin
- réunification
- chute de l'URSS

Décolonisation et nouveaux États

- décolonisation
- colonies
- indépendance
- indépendantiste
- métropole
- colonisé
- désobéissance civile
- indépendance négociée
- guerre d'indépendance
- Industrialisation
- tiers-monde
- non-alignés
- hindou
- développement

Analyser une photographie d'actualité

La destruction du mur de Berlin, le 19 novembre 1989

Vous devez vous demander qui a pris cette photo, où le photographe était positionné et pourquoi il a choisi cet angle de vue pour illustrer l'événement dont il est témoin.

La chute du mur de Berlin

Observez les différents groupes de personnages et essayez de comprendre ce que chacun est en train de faire.

Pour comprendre une photographie et son contexte historique, vous devez tout de suite chercher à la situer dans le temps et dans l'espace : où a-t-elle été prise et à quelle date ?

QUESTIONS

1. Présentez le document.

2. Décrivez la scène représentée en identifiant les différents groupes de personnes.

3. Quel événement cette photographie illustre-t-elle ? Pourquoi et quand ce mur avait-il été construit ?

4. En quoi cet événement est-il le symbole de la fin de la guerre froide ? Quelle en sera la conséquence pour le territoire allemand ?

MÉTHODE

1. Présenter une photographie

- Vous devez identifier son **auteur**, la **date** et le **lieu** où elle a été prise.
- Vous devez également dire de quel **type de photographie** il s'agit (photographie d'actualité, portrait, photomontage, photographie d'art, etc.).
- Vous devez aussi préciser la **technique utilisée** (noir et blanc ou couleur) et le **cadrage** choisi par le photographe (gros plan, plan d'ensemble, photographie aérienne, etc.).
- N'oubliez pas qu'une photographie n'est jamais prise au hasard : **le photographe choisit ce qu'il veut mettre en avant.** La photographie n'est donc pas une représentation neutre de la réalité, mais un point de vue sur un événement, une personne ou un paysage.

2. Décrire une photographie

- Vous devez **décrire les personnages** : il faut évoquer leur nombre, leurs gestes, leurs expressions, leurs costumes. Vous devez repérer si différents groupes sont présents (ici on peut en repérer trois) et si leurs attitudes diffèrent ou s'opposent.
- Vous devez aussi **décrire le décor** : il faut repérer les différents éléments qui le composent (ici, il n'y en a qu'un).
- On peut également décrire une photographie en se servant de sa **composition par plans** (premier plan, second plan, etc. ou encore arrière-plan), notamment pour les paysages. Dans le cas présent, on peut éventuellement repérer deux plans différents.

3. S'appuyer sur le titre et la légende

- Pour comprendre l'événement illustré par cette photographie, vous devez vous appuyer sur la photographie, mais également sur son **titre** et sa **légende**.
- Cependant, pour en dégager l'intérêt historique, vous devez impérativement **connaître votre cours et le contexte** dans lequel cet événement a eu lieu.
- Attention, le temps utilisé dans la question (le plus-que-parfait) vous indique que la construction du mur est déjà ancienne au moment où la photographie a été prise.

4. Utiliser son cours

- On vous demande d'analyser la portée historique de l'événement décrit. Cet événement symbolise la fin d'un conflit à l'échelle européenne et mondiale, mais il a aussi des conséquences sur le territoire allemand. Vous devez vous appuyer sur des **connaissances précises de votre cours** pour l'expliquer.

CORRIGÉ DES QUESTIONS

1. Ce document est une **photographie d'actualité, en couleurs, prise par un journaliste le 19 novembre 1989 à Berlin,** au moment de la chute du mur. Cette photographie est prise **au cœur de l'événement**, le journaliste étant au milieu de la foule.

> **Gagnez des points !**
> Vous serez valorisé si vous mentionnez le fait que c'est sans doute un journaliste qui a pris cette photo et qu'il participe lui-même à l'événement.

2. Au centre de la photographie, **un groupe de soldats** est-allemands, **sans arme, se tiennent dans l'ouverture percée dans le mur de Berlin**. Ils se tiennent par les bras et semblent ne pas savoir quoi faire. **Agrippés à un morceau de mur qu'ils font tomber, des Allemands de l'Ouest manifestent. Certains lèvent les bras en signe de joie** et l'un d'eux, perché sur le mur, brandit le drapeau allemand. Enfin, dans le coin gauche de l'image, on peut remarquer **des journalistes en train de lever les bras pour prendre des photos de l'événement**. Celui qui a pris cette photographie fait sans doute partie de ce groupe.

> **Piège à éviter**
> Attention de ne pas vous contenter de décrire la scène sans montrer au correcteur que vous avez compris son sens général, notamment que les personnes que l'on voit au premier plan sont des Allemands de l'Ouest en train d'ouvrir une brèche vers Berlin-Est.

3. L'événement photographié ici est **la destruction, en 1989, du mur qui séparait Berlin en deux. Ce mur avait été construit en 1961, en pleine guerre froide**, alors que l'Allemagne de l'Est (RDA) faisait partie du bloc allié à l'URSS, tandis que l'Allemagne de l'Ouest (RFA) était dans le bloc allié aux États-Unis. **Il avait pour but d'empêcher les Allemands de l'Est de passer à l'Ouest.** En effet, entre 1945 et 1961, environ 3 millions d'Allemands de l'Est s'étaient exilés à l'Ouest.

> **Gagnez des points !**
> Plus le contexte de la Guerre froide avec la constitution de deux blocs opposés est décrit de façon précise, plus vous serez valorisés. Si vous en connaissez, vous pouvez même citer des chiffres, comme nous l'avons fait.

4. Cet événement est le symbole de la fin de la guerre froide car **il illustre la défaite de l'URSS, incapable de faire face aux aspirations démocratiques des peuples du bloc de l'Est**. Ainsi, sur la photographie, **les soldats est-allemands restent passifs et désarmés, montrant que l'URSS n'interviendra plus pour maintenir son influence en Allemagne de l'Est**. La chute du mur de Berlin préfigure également la **réunification allemande qui interviendra en 1990.**

> **Piège à éviter**
> Vous devez réussir à relier vos connaissances à la photographie, surtout pour montrer que cet événement est devenu un symbole de la fin de la Guerre froide.

Vérification des connaissances

1 Pourquoi peut-on parler d'un monde bipolaire pendant la guerre froide ?

2 Quelles sont les principales raisons de la fin de la guerre froide ?

3 Comment l'Inde obtient-elle son indépendance en 1947 ?

Vers le brevet

QUESTIONS

1 Comment appelle-t-on la séparation qui coupe l'Europe en deux pendant la guerre froide ?

2 À quelle date est mort Staline ?

3 En quelle année l'Algérie accède-t-elle à l'indépendance ?

4 Décrivez et racontez, dans un développement construit, la crise de Berlin pendant la guerre froide en veillant à bien situer ses différentes phases dans le temps.

ÉTUDE DE DOCUMENT

Doc. L'Algérie en 1954

Population	Musulmans algériens	Européens
En 1931	5 588 000	882 000
En 1954	8 450 000	984 000
Taux de natalité (‰)	45	19
Taux de mortalité (‰)	14	9
Taux de mortalité infantile (‰)	181	46
Population active (%)		
Secteur primaire	87,8	14,4
Secteur secondaire	4,2	28,6
Secteur tertiaire	8	57
Propriété agricole		
% des terres	75	25
Taille moyenne des exploitations (ha)	17	109

1 Présentez le document. Pourquoi l'année 1954 est-elle une année importante en Algérie ?

2 Décrivez et comparez l'évolution de la population des musulmans algériens et celle des Européens entre 1931 et 1954.

3 Comparez la mortalité infantile des musulmans algériens et celle des Européens habitant en Algérie.

4 Trouvez deux autres exemples d'inégalités entre les musulmans algériens et les Européens.

Vérification des connaissances

1 On peut parler d'un monde bipolaire pendant la guerre froide car dès la fin de la Seconde Guerre mondiale, les deux grandes puissances victorieuses du conflit, les États-Unis et l'URSS, essayent de dominer le monde pour y imposer leurs idéologies. Pour cela ils forment deux alliances militaires, l'OTAN pour les États-Unis, le Pacte de Varsovie pour l'URSS, et obligent presque chaque pays à rejoindre l'une ou l'autre alliance. Ainsi on peut dire que le monde se trouve divisé par deux pôles de puissance, qu'il est bipolaire.

2 Les origines de la fin de la guerre froide sont complexes et multiples. La crise économique que connaît l'URSS pousse son nouveau dirigeant, Mikhaïl Gorbatchev, à entreprendre des réformes et à abandonner la course à l'armement. Lorsque les populations des pays du bloc de l'Est, comme en Pologne, réclament plus de libertés, l'URSS ne réagit quasiment pas. Ceci a pour conséquence l'ouverture des frontières entre ces pays et l'ouest de l'Europe, et la chute du mur de Berlin en novembre 1989. L'année suivante, l'Allemagne se réunifie et c'est au tour des Républiques soviétiques de réclamer leur indépendance. En 1991, l'URSS disparaît.

3 La lutte pour l'indépendance commence dès les années 1920 en Inde. Le principal acteur de cette lutte est l'avocat Gandhi, qui prône la désobéissance civile face au colonisateur britannique. Il s'agit de refuser la domination européenne de manière pacifique en refusant de payer l'impôt ou en boycottant les produits anglais par exemple. Peu à peu, le Royaume-Uni accepte des négociations qui aboutissent finalement en 1947 à l'indépendance de l'Inde.

Vers le brevet

QUESTIONS

1 La séparation qui coupe l'Europe en deux pendant la guerre froide a été appelée « rideau de fer » par Winston Churchill.

2 Staline est mort en 1953.

3 L'Algérie a obtenu son indépendance en 1962.

4 Au sortir de la Seconde Guerre mondiale, Berlin devient peu à peu un terrain d'affrontement entre les deux blocs. Tout comme l'ensemble du territoire allemand, Berlin est occupée par les Alliés qui se partagent son contrôle. Située au milieu de la zone soviétique, l'ancienne capitale du Reich est elle-même divisée en quatre secteurs d'occupation. En 1947, alors que les relations entre les États-Unis et l'URSS se dégradent, chacune des deux grandes puissances constitue un bloc d'alliance, pour lesquelles Berlin devient un enjeu important.

Pendant la période la plus tendue de la guerre froide, Berlin connaît deux grandes crises. En 1948, Staline décide de bloquer les secteurs occidentaux de Berlin, en coupant toutes les communications terrestres les reliant à l'Allemagne de l'Ouest. Ce blocus a pour but de forcer les Occidentaux à abandonner Berlin pour en prendre le contrôle. C'est un échec car les Américains organisent un pont aérien pour ravitailler la ville. Cette crise aboutit en 1949 à la création de deux Allemagne : la RFA à l'Ouest et la RDA à l'Est.

En 1961, une nouvelle crise éclate à Berlin : un mur, construit par la RDA avec l'aide des Soviétiques, sépare la ville en deux. En effet, entre 1951 et 1961, 2 millions d'Allemands de l'Est se sont enfuis à l'Ouest en passant par Berlin. Selon J.-F. Kennedy, qui vient à Berlin en 1963, ce mur est le symbole de la division entre le monde libre d'un côté et la dictature communiste de l'autre.

Le mur de Berlin reste debout jusqu'en 1989 et sa chute marque la fin de la guerre froide.

ÉTUDE DE DOCUMENT

1 Ce document est un **tableau statistique** comparant la situation en 1954 des musulmans algériens et celle des Européens vivant en Algérie. L'année 1954 est celle qui marque le **début de la guerre d'Algérie** avec la proclamation d'Indépendance rédigée par le Front de Libération National algérien (FLN).

> **Piège à éviter**
>
> N'oubliez pas de répondre à la seconde partie de la question en essayant d'être le plus précis possible sur le contexte de l'année 1954 en Algérie.

2 Entre 1931 et 1954, la population des musulmans algériens a augmenté de près de 3 millions, tandis que celle des Européens ne s'est accrue que de 100 000 personnes.

Au total, le **nombre de musulmans algériens a donc beaucoup plus augmenté que le nombre d'Européens** et représente une population presque 9 fois plus nombreuse.

> **Gagnez des points !**
>
> Vous serez valorisés si vous réussissez à utiliser les chiffres du tableau autrement qu'en les recopiant, par exemple en trouvant que la population des musulmans algériens est environ 9 fois plus nombreuse que celle des Européens.

3 La **mortalité infantile des musulmans algériens** est de 181 ‰ et celle des Européens de 46 ‰. Le taux de mortalité infantile des musulmans est donc très élevé, quatre fois plus que celui des Européens. Cette différence s'explique par un **meilleur accès aux**

> **Piège à éviter**
>
> Attention de bien lire les statistiques démographiques qui sont données pour mille habitants (‰) et non pour cent habitants (%).

soins pour les Européens : les médecins et les hôpitaux, situés majoritairement en zone urbaine, leur sont prioritairement réservés.

4 Il existe **d'autres inégalités dans la société algérienne** : les musulmans algériens travaillent beaucoup plus dans l'agriculture que les Européens (87,8 % contre 14,4 %), alors que ces derniers sont beaucoup **plus nombreux dans le secteur tertiaire** (57 % contre 8 %). Ceci montre que les Européens habitent davantage en ville et sont **plus éduqués**. De même, si les musulmans possèdent 75 % des terres, ce sont surtout de **très petites exploitations**, de 17 ha en moyenne contre 109 ha en moyenne pour les Européens. Les musulmans sont donc essentiellement de petits agriculteurs pauvres et les Européens de grands agriculteurs riches.

Piège à éviter

Ne vous contentez pas de citer les chiffres qui montrent des différences entre les musulmans et les Européens. On attend de vous que vous montriez que ces différences dans les statistiques reflètent des inégalités, que vous devez expliquer.

CHAPITRE

6 Une nouvelle géopolitique mondiale : le monde après 1989

1 Affirmation et mise en œuvre du projet européen

De quoi s'agit-il ? **Au lendemain de la fin de la guerre froide, le traité de Maastricht donne naissance, en 1992, à l'Union européenne. Comment s'est affirmé ce projet européen ?**

1 Les débuts de la construction européenne

Rétrospective sur la CECA

- C'est en 1951 qu'est signé le traité instituant la CECA par la RFA, la France, les Pays-Bas, la Belgique, le Luxembourg et l'Italie. Ce traité, porté par les Français Jean Monnet et Robert Schuman, doit faciliter l'accès des Européens aux matières premières et accélérer la reconstruction.
- En 1957, ces 6 pays signent le traité de Rome qui donne naissance à la CEE et prévoit la libre circulation des marchandises, des capitaux, des services et des hommes, ainsi qu'une politique agricole commune (PAC). Au fil des années, l'objectif d'expansion économique de la CEE séduit et celle-ci compte 12 pays membres à la fin des années 1980.

2 La création de l'UE et le processus d'élargissement

- En 1992, les États de la CEE signent le traité de Maastricht qui crée l'Union européenne (UE) et prévoit la création d'une monnaie européenne, l'euro, mise en place en 2002 (**Doc.**). Une citoyenneté européenne est créée et, pour affirmer son identité sur la scène internationale, l'UE instaure une PESC : une politique étrangère et de sécurité commune (**Doc.**).
- L'Union continue son processus d'élargissement : les États d'Europe de l'Est, de nouveau démocratiques après la chute du bloc soviétique, y adhèrent peu à peu. En 2016, l'UE compte 28 États membres.

3 L'UE : une réussite ?

- La construction européenne semble aujourd'hui marquer le pas : certains États comme le Royaume-Uni n'ont adopté ni l'euro ni la libre circulation des personnes prévue par les accords de Schengen. En juin 2016, ce pays souhaite même par référendum sa sortie de l'UE. De plus, à 28 membres, l'UE a du mal à parler d'une seule voix sur la scène internationale.
- Néanmoins, la construction européenne fait office d'exception mondiale et réussit à faire de l'UE un territoire attractif, comme le montre l'afflux de migrants et de réfugiés depuis 2013.

Doc. **La création de l'Union européenne**

Par le présent traité, les Hautes parties contractantes instituent entre elles une Union européenne.

Le présent traité marque une nouvelle étape dans le processus créant une union sans cesse plus étroite entre les peuples de l'Europe […].

L'Union se donne pour objectifs :

– de promouvoir un progrès économique et social équilibré et durable, notamment par la création d'un espace sans frontières intérieures, par le renforcement de la cohésion économique et sociale et par l'établissement d'une union économique et monétaire comportant à terme une monnaie unique ;

– d'affirmer son identité sur la scène internationale, notamment par la mise en œuvre d'une politique étrangère et de sécurité commune, y compris à terme une politique de défense commune […].

Extraits du traité de Maastricht, 1992.

> Les frontières sont supprimées entre les États membres de l'espace Schengen.

> L'euro est prévu par le traité et entre en circulation le 1er janvier 2002.

> PESC qui prévoit une diplomatie commune et une armée européenne, mais dont la mise en place s'avère complexe.

> Ville des Pays-Bas où est signé le traité.

Vocabulaire

CECA : Communauté européenne du charbon et de l'acier, embryon, début de la construction européenne en 1951.

Traité de Rome : traité signé en 1957 par 6 États européens (RFA, France, Italie, Belgique, Pays-Bas et Luxembourg), instituant la CEE.

CEE : Communauté Économique Européenne instituée par le traité de Rome.

PAC : Politique agricole commune des États de l'Union fondée sur un marché commun et des subventions européennes.

Traité de Maastricht : traité signé en 1992 par 12 États européens donnant naissance à l'Union européenne.

Migrants : personnes qui quittent leur pays pour s'installer dans un autre, à la recherche de meilleures conditions de vie.

Réfugiés : personnes obligées de quitter leurs pays en raison d'un conflit.

Notions-clés

Libre circulation : droit de se déplacer librement entre tous les États d'une union. Cette libre circulation peut se limiter aux marchandises et aux biens. Elle peut également, comme dans l'espace Schengen en Europe, concerner les personnes.

Citoyenneté européenne : fait d'être citoyen de l'UE, grâce notamment à la création d'un passeport de l'UE, et donnant le droit de voter et d'être éligible aux élections municipales et européennes.

PESC : Politique Étrangère et de Sécurité Commune, instituée par le traité de Maastricht en 1992.

Élargissement : agrandissement progressif de l'UE par l'intégration de nouveaux pays membres.

Construction européenne : processus d'élargissement et d'approfondissement de l'union entre les États européens.

2 Enjeux et conflits dans le monde après 1989

De quoi s'agit-il ? Alors que la guerre froide s'achève en 1989, gagnée par les États-Unis, le monde se réorganise et une nouvelle géopolitique se met en place au début du XXIe siècle. Quelles sont les grandes caractéristiques du monde actuel ?

1 Après 1989, une superpuissance : les États-Unis

- À la fin de la guerre froide, les États-Unis apparaissent comme la seule superpuissance mondiale. À la tête de la première armée de la planète, ils sont les « gendarmes du monde », intervenant partout (Irak, Yougoslavie, Somalie) dans la décennie qui suit la fin de la guerre froide.
- Parfois loués comme défenseurs des valeurs démocratiques et de la liberté, les États-Unis sont aussi largement critiqués pour leur impérialisme.

2 Une puissance contestée

L'intervention américaine en Afghanistan

- Les États-Unis deviennent ainsi la cible n° 1 du terrorisme international d'Al-Qaïda. Le 11 septembre 2001, les tours du World Trade Center à New York, symbole de la puissance économique américaine, sont détruites dans un attentat qui fait 3 000 morts et qui est retransmis en direct sur les écrans du monde entier.
- Les États-Unis, dirigés par Georges Bush, s'engagent alors dans des guerres, autorisées ou non par l'ONU, qui déstabilisent un peu plus une région déjà fragile : le Moyen-Orient (**Doc.**). Ils s'enlisent dans ces conflits (Afghanistan, Irak) sans obtenir de victoires réelles et laissent le terrorisme islamiste se développer en Irak ou perdurer en Afghanistan (**Doc.**).

3 Un monde multipolaire

- Le monde actuel est aussi marqué par l'émergence de nouvelles puissances. Par leurs poids démographique et économique, les BRICS entendent désormais peser politiquement sur la scène internationale par l'intermédiaire du G20 ou de l'ONU dont ils demandent une réforme.
- La Chine notamment, dirigée depuis 2013 par Xi Jinping, ne cesse d'étendre son influence par des moyens aussi bien économiques que militaires. L'UE à 28 États essaye aussi, malgré les difficultés qu'elle traverse, de s'affirmer en tant que puissance. Le monde d'aujourd'hui comporte donc plusieurs pôles de puissance : il est multipolaire.

Doc. Le Moyen-Orient, une importante zone de conflits

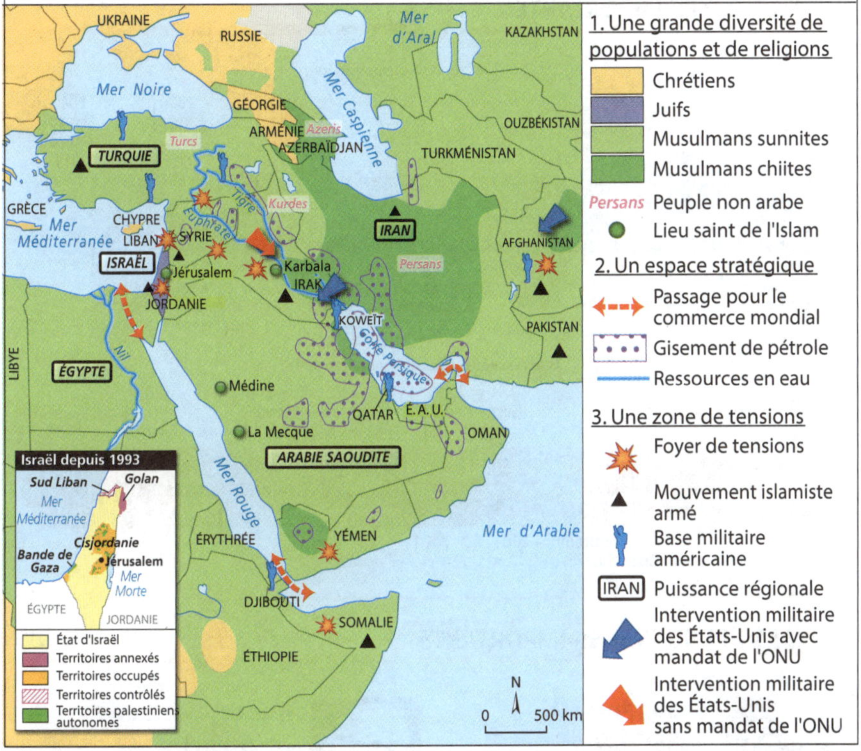

Vocabulaire

Terrorisme : ensemble d'actions violentes destinées à terroriser une population pour lui imposer des idées politiques.

Al-Qaïda : mouvement international terroriste islamiste, fondé par Oussama ben Laden en 1987, qui a pour objectif de combattre l'impérialisme occidental.

ONU : Organisation des Nations Unies fondée en 1945 par les vainqueurs de la Seconde Guerre mondiale pour éviter un nouveau conflit mondial.

Moyen-Orient : expression qui désigne une grande région à l'ouest de l'Asie, qui va de la Méditerranée jusqu'à l'Iran.

BRICS : désigne les 5 plus grands pays émergents (Brésil, Russie, Inde, Chine et Afrique du Sud).

G20 : groupe des 20 pays les plus riches de la planète.

Notions-clés

Géopolitique : étude de l'organisation du monde et des rapports de force entre les États.

Superpuissance : pays ou groupe de pays qui concentre tous les critères de puissance (économique, militaire, diplomatique…).

Impérialisme : voir p. 37.

Islamisme : Idéologie qui veut faire de l'islam le fondement de la vie politique, économique et sociale.

Émergence : fait de sortir de la pauvreté grâce à une croissance économique longue et soutenue.

Multipolaire : qui comporte plusieurs pôles de puissance.

RÉVISION EXPRESS

LES DATES IMPORTANTES

La construction européenne

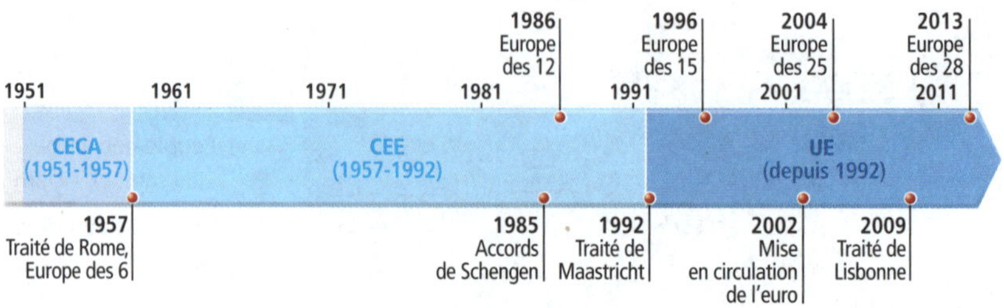

Une nouvelle géopolitique mondiale

LES PERSONNAGES IMPORTANTS

Jean Monnet
1888-1979

Père fondateur de la construction européenne à l'origine de la CECA et de la CEE avec Robert Schuman.

Robert Schuman
1886-1963

Père fondateur de la construction européenne à l'origine de la CECA et de la CEE avec Jean Monnet. Il est le premier président du Parlement européen.

Xi Jinping
né en 1953

Président de la République populaire de Chine depuis 2013.

Georges W. Bush
né en 1946

Président des États-Unis de 2000 à 2008. Il déclenche les guerres contre le terrorisme en Afghanistan et en Irak pour répondre aux attentats du 11 septembre 2001.

Barack Obama
né en 1961

Président des États-Unis de 2008 à 2016. Il désengage les États-Unis d'Afghanistan et d'Irak. Il reçoit le Prix Nobel de la paix en 2009.

LES POINTS IMPORTANTS À RETENIR

La construction européenne

Début de la construction européenne dans le contexte de la guerre froide et du désastre de la Seconde Guerre mondiale : fondation de la CECA puis de la CEE par le traité de Rome (1951).

L'union européenne (1992) : un projet politique et économique qui intègre peu à peu les pays démocratiques d'Europe de l'Ouest et les pays de l'ex bloc soviétique.

UE à 28 pays. Un élargissement rapide qui pose des problèmes. L'UE ne s'impose pas comme une puissance internationale malgré une attractivité réelle.

Depuis 1989, une nouvelle géopolitique mondiale

À partir de 1989, les États-Unis sont la seule puissance mondiale, ils deviennent les « gendarmes de la planète », intervenant partout.

Après les attentats du World Trade Center, les États-Unis se lancent dans des guerres « contre le terrorisme » au Moyen-Orient.

Le Moyen-Orient concentre les tensions et les crises dans le monde actuel notamment en raison du terrorisme islamiste.

La puissance des États-Unis est remise en question par l'émergence de nouvelles puissances, les BRICS au premier rang desquels la Chine : le monde devient un monde multipolaire.

LES MOTS IMPORTANTS

Construction européenne
- CECA/CEE/UE
- citoyenneté européenne
- euro
- libre circulation/libre-échange
- PAC
- PESC
- traité de Maastricht/traité de Rome
- élargissement
- migrants/réfugiés

Une nouvelle géopolitique mondiale
- géopolitique
- terrorisme
- islamisme/Al-Qaïda
- superpuissance
- monde multipolaire
- pays émergents/BRICS
- Moyen-Orient
- G20
- ONU

Quiz

1. Quel est le nom de la première organisation européenne à l'origine de l'UE ?
- ☐ la CECA
- ☐ la CEE
- ☐ la PAC

2. Lequel de ces acronymes désigne des pays émergents ?
- ☐ BRICS
- ☐ G20
- ☐ ONU

→ Réponses p. 103

Analyser un tableau de chiffres

Comparaison de quelques données statistiques sur l'UE et les États-Unis

Produit Intérieur Brut par habitant. Il s'agit de la valeur de tout ce qui a été produit dans un pays, divisée par son nombre d'habitants. Ce chiffre permet donc d'estimer la richesse d'un pays.

En 2015	UE	États-Unis
Population (en millions)	508	320
PIB/hab. (en $)	33 800	54 300
Part des échanges mondiaux	40 %	15 %
Nombre d'entreprises parmi les 100 premières mondiales	35	53
Membre du Conseil de sécurité de l'ONU	Non : La France et le Royaume-Uni y siègent pour leur compte	Oui
Touristes par an (en millions)	588	74
Budget militaire (milliards d'euros)	299	596
Entrées annuelles de populations nées à l'étranger (en millions)	1,7	1,4

Le budget militaire correspond aux dépenses effectuées par un pays dans le domaine militaire.

Ce chiffre permet de mesurer l'importance de l'immigration.

QUESTIONS

1. Qu'est-ce qui montre que l'UE est une puissance économique et commerciale ?

2. Comparez sa puissance économique et commerciale à celle des États-Unis.

3. Qu'est-ce qui montre que l'UE est un espace attractif ?

4. Qu'est-ce qui montre que l'UE est une puissance limitée par rapport aux États-Unis ?

MÉTHODE

1. Classer les chiffres en différentes catégories

▶ Vous devez vous demander **quels chiffres sont révélateurs de la puissance économique et commerciale de l'UE**. Par « économique », on entend les chiffres qui mesurent la richesse ou les activités de production de biens et de services. Le commerce est l'échange de ces biens ou de ces services.

▶ Attention, quand vous citez un chiffre, de **bien indiquer de quelle unité il s'agit** : précisez si ce sont des millions de personnes, des $, des milliards d'euros, etc.

2. Comparer les chiffres

▶ Il ne suffit pas de citer les chiffres. On attend de vous que vous disiez quel chiffre est plus élevé et même que vous essayiez de trouver un **ordre de grandeur** quand c'est possible.

▶ Par exemple, vous pouvez dire que tel chiffre est deux fois supérieur à tel autre. C'est ainsi que vous comparerez véritablement la situation de deux pays.

3. S'appuyer sur son cours

▶ Pour comprendre cette question et sélectionner les bons chiffres dans le tableau, vous devez bien **connaître votre cours** et **comprendre la notion d'attractivité**. Un espace attractif est un espace qui attire de la population et des capitaux pour différentes raisons.

▶ Ici, vous devez vous appuyer sur deux lignes différentes du tableau qui correspondent à deux types d'attractivité de l'UE.

4. Sélectionner les bonnes données

▶ Trois lignes du tableau montrent une évidente supériorité des États-Unis sur l'UE : vous pouvez **citer des chiffres**, mais n'oubliez pas de les **expliquer**, en montrant quelle limite à la puissance de l'UE ils mettent en avant.

▶ Encore une fois, pensez à **trouver des ordres de grandeur pour comparer les chiffres** des États-Unis avec ceux de l'UE.

CORRIGÉ DES QUESTIONS

1. L'UE est une puissance économique puisque **le PIB/hab. est élevé (33 800 $/hab.)**. De même, l'UE compte **35 FTN parmi les 100 premières mondiales**. Ce chiffre lui permet d'être une puissance commerciale : **sa part dans les échanges mondiaux est de 40 %.**

> **Piège à éviter**
> Ne donnez pas tout de suite tous les facteurs de puissance de l'UE, mais sélectionnez ceux qui sont en rapport avec l'économie et le commerce.

2. Même si le PIB/hab. de l'UE est élevé, il est inférieur de plus de 20 000 $ à celui des États-Unis, ce qui montre que la richesse est supérieure aux États-Unis. En revanche, **la puissance commerciale européenne surpasse nettement celle des États-Unis, puisque sa part dans les échanges mondiaux est presque 3 fois supérieure** (40 % pour l'UE contre seulement 15 % pour les États-Unis).

> **Gagnez des points !**
> Pensez à utiliser les chiffres intelligemment, notamment en donnant des ordres de grandeur entre eux.

3. L'UE attire de nombreux immigrés : **chaque année, 1,7 million d'étrangers viennent s'installer en Europe**, en provenance de pays en périphérie de l'UE. De même l'UE, grâce à son riche patrimoine culturel et à la diversité de ses paysages naturels, est **le premier pôle touristique au monde avec 588 millions de touristes par an**.

> **Gagnez des points !**
> Ne vous contentez pas de parler de l'immigration. Le tourisme montre également l'attractivité de l'UE.

4. L'UE est une puissance limitée par rapport aux États-Unis tout d'abord **dans le domaine économique : le PIB/hab. montre bien que la richesse des Américains est supérieure à celle des citoyens européens**. Dans le domaine militaire, **les États-Unis dépensent à eux seuls deux fois plus que les 27 États de l'UE réunis en 2015**, ce qui en fait la première puissance militaire au monde. Enfin, d'un point de vue diplomatique, **les États-Unis sont membres du Conseil de sécurité de l'ONU en leur nom propre, tandis que dans l'UE, la France et le Royaume-Uni y siègent pour leur compte** et ne sont pas d'accord pour laisser leur place à un représentant de l'UE. Cette dernière ne peut donc pas parler d'une seule voix.

> **Piège à éviter**
> Pensez à expliquer ce dont vous parlez et ne vous contentez pas de citer les chiffres ou de recopier le tableau. Par exemple, vous devez montrer en quoi le fait que la France et le Royaume-Uni siègent pour leur compte au Conseil de sécurité de l'ONU est révélateur d'une faiblesse de l'UE.

Vérification des connaissances

1 Qu'est-ce qui unit les États ayant participé à la construction européenne ?

2 Quelles sont les difficultés que rencontre aujourd'hui l'UE ?

3 Pourquoi peut-on dire que le monde actuel est multipolaire ?

Vers le brevet

QUESTIONS

1 Quel est le traité qui donne naissance à la Communauté Économique Européenne ? À quelle date a-t-il été signé ?

2 Quel est le traité qui donne naissance à l'Union européenne ? À quelle date a-t-il été signé ?

3 Quel est le rôle et la place des États-Unis dans le monde aujourd'hui ?

4 Sous la forme d'un développement construit d'une vingtaine de lignes, décrivez comment s'est affirmé puis construit le projet européen de 1945 à nos jours.

ÉTUDE DE DOCUMENT

Doc. Les conséquences de la guerre d'Irak

La guerre d'Irak[1] devait être le triomphe de la domination des États-Unis et la preuve que rien ne pouvait arrêter leur volonté, une fois que leur décision était prise. […] Pourtant, cette rapide victoire s'est avérée être une catastrophe stratégique. En effet, les objectifs recherchés n'ont pas été atteints, qu'il s'agisse de la lutte contre les armes de destruction massive, de la guerre contre le terrorisme ou du contrôle par les États-Unis du Proche-Orient.

Mais si la guerre d'Irak a montré les limites de la puissance américaine, il serait toujours trop rapide de conclure au déclin des États-Unis. Les États-Unis ont toujours, et de loin, le premier PNB mondial et le dollar reste la monnaie de référence ; les entreprises américaines sont toujours les plus puissantes et occupent des positions dominantes dans de nombreux domaines, notamment dans les nouvelles technologies ; leurs capacités d'innovation technologiques restent déterminantes. L'Amérique exerce un effet d'attractivité très fort sur les élites du monde, continue à démontrer des capacités d'intégration [des immigrés] tout à fait remarquables et sa culture populaire (cinéma, musique, etc.) a toujours une position dominante dans le monde. […] Dans ce sens, les États-Unis exercent encore un pouvoir de persuasion et d'influence (dits *soft power*) en dehors des champs de bataille et des politiques de contrainte (dits *hard power*). […] Les États-Unis pourraient tout à fait de nouveau exercer un leadership[2] [mondial], à condition de prendre plus en compte l'avis des autres puissances. La politique extérieure américaine est rejetée, mais la société américaine demeure populaire et attractive.

Pascal Boniface, *50 idées reçues sur l'état du monde*, Armand Colin, 2007.

1. guerre d'Irak : il s'agit de la guerre commencée en 2003 par Georges Bush, président des États-Unis, contre Saddam Hussein, dictateur de l'Irak.
2. leadership : position dominante.

1 Identifiez l'auteur du texte et son point de vue sur les États-Unis : est-ce un acteur ou un commentateur de la puissance américaine ?

2 Selon l'auteur, la guerre en Irak a-t-elle été un succès ou un échec pour les États-Unis ? Justifiez votre réponse à l'aide du texte.

3 D'après vos connaissances, pourquoi les États-Unis peuvent-ils prétendre dominer le monde depuis 1991 ? Quelle guerre ont-ils gagné ?

4 Selon l'auteur, peut-on dire que la puissance des États-Unis est en déclin ? Justifiez votre réponse à l'aide d'exemples donnés par le texte.

5 D'après le document, qu'est-ce que le *soft power* ? Qu'est-ce que le *hard power* ?

6 D'après vos connaissances, quelles sont les autres puissances auxquelles fait référence l'auteur ? Comment appelle-t-on un monde dominé par plusieurs puissances ?

Quiz

1 La CECA, Communauté européenne du charbon et de l'acier, instituée en 1951.

2 L'acronyme BRICS désigne les pays émergents du Brésil, de la Russie, de l'Inde, de la Chine et de l'Afrique du Sud.

Vérification des connaissances

1 Les États ayant signé le traité de Rome en 1957 ont en commun d'être des pays démocratiques du bloc de l'Ouest, ayant souffert de la Seconde Guerre mondiale. Ce sont tous des pays développés qui veulent renforcer leur coopération pour rivaliser économiquement avec les États-Unis.

2 Les difficultés que traverse l'UE actuellement sont d'abord dues à des élargissements successifs sur un temps assez court. En effet, l'UE compte désormais 28 pays qui ont des cultures politiques et des niveaux économiques très différents. Il devient difficile de mettre en œuvre le projet européen quand les intérêts de chacun divergent autant. Elles viennent ensuite des effets de multiples crises : la crise économique depuis 2008 qui a affecté durement certaines économies (la Grèce), la crise des migrants depuis 2013 qui ravive les tensions sur les frontières ou encore les crises politiques dans de multiples pays qui voient les partis anti-européens progresser toujours davantage. En juin 2016, pour la première fois, un État membre, le Royaume-Uni, organise un référendum pour quitter l'UE.

3 On peut dire que le monde actuel est multipolaire parce que les États-Unis ne sont plus, comme après la guerre froide, la seule puissance mondiale. Les pays émergents comme les BRICS, c'est-à-dire le Brésil, la Russie, l'Inde, la Chine et l'Afrique du Sud, veulent jouer un rôle sur la scène internationale. Ce sont déjà des puissances démographiques et territoriales et ils entendent devenir des puissances économiques et militaires. Ils organisent des sommets entre eux, font partie du G20 et organisent de plus en plus les grandes manifestations mondiales comme les Jeux olympiques par exemple organisés par la Chine puis la Russie et en 2016 le Brésil. L'UE, qui est pourtant une puissance économique majeure, essaye aussi, avec moins de succès, de s'imposer sur la scène internationale.

Vers le brevet

QUESTIONS

1 C'est le traité de Rome signé en 1957 par 6 pays, la France, la RFA, la Belgique, les Pays-Bas, le Luxembourg et l'Italie qui a donné naissance à la CEE.

2 C'est le traité de Maastricht signé en 1992 par 12 pays dont la France et l'Allemagne qui a donné naissance à l'UE.

3 Les États-Unis, vainqueurs de la guerre froide, sont la seule superpuissance mondiale depuis 1989. Ils sont souvent considérés comme « les gendarmes du monde ». À ce titre, ils sont à la fois admirés comme le pays de la liberté mais dénoncés aussi pour leurs interventions qui ont souvent pour but de défendre leurs propres intérêts. C'est pourquoi, à partir de 2001 et les attentats du World Trade Center, ils deviennent la cible privilégiée du terrorisme international et sont souvent contestés par les puissances émergentes, notamment la Chine et la Russie.

4 Dans le contexte de la guerre froide et de la reconstruction après le désastre de la Seconde Guerre mondiale, un projet européen commence à prendre forme. Il s'agit de construire une paix durable en Europe et de se protéger des rivalités des deux grandes puissances de la guerre froide, l'URSS et les États-Unis.

Tout d'abord, en 1951, la France, la RFA, le Luxembourg, les Pays-Bas, la Belgique et l'Italie fondent la CECA : la Communauté européenne du charbon et de l'acier. Puis, avec le traité de Rome en 1957 qui fonde la CEE, la construction européenne commence véritablement : la CEE cherche en effet à réaliser un véritable marché commun, un espace de libre circulation des marchandises, des services et des capitaux mais aussi, après les accords de Schengen en 1985, la libre circulation des personnes. La CEE devient une puissance économique et commerciale et elle s'élargit progressivement, passant des 6 membres fondateurs à 12 membres en 1992.

Le traité de Maastricht en 1992 donne naissance à l'UE qui réalise véritablement le projet européen avec la création d'une citoyenneté européenne, d'une coopération européenne élargie à tous les domaines (culture, environnement, éducation, etc.), et le renforcement d'un marché commun avec la création d'une monnaie unique, l'euro, qui sera mise en place en 2002.

L'UE compte aujourd'hui 28 États membres, ce qui témoigne de l'attractivité du projet européen et de sa mise en œuvre.

ÉTUDE DE DOCUMENT

1 L'auteur de ce texte est un Français, Pascal Boniface, qui a écrit un livre en 2007 intitulé *50 idées reçues sur l'état du monde.* Ce n'est donc pas un acteur de la puissance américaine qui s'exprime mais bien un commentateur qui la critique.

2 Selon l'auteur, la guerre en Irak a été un échec pour les États-Unis.

Gagnez des points !

Utilisez vos connaissances pour bien rédiger votre réponse sans recopier le texte, tout en comprenant le sens de ce qu'affirme l'auteur.

En effet, ils devaient prouver leur domination mondiale mais, malgré une « rapide victoire », ils n'ont réussi à atteindre aucun des objectifs pour lesquels ils étaient entrés en guerre. Ils n'ont pas trouvé d'armes de destruction massive, le terrorisme islamiste ne s'est pas arrêté, bien au contraire, et la zone du Proche-Orient est restée incontrôlable, notamment l'Irak, où les États-Unis ont été obligés de maintenir leur présence jusqu'en 2011 au moins.

3 Les États-Unis peuvent prétendre dominer le monde depuis 1991 car ils ont gagné la guerre froide contre l'URSS.

4 Selon l'auteur, on ne peut pas dire que la puissance des États-Unis soit en déclin car ils restent les plus puissants dans de nombreux domaines. Par exemple dans le domaine économique, car ils ont « toujours, et de loin le premier PNB mondial » et les entreprises américaines « occupent une position dominante dans de nombreux domaines, notamment dans les nouvelles technologies ». Ils dominent aussi grâce à leur influence culturelle : la « culture populaire (cinéma, musique, etc.) a toujours une position dominante dans le monde ».

> **Gagnez des points !**
> Regroupez les différents exemples de manière thématique pour montrer que vous connaissez les différents aspects de la puissance : économique, financière ou culturelle et technologique.

5 Selon l'auteur, le *soft power*, ou « puissance douce » en français, repose sur le pouvoir de persuasion et d'influence que détient un pays sans avoir recours à l'armée et à « des politiques de contraintes » qui constituent quant à elles le *hard power*, c'est-à-dire « la puissance dure ».

> **Gagnez des points !**
> Montrez que vous connaissez ces notions en les traduisant en français.

6 D'après mes connaissances, les autres puissances auxquelles fait référence l'auteur sont les puissances émergentes, c'est-à-dire des pays comme la Chine, l'Inde ou le Brésil qu'on désigne parfois avec l'acronyme BRICS (Brésil, Russie, Inde, Chine et Afrique du Sud). Avec la montée de ces nouvelles puissances, on peut dire que le monde devient multipolaire, c'est-à-dire un monde composé de plusieurs pôles de croissance.

> **Gagnez des points !**
> Citez les BRICS pour montrer que vous connaissez cette expression.

CHAPITRE 7

La refondation républicaine

1 Refonder la République et la démocratie

De quoi s'agit-il ? **Vers la fin de la Seconde Guerre mondiale, les Alliés libèrent la France et permettent aux résistants et à leur chef, de Gaulle, de s'emparer du pouvoir. Comment et sur quelles valeurs une nouvelle république est-elle fondée en France ?**

1 La Libération et le retour de la République

Le procès Pétain

• En août 1944, le général de Gaulle entre dans Paris libéré (**Doc.**), acclamé comme un vainqueur et un libérateur : il se déclare alors chef du GPRF : le Gouvernement provisoire de la République française.

• Il prend rapidement des premières mesures pour rétablir la démocratie. Il permet de nouveau l'exercice des libertés fondamentales. Les nombreux journaux clandestins de la Résistance intérieure deviennent les bases fondatrices d'une presse libre et engagée. Par décret, il accorde le droit de vote aux femmes. Résistantes, victimes civiles de la guerre ou responsables du foyer, elles ont enfin conquis leurs droits politiques.

2 La IVe République, fondée sur les valeurs de la Résistance

• En 1945, des élections auxquelles les femmes participent massivement mettent en place une Assemblée constituante chargée de rédiger une nouvelle Constitution. Celle-ci est approuvée par les Français en octobre 1946. La constitution de la IVe République crée un régime parlementaire. Le général de Gaulle, qui souhaitait un régime présidentiel, s'écarte alors du pouvoir mais fonde son propre parti, le RPF.

• La constitution de la IVe République s'appuie sur les valeurs de la Résistance et reste fidèle au programme du CNR rédigé pendant la guerre. Elle garantit pour la première fois aux femmes des droits égaux à ceux des hommes dans tous les domaines.

• Le GPRF avait déjà créé la Sécurité sociale en 1945, la Constitution vient alors garantir ces nouveaux droits économiques et sociaux : désormais tout le monde a droit, surtout les plus fragiles, à un système de protection sociale qui prend en charge l'assurance-maladie, les allocations familiales et les retraites. Il s'agit d'améliorer les conditions de vie de chacun, dans une volonté d'égalité et de progrès social.

Doc. Affiche de la Libération éditée par le GPRF, 1944

La libération est le moment pour le GPRF de refonder sans attendre la République.

Cette femme enroulée dans le drapeau évoque la France, la République, elle fait penser à Marianne ou à une allégorie de la liberté.

Ces personnages ont l'air affaiblis mais enthousiastes, et accueillent avec bonheur la lumière de la liberté.

Le personnage soulève une dalle pour montrer qu'il se libère, qu'il sort d'un tombeau où il était enfermé par l'occupation allemande et par Vichy.

Vocabulaire

GPRF : Gouvernement Provisoire de la République Française, dirigé par de Gaulle, qui gouverne la France de 1944 à 1946.

Libertés fondamentales : libertés individuelles.

Constitution : loi fondamentale qui décrit les principes et le fonctionnement d'un État.

RPF : Rassemblement du Peuple Français, parti politique fondé par de Gaulle en 1946.

CNR : voir p. 67.

Droits économiques et sociaux : droits qui concernent les domaines de la santé, de l'éducation, des loisirs mais aussi du travail, du chômage ou de la retraite.

Notions-clés

Résistance intérieure : voir p. 67.

Régime parlementaire : régime politique où l'essentiel des pouvoirs est entre les mains du Parlement qui nomme le chef du Gouvernement.

Régime présidentiel : régime politique où l'essentiel du pouvoir est entre les mains du président.

Sécurité sociale : système de protection sociale organisé par l'État depuis 1945 dans les domaines de la santé, de la retraite ou de la famille.

2 La Ve République : une République gaullienne (1958-1969)

De quoi s'agit-il ? **En 1958, de Gaulle revient au pouvoir et met en place la Ve République. Quelles sont les caractéristiques de ce nouveau régime et pourquoi est-il durable ?**

La Ve République

1 L'arrivée au pouvoir de de Gaulle

- Fondé en 1946, le régime parlementaire de la IVe République est en crise, notamment à cause de l'instabilité ministérielle et de la guerre d'Algérie.
- Le 13 mai 1958, après une tentative de coup d'État menée par des généraux en Algérie, de Gaulle apparaît comme le seul capable de redresser la situation. Il est rappelé au pouvoir et fonde une nouvelle République.
- La Constitution proposée par de Gaulle est approuvée par les Français lors d'un référendum. La Ve République est un régime présidentiel dans lequel l'essentiel des pouvoirs est entre les mains du président de la République, c'est-à-dire le chef de l'exécutif élu au suffrage universel direct à partir de 1962.

2 Une « politique de grandeur »

- De Gaulle entend redonner son rang international à la France (**Doc.**). En proie aux critiques, celle-ci doit mettre fin à la guerre d'Algérie. De Gaulle signe donc les accords d'Évian en 1962.
- La France prend aussi ses distances avec les États-Unis en se retirant du commandement militaire de l'OTAN, en se dotant d'une force de dissuasion nucléaire propre et en se rapprochant de l'Allemagne dans le cadre de la construction européenne.

3 La crise de Mai 1968

- En 1968, les étudiants, à l'instar de nombreux jeunes dans le monde, dénoncent un État trop conservateur et trop autoritaire. Ils s'opposent également aux valeurs de la société de consommation. En mai, les étudiants sont rejoints par les ouvriers et le mouvement devient social.
- De Gaulle sort affaibli de cette crise et démissionne en 1969. Georges Pompidou, son Premier ministre, lui succède et poursuit sa politique jusqu'en 1974.

Doc. La « politique de grandeur de la France » selon le général de Gaulle

Le fait capital de ces sept dernières années, c'est que nous avons choisi l'indépendance. Dans le domaine politique, il s'agit que, sans renier notre amitié américaine, nous nous comportions en Européens. C'est bien ce que nous faisons en nous réconciliant avec l'Allemagne. Nous apportons aussi notre concours au développement de bon nombre de nouveaux États africains.

Au point de vue de la sécurité, notre indépendance exige, à l'ère atomique où nous sommes, que nous ayons les moyens voulus pour dissuader nous-mêmes un éventuel agresseur.

Dans l'ordre économique, pour sauvegarder notre indépendance, nous devons soutenir coûte que coûte la concurrence dans les secteurs de pointe. Nous organisons un marché commun avec l'Allemagne, l'Italie, la Belgique, la Hollande et le Luxembourg. Nous perçons le mont Blanc avec les Italiens.

Nous nous unissons à l'Angleterre pour construire le premier avion supersonique du monde.

Allocution radiodiffusée et télévisée du général de Gaulle, 27 avril 1965.

De Gaulle affiche ici sa volonté de réaffirmer la puissance politique de la France qui doit se détacher de l'influence américaine.

De Gaulle veut montrer que la France joue un grand rôle international en Europe comme en Afrique.

De Gaulle affirme ici qu'il veut redonner sa puissance militaire à la France en la dotant de l'arme nucléaire.

De Gaulle entend redonner sa puissance économique à la France en lançant une politique de grands travaux et d'innovations à l'échelle européenne, comme l'avion supersonique Concorde.

Vocabulaire

Régime parlementaire : voir p. 107.

Instabilité ministérielle : succession de gouvernements dans un système où les alliances entre partis se font et se défont au Parlement.

Régime présidentiel : voir p. 107.

Accords d'Évian : accords signés entre la France et les Algériens en mars 1962 et qui reconnaissent l'indépendance de l'Algérie.

OTAN : voir p. 79.

Conservateur : qui cherche à conserver les valeurs et les institutions existantes, sans les faire évoluer.

Notions-clés

Coup d'État : prise du pouvoir par la force.

Constitution : voir p. 107.

Suffrage universel : élection à laquelle tous les citoyens peuvent participer.

Dissuasion nucléaire : menace d'un bombardement atomique sur les deux camps pendant la guerre froide. On parle de dissuasion, car aucun des deux grands ne veut risquer l'anéantissement.

Société de consommation : société dans laquelle la population est encouragée à consommer.

3 La Ve République à l'épreuve de l'alternance

De quoi s'agit-il ? La Ve République s'inscrit dans la durée malgré des bouleversements politiques importants. Quels sont ces profonds changements qui se sont produits au cours des quarante dernières années ?

1 La présidence de Valéry Giscard d'Estaing (1974-1981)

- En 1974, Valéry Giscard d'Estaing est élu président. Jeune candidat centriste, il apparaît comme une alternative à la droite « gaulliste », même s'il gouverne avec elle.
- Ses gouvernements réussissent à faire voter des lois qui s'adaptent aux transformations de la société : il fait abaisser par exemple la majorité à 18 ans.

2 Les années Mitterrand (1981-1995)

- Élu en 1981, François Mitterrand est le premier président de gauche (Parti socialiste) de la Ve République. Cette élection bouleverse la vie politique française. Pour la première fois, les élections présidentielles amènent une alternance politique. Les années Mitterrand, et surtout les premières années de sa présidence, sont marquées par des réformes de société, comme l'abolition de la peine de mort, et par des réformes sociales importantes, comme la 5e semaine de congés payés, la semaine de 39 heures (**Doc.**) ou encore la création de l'impôt sur les grandes fortunes (IGF).
- Pourtant, la gauche ne parvient pas à faire face à la montée du chômage. C'est ce qui provoque, en 1986, la première cohabitation : François Mitterrand doit ainsi choisir son adversaire politique, Jacques Chirac, comme Premier ministre. Par la suite, les Français ont tendance à faire alterner la gauche et la droite au pouvoir. Leur mécontentement se traduit également par la poussée de l'abstention et la montée du vote extrémiste.

3 Les années Chirac (1995-2007)

- L'élection de Jacques Chirac en 1995 marque le retour de la droite à la présidence. Mais, en 1997, c'est à nouveau l'alternance avec l'élection d'une Assemblée nationale de gauche et la nomination du socialiste Lionel Jospin comme Premier ministre.
- L'exécutif est partagé et le rôle du président affaibli alors que la crise persiste avec un chômage toujours important. Cette situation ne change guère sous la présidence de Nicolas Sarkozy (2007-2012) et celle de François Hollande (2012-2017).

Doc. **La réduction du temps de travail**

C'est une avancée sociale très importante car, pour la première fois depuis 1936, on vient d'abaisser la durée légale du travail. 39 heures au lieu de 40 heures. Et 39 heures, c'est dit dans le texte de l'ordonnance, dans la perspective de la semaine de 35 heures en 1985. Alors c'est important, pour deux raisons. Il y a la crise, il y a le chômage, il y a les bouleversements des techniques. Il faut par conséquent mieux partager le travail entre tous ceux qui ont besoin de travailler pour vivre. Et en même temps, ça permet d'aménager le travail, par conséquent, de faire en sorte que les usines continuent à produire dans de bonnes conditions. C'est donc un progrès social et en même temps un progrès économique.

Déclaration de Pierre Bérégovoy, secrétaire général de l'Élysée, Journal d'Antenne 2, 13 février 1982.

Il fait ici référence au Gouvernement du Front populaire de Léon Blum, gouvernement de gauche comme celui de François Mitterrand.

La semaine de 35 heures sera en fait mise en place bien plus tard par le Gouvernement de Lionel Jospin (1997-2002), Premier ministre de gauche, sous la présidence de Jacques Chirac, président de droite.

Il explique ici les raisons sociales de cette loi : mieux partager le travail pour faire baisser le chômage.

Il décrit rapidement ici la situation économique et sociale de la France en 1982, marquée par plusieurs années de hausse continue du chômage depuis 1975.

Vocabulaire

Gaulliste : idée ou personne fidèle aux idées développées par de Gaulle.

Congés payés : voir p. 39.

Impôt sur les grandes fortunes : impôt voulu par François Mitterrand qui taxe les personnes à partir d'un seuil très élevé de capital. Il devient ensuite l'ISF : l'impôt de solidarité sur la fortune.

Abstention : fait de ne pas voter alors que l'on est inscrit sur les listes électorales.

Notions-clés

Alternance : situation dans laquelle la droite et la gauche se succèdent au pouvoir à chaque élection.

Cohabitation : situation dans laquelle le président de la République et le Premier ministre appartiennent à des partis politiques opposés.

Exécutif : pouvoir exécutif qui, dans la Ve République, est détenu conjointement par le président et le Premier ministre.

RÉVISION EXPRESS

LES DATES IMPORTANTES

La Vᵉ République à l'épreuve de l'alternance

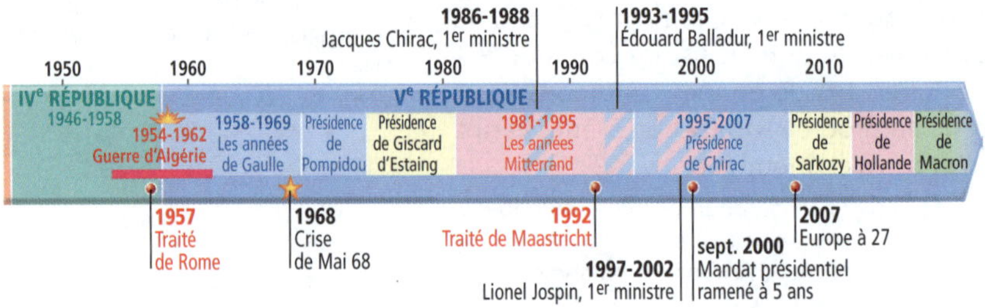

LES MOTS IMPORTANTS

- régime présidentiel
- régime parlementaire
- OTAN
- coup d'État
- Constitution
- démocratie
- GPRF
- instabilité ministérielle
- cohabitation
- alternance
- CNR
- Sécurité sociale
- suffrage universel
- dissuasion nucléaire
- société de consommation
- gaulliste
- libertés fondamentales
- accords d'Évian
- abstention
- exécutif

LES POINTS IMPORTANTS À RETENIR

Changements politiques et institutionnels

La refondation républicaine (1944-1946)

- mise en place du GPRF qui commence à appliquer le programme du CNR
- droit de vote des femmes en 1944
- Sécurité sociale en 1945 et élection d'une Assemblée constituante
- nouvelle Constitution en 1946 qui fonde la IVe République, un régime parlementaire
- une démocratie sociale qui reste fidèle aux valeurs de la Résistance

Les années de Gaulle (1958-1962)

- Constitution de la Ve République
- régime présidentiel
- élection du président au suffrage universel direct
- fin de la guerre d'Algérie et de la décolonisation
- politique de grandeur
- indépendance face aux États-Unis
- dissuasion nucléaire
- rapprochement franco-allemand
- démission de De Gaulle (1969)
- présidence de Pompidou (1969-1974)

La Ve République depuis les années 1970

- Giscard d'Estaing, (1974-1981) : centre-droit
- Mitterrand (1981-1995) : gauche
  2 cohabitations avec des Premiers ministres de droite :
  • Chirac (1986-1988)
  • Balladur (1993-1995)
- Chirac (1995-2007) : droite
  1 cohabitation avec un Premier ministre de gauche :
  • Jospin (1997-2002)
- Sarkozy (2007-2012) : droite
- Hollande (2012-2017) : gauche
- Macron (depuis 2017) : LREM

Quiz

1. En quelle année est fondée la IVe République ?
- ☐ 1944
- ☐ 1946
- ☐ 1947

2. De Gaulle est président de la Ve République de :
- ☐ 1954 à 1968
- ☐ 1958 à 1969
- ☐ 1962 à 1970

3. François Mitterrand succède à :
- ☐ de Gaulle
- ☐ Pompidou
- ☐ Giscard d'Estaing

4. La première cohabitation, c'est :
- ☐ François Mitterrand président et Jacques Chirac Premier ministre
- ☐ François Mitterrand Premier ministre et Jacques Chirac président
- ☐ François Mitterrand président et Lionel Jospin Premier ministre

→ Réponses p. 119

Analyser un graphique par répartition

Les résultats des premières élections législatives de la IVe République (novembre 1946)

Le graphique semi-circulaire permet de représenter la Chambre des députés organisée depuis l'extrême gauche (Parti communiste) jusqu'à la droite.

Parti politique issu de la Résistance, à l'origine du programme du CNR.

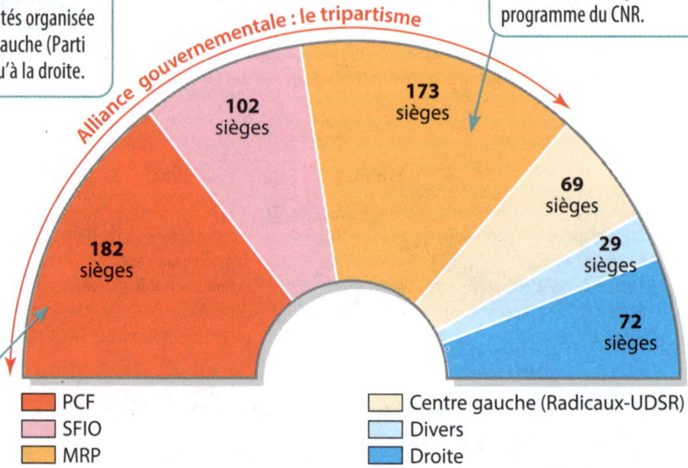

La majorité gouvernementale se fait autour du parti qui a remporté le plus de députés : le PCF connaît là son plus grand succès électoral.

Les chiffres présents sur le graphique représentent le nombre de députés élus pour chaque parti politique lors des élections législatives de novembre 1946.

QUESTIONS

1. Présentez le document en rappelant rapidement le contexte politique que connaît la France en 1946.

2. Comment s'appelle l'alliance qui remporte les élections législatives de 1946 ? Quels partis la composent ? Quelle tendance politique représentent-ils et quelle lutte ont-ils mené ensemble ?

3. De combien de sièges dispose l'alliance gouvernementale ? Pourquoi peut-on parler de majorité absolue ?

4. Quel parti est majoritaire au sein de l'alliance gouvernementale ? D'après vos connaissances, dans le contexte de la guerre froide, quel problème cela va-t-il poser ?

MÉTHODE

1. Présenter la nature du document

- Pour présenter ce document, vous devez impérativement préciser **sa nature**. On acceptera un « **graphique** » ou un « **diagramme** », mais pas un « camembert » ou un « demi-camembert ».
- Il convient également de **comprendre pourquoi les résultats des élections sont presque toujours représentés avec ce type de graphique** : le diagramme semi-circulaire permet de bien représenter l'organisation d'une assemblée répartie de l'extrême gauche à l'extrême droite. Sur un graphique comme celui-ci, les couleurs permettent de différencier les partis politiques ; la largeur des parts permet de comprendre leur importance au sein de l'Assemblée.

2. Décrire tous les éléments du graphique

- Observez bien tous les éléments présents sur le graphique, notamment la flèche qui indique l'**alliance de trois partis politiques**.
- Vous devez également réussir à utiliser vos connaissances personnelles apprises en cours pour savoir **distinguer les partis de gauche** (PCF, SFIO).

3. Analyser les données fournies

- Un graphique permet de donner des **informations chiffrées sur un phénomène ou une situation**. Vous devez donc savoir utiliser ces chiffres, y compris en faisant **des calculs simples et rapides**. Ici, il ne s'agit ni de pourcentages ni de voix, mais bien du nombre de sièges, c'est-à-dire du nombre de députés élus pour chaque parti.
- Pour répondre à la question 3, vous devez donc **additionner le nombre de députés** des trois partis de la majorité. Vous devez également additionner l'ensemble des députés de tous les partis pour savoir combien il y avait de députés en tout et donc si la majorité gouvernementale avait la majorité absolue ou pas.
- Pour la dernière question, on ne s'intéresse plus à l'ensemble des députés, mais uniquement **à ceux de l'alliance gouvernementale**. Vous devez donc comprendre quel parti obtient le plus de députés parmi les trois partis qui composent cette alliance. Pour la seconde partie de la question, seules vos connaissances personnelles vous permettent d'y répondre.

CORRIGÉ DES QUESTIONS

1. Ce document est un diagramme ou un graphique semi-circulaire représentant les résultats des élections législatives de novembre 1946. Ce sont les premières

Piège à éviter

Ne racontez pas tout votre cours sur la refondation républicaine de 1944 à 1946 et surtout pas la Seconde Guerre mondiale. Il s'agit simplement de définir le contexte politique en 1946 marqué par l'avènement de la IVe République.

élections législatives de la IVe République après la rédaction et l'adoption de la Constitution. C'est cette assemblée qui sera chargée d'appliquer les réformes voulues par la Constitution et de continuer à mettre en œuvre les premières mesures du GPRF comme la Sécurité sociale ou les nationalisations.

2. L'alliance qui remporte les élections s'appelle le **tripartisme** car elle repose sur l'alliance de trois partis : le PCF, la SFIO et le MRP. Ils représentent l'extrême gauche (PCF) et la gauche (SFIO et MRP). Ce sont les **principaux partis de la Résistance**, ils ont lutté ensemble pendant la guerre contre les Allemands mais aussi surtout contre le régime de Vichy.

> **Gagnez des points !**
> Vous pouvez montrer que vous connaissez la vie politique française en rappelant l'union précédente des partis de gauche dans le Front populaire en 1936.

3. L'alliance gouvernementale dispose de **457 sièges**. On peut dire qu'elle dispose de la majorité absolue voire d'une majorité écrasante car, avec 457 des 627 sièges, **elle dispose de plus de la moitié des sièges au Parlement**.

> **Gagnez des points !**
> Calculez le nombre total de députés élus à la Chambre et citez ce chiffre. Ce sera alors plus facile de prouver que l'alliance gouvernementale a la majorité absolue.

4. Le parti majoritaire est le PCF, c'est-à-dire le **Parti communiste français**. Il réalise là le meilleur score de toute son histoire à une élection législative. Dans le contexte de la guerre froide, cela va poser problème car la France fait partie du bloc de l'Ouest, et elle accepte en effet le Plan Marshall, c'est-à-dire l'aide financière venue des États-Unis. Les ministres communistes quittent donc le Gouvernement en 1947 et la gauche au pouvoir s'en trouve très fragilisée.

Vérification des connaissances

1 Quelles sont les principales mesures prises par le GPRF à la Libération pour rétablir la République ?

2 Quand de Gaulle est-il au pouvoir en France ?

3 Expliquez ce que signifie la « politique de grandeur » menée par de Gaulle.

Vers le brevet

QUESTIONS

1 À quelle date de Gaulle quitte-t-il le pouvoir ?

2 Quelles sont les années pendant lesquelles Jacques Chirac est président de la République ?

3 Quelles sont les années pendant lesquelles François Mitterrand est président de la République ?

4 Expliquez, dans un développement construit d'une vingtaine de lignes, ce qu'est une cohabitation sous la Ve République. Vous vous appuierez sur un exemple précis.

ÉTUDE DE DOCUMENT

Doc. Extraits du préambule[1] de la Constitution de la IVe République en 1946

Au lendemain de la victoire remportée par les peuples libres sur les régimes qui ont tenté d'asservir[2] et de dégrader la personne humaine, le peuple français proclame à nouveau que tout être humain, sans distinction de race, de religion ni de croyance, possède des droits inaliénables et sacrés. Il réaffirme solennellement les droits et les libertés de l'Homme et du citoyen consacrés par la Déclaration des droits de 1789 et les principes fondamentaux reconnus par les lois de la République. Il proclame, en outre, comme particulièrement nécessaires à notre temps, les principes politiques, économiques et sociaux ci-après :

– La loi garantit à la femme, dans tous les domaines, des droits égaux à ceux des hommes […].

– Chacun a le devoir de travailler et le droit d'obtenir un emploi. Nul ne peut être lésé[3], dans son travail ou son emploi, en raison de ses origines, de ses opinions ou de ses croyances.

– Tout homme peut défendre ses droits et ses intérêts par l'action syndicale et adhérer au syndicat de son choix. […]

– La Nation assure à l'individu et à la famille les conditions nécessaires à leur développement. Elle garantit à tous, notamment à l'enfant, à la mère et aux vieux travailleurs, la protection de la santé, la sécurité matérielle[4], le repos et les loisirs.

Tout être humain qui, en raison de son âge, de son état physique ou mental, de la situation économique, se trouve dans l'incapacité de travailler a le droit d'obtenir de la collectivité des moyens convenables d'existence. [...]

1. préambule : introduction.
2. asservir : rendre esclave.
3. lésé : sanctionné.
4. sécurité matérielle : avoir des moyens convenables pour vivre.

1 Présentez le document. Décrivez le contexte historique international dans lequel il est écrit en expliquant la phrase soulignée et en donnant des exemples de régimes qui ont « tenté d'asservir et de dégrader la personne humaine » à l'aide de vos connaissances.

2 À quel autre texte fait référence le préambule ? À quelle période importante de l'histoire française ce texte a-t-il été écrit ?

3 D'après vos connaissances, quel droit a déjà été voté en 1944 pour garantir à la femme « des droits égaux à ceux des hommes » ?

4 Complétez le tableau ci-dessous en relevant tous les nouveaux droits économiques et sociaux et en précisant à chaque fois qui en bénéficie.

De nouveaux droits	Pour qui ?

5 Comment appelle-t-on, d'après vos connaissances, le système de protection sociale qui permet d'accéder à ces nouveaux droits économiques et sociaux ? D'après vos connaissances, quel programme avait déjà établi ces nouveaux droits pendant la Seconde Guerre mondiale en France ?

Quiz

1 1946.

2 1958 à 1969.

3 Giscard d'Estaing.

4 François Mitterrand président et Jacques Chirac Premier ministre.

Vérification des connaissances

1 Le Gouvernement provisoire de la République française, créé en juin 1944, accorde le droit de vote aux femmes et institue la Sécurité sociale, un système de protection sociale organisé par l'État qui offre à tous des aides en matière de santé, de retraite ou encore de famille nombreuse. Il organise ensuite l'élection d'une Assemblée constituante chargée de rédiger une nouvelle Constitution pour la France.

2 Le général de Gaulle est au pouvoir en France d'abord de 1944 à 1946 quand il est à la tête du GPRF, puis de 1958 à 1969 quand, appelé au gouvernement par l'Assemblée, il devient le premier président de la Ve République.

3 De Gaulle cherche à redonner à la France une place prépondérante sur la scène internationale. Il résout tout d'abord la question coloniale en négociant son indépendance avec l'Afrique noire et en signant les accords d'Évian mettant fin à la guerre d'Algérie.

Il souhaite également que la France gagne en indépendance face aux deux grandes puissances de la guerre froide. Pour cela, il se retire du commandement intégré de l'OTAN et ferme les bases américaines en France, tout en se rapprochant de l'Allemagne dans le cadre de la construction européenne. De même, il dote la France d'une force de dissuasion nucléaire. Il entame également une série de voyages internationaux visant à montrer l'originalité de la position française.

Enfin, il met en place de grands projets économiques de prestige comme la construction du Concorde. Mais, malgré cette politique de grandeur, la France reste trop isolée pour peser véritablement sur la scène internationale.

Vers le brevet

QUESTIONS

1 De Gaulle démissionne de la présidence de la République en 1969.

2 Jacques Chirac est président de la République de 1995 à 2007.

3 François Mitterrand est président de la République de 1981 à 1995.

4 Dans la Ve République, on parle de cohabitation lorsque le Premier ministre est d'une tendance politique opposée à celle du président de la République. En effet, ce dernier, élu au suffrage universel, doit respecter la règle de la majorité : quand la majorité des députés élus à l'Assemblée nationale appartient à un parti politique opposé au sien, il est obligé de choisir un Premier ministre issu de ce parti ou de démissionner.

Dans la Ve République, tous les présidents ont décidé de rester au pouvoir et d'instaurer le principe de la cohabitation, dans laquelle le pouvoir exécutif est partagé entre le président et le Premier ministre.

Cela a été le cas entre 1986 et 1988, après la défaite du Parti socialiste aux élections législatives, quand François Mitterrand, président de gauche, a décidé, le premier, de rester au pouvoir en nommant Jacques Chirac, de droite, Premier ministre.

ÉTUDE DE DOCUMENT

1 Le document est composé d'extraits du préambule de la Constitution de la IVe République. Celle-ci a été rédigée en 1946, un an après la fin de la Seconde Guerre mondiale. Cette guerre a été gagnée par les Alliés, désignés comme « les peuples libres » dans le texte. Ils ont remporté une victoire sur des régimes totalitaires comme l'Allemagne nazie en Europe et le Japon en Asie. Ces deux États, par leur idéologie raciste, ont tenté « d'asservir et de dégrader la personne humaine ». L'Allemagne nazie a commis de terribles génocides et c'est pourquoi le texte rappelle que « tout être humain, sans distinction de race, de religion ni de croyance, possède des droits inaliénables et sacrés ». Le texte peut aussi viser le régime de Vichy qui s'est rendu complice du génocide des Juifs en Europe en arrêtant et en déportant plus de 75 000 personnes vers les camps de la mort du IIIe Reich.

> **Gagnez des points !**
> Développez votre réponse grâce à vos connaissances sur la Seconde Guerre mondiale sans toutefois en exposer qui seraient sans lien avec le texte.

2 Le préambule fait référence à la Déclaration des droits de l'Homme et du citoyen rédigée en 1789 lors de la Révolution française et qui est le texte fondateur de la démocratie et de la République en France. Comme ces principes avaient été complètement reniés par le régime de Vichy au pouvoir de 1940 à 1944, le texte les rappelle avec force.

> **Gagnez des points !**
> Rappelez le régime antirépublicain de Vichy pour montrer que vous comprenez pourquoi le préambule rappelle la victoire des Alliés et l'héritage de 1789.

3 Le droit qui a été obtenu par les femmes en 1944 est le droit de vote, qui leur permet de voter pour la première fois en 1945 pour élire l'Assemblée chargée de rédiger cette Constitution et ce préambule.

4

De nouveaux droits	Pour qui ?
Obtenir un emploi	Pour tout le monde sans distinction d'origine, de croyance ou d'opinion
Défendre ses droits par l'action syndicale et adhérer à un syndicat	Pour tous les travailleurs
Protection de la santé	Pour tous mais notamment pour l'enfant, la mère et les vieux travailleurs
Repos, loisirs	Pour tous mais notamment pour l'enfant, la mère et les vieux travailleurs
Sécurité matérielle, moyens convenables d'existence	Pour tous mais notamment pour l'enfant, la mère et les vieux travailleurs et celui « qui en raison de son âge, de son état physique ou mental, de la situation économique, se trouve dans l'incapacité de travailler »

5 Ces nouveaux droits font partie du nouveau système de Sécurité sociale mis en place dès 1945. En effet, c'est le CNR, le Conseil national de la Résistance qui, dès 1944 dans son programme, a eu l'idée de ces différents droits.

Gagnez des points !

Utilisez vos connaissances sur la France pendant la Seconde Guerre mondiale pour bien répondre à la question. Vous pouvez ainsi exposer dans votre réponse ce que vous savez sur le CNR et son programme, qui est à l'origine de la République sociale.

CHAPITRE 8

Les principales transformations de la société française des années 1950 aux années 1980

1 Les nouveaux enjeux sociaux et culturels des années 1950-1980

De quoi s'agit-il ? Sous la Ve République, de nouveaux enjeux apparaissent nécessitant des adaptations politiques importantes. Quels sont-ils ?

1 Les transformations démographiques de la société française

- Jusqu'en 1965, on constate en France un fort taux de natalité : c'est le baby-boom (**Doc.**). Il fait augmenter rapidement la population et, surtout, provoque une prise de pouvoir de la jeunesse dans les années 1970 dont Mai 1968 est un premier signal.
- L'accès à la contraception et la crise économique font ensuite ralentir fortement la natalité et, à la fin des années 1980, la part des personnes âgées dans la population française augmente.

2 Les transformations économiques

- De 1945 à 1975, les innovations technologiques, l'augmentation de la productivité et la hausse du niveau de vie permettent une croissance économique sans précédent : ce sont les Trente Glorieuses.
- À partir des années 1980, avec la hausse du prix du pétrole et les débuts de la mondialisation, la France est touchée par la désindustrialisation et c'est le secteur tertiaire qui ne cesse de progresser. Le chômage explose alors car les emplois créés par la tertiarisation de l'économie ne permettent pas de compenser la fermeture des usines.

3 Une société transformée par l'immigration

Le regroupement familial

- Pendant les Trente Glorieuses, la main-d'œuvre dans l'industrie manque et on a recours massivement à une immigration qui provient d'abord d'Europe du Sud (Portugal, Espagne) et d'Afrique du Nord (Algérie).
- L'immigration se stabilise à la fin des années 1970 (**Doc.**) et, dans le contexte de la mondialisation, se fait plus diverse, venant d'Afrique (au nord et au sud du Sahara) mais aussi d'Asie (Chine, Inde, Pakistan). Cette immigration transforme la société française en la métissant et en l'ouvrant sur d'autres cultures : elle devient multiculturelle. Mais dans le même temps, immigrés ou descendants d'immigrés subissent encore des discriminations et des discours racistes et xénophobes.

Doc. Grandes tendances de l'évolution de la population active (en millions)

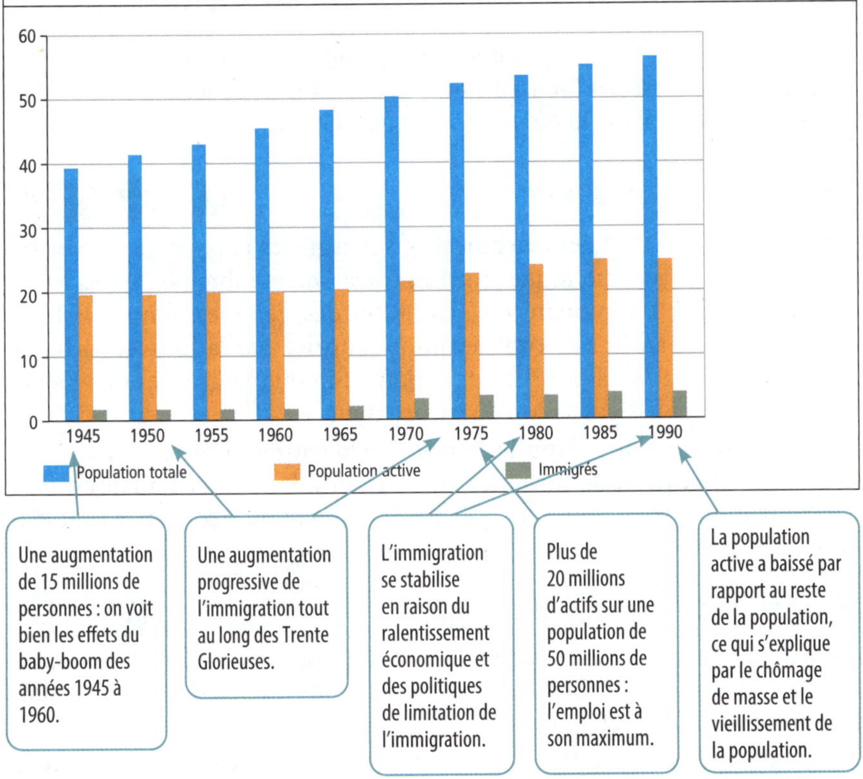

Vocabulaire

Taux de natalité : nombre de naissances pour 1 000 habitants.

Désindustrialisation : fait de fermer ou de délocaliser les usines dans d'autres pays.

Immigration : s'installer dans un pays en venant d'un pays étranger.

Multiculturelle : société dans laquelle cohabitent et s'expriment différentes cultures.

Discrimination : fait de traiter inégalement des personnes en fonction de différents critères notamment celui de l'origine.

Raciste : fait de considérer que l'humanité se divise en « races » dont certaines seraient supérieures aux autres.

Notions-clés

Baby-boom : période de natalité très forte après la Seconde Guerre mondiale jusqu'en 1965.

Trente Glorieuses : dans les pays industrialisés, trente années de forte croissance économique qui suivent la Seconde Guerre mondiale et qui s'accompagnent d'une hausse du niveau de vie.

Mondialisation : mise en relation des territoires entre eux par l'augmentation des échanges à l'échelle de la planète.

Secteur tertiaire : désigne les activités économiques liées aux services aux personnes ou aux entreprises.

2 Hommes et femmes dans la société française

De quoi s'agit-il ? L'une des principales transformations que la société française a connue après 1945 est celle liée à la place des femmes dans la vie politique, professionnelle ou familiale. Quelle sont ces transformations ?

1 Les années 1970 : le réveil féministe

Discours de Simone Veil

• À partir de Mai 1968, les revendications féministes réussissent à peser véritablement sur la vie politique grâce au travail de nombreuses associations comme le MLF, Mouvement de Libération des Femmes, fondé en 1970. Ainsi en 1972, l'accès à la contraception autorisé par la loi Neuwirth est appliqué et, en 1974, la ministre de la Santé Simone Veil, après de violents débats, fait voter la légalisation de l'avortement.

• Dans le domaine de la famille, la place de la femme change : depuis 1965 déjà elle avait le droit de travailler sans l'accord de son mari, mais en 1970 elle obtient que désormais père et mère détiennent de façon égale l'autorité parentale.

2 Une place croissante mais insuffisante dans la vie politique

• En 1944, à la Libération, les femmes françaises avaient enfin obtenu le droit de voter et d'être éligible, mais elles étaient très peu nombreuses alors à se présenter aux élections.

• Pour y remédier, François Mitterrand au pouvoir crée alors « un ministère des Droits de la femme » dont le but affiché est d'atteindre la parité dans la vie politique. Il faudra néanmoins attendre 2001 pour qu'une loi rende cette idée obligatoire. En 1991, Mitterand nomme tout de même pour la première fois en France une femme, Édith Cresson, Premier ministre. Cela n'efface pas pour autant en France une représentation toujours très faible des femmes en politique, par rapport aux autres démocraties européennes.

3 Une place encore limitée dans la vie professionnelle

• En 1983, Yvette Roudy, ministre des Droits de la femme, fait voter une loi sur l'égalité professionnelle qui reste encore mal appliquée (**Doc.**).

• Depuis les années 1960, les femmes sont de plus en plus nombreuses à travailler et à être diplômées, notamment grâce aux différentes mesures prises sur la mixité dans l'éducation et à la disparition des « diplômes féminins » dans les années 1970. Elles restent cependant sous-représentées dans les années 1980 et jusqu'à aujourd'hui encore dans les emplois de cadres, de dirigeants et ont, à compétences égales, des salaires moins élevés (**Doc.**).

Doc. Les inégalités de salaires hommes-femmes : état des lieux

Les femmes gagnent 27 % de moins que les hommes tous temps de travail confondus […]. Le premier facteur explicatif des inégalités de salaires provient des différences de temps de travail. Les femmes sont cinq fois plus souvent en temps partiel que les hommes : leur revenu tous temps de travail confondu est logiquement inférieur à celui des hommes. De plus, le temps de travail des hommes est aussi accru par les heures supplémentaires qu'ils effectuent plus souvent que les femmes.

Pourtant, en comparant des salaires à temps complet, les femmes perçoivent encore 19 % de moins […].

Si l'on tient compte des différences de poste (cadre, employé, ouvrier), d'expérience, de qualification (niveau de diplôme) et de secteur d'activité (éducation ou finance), environ 10 % de l'écart demeure inexpliqué.

Cette différence de traitement se rapproche d'une mesure de discrimination pure pratiquée par les employeurs à l'encontre des femmes.

« Les inégalités de salaires hommes-femmes : du temps de travail aux discriminations », *www.inegalites.fr*, 2011.

Dans un travail à temps partiel, le temps de travail est inférieur à 35 heures par semaine. Il est donc moins rémunéré.

Le temps partiel et les heures supplémentaires moins fréquentes s'expliquent en partie par le rôle encore traditionnel attribué aux femmes dans les foyers : elles s'occupent encore davantage des enfants et des tâches ménagères que les hommes.

Les employeurs préfèrent souvent embaucher un homme ou lui donner plus de responsabilités, car ils pensent, à tort, qu'ils sont plus investis dans leur travail et moins dans leur famille.

Vocabulaire

MLF : Mouvement de Libération de la Femme, créé après Mai 68 pour faire avancer la cause féministe dans la société française.

Contraception : emploi de moyens pour qu'un rapport sexuel n'entraîne pas de grossesse.

Notions-clés

Féministe : personne cherchant à défendre le droit et la cause des femmes dans la société.

Parité : égalité du nombre d'hommes et de femmes présentés par les partis politiques lors des élections.

RÉVISION EXPRESS

LES DATES IMPORTANTES

LES PERSONNAGES IMPORTANTS

Simone Veil

née en 1927

Rescapée des camps de concentration, magistrate, ministre, puis première présidente du Parlement européen, Simone Veil a toujours lutté pour les droits des femmes notamment par sa loi sur la légalisation de l'avortement (IVG) en 1974 quand elle était ministre de la Santé.

Robert Badinter

né en 1928

Avocat et professeur de droit, Robert Badinter devient en 1981 ministre de la Justice et fait voter l'abolition de la peine de mort.

Yvette Roudy

née en 1929

Féministe, engagée au sein du MDF (mouvement démocratique féminin), elle devient en 1981 ministre des Droits de la femme. Elle obtient le remboursement de l'IVG par la Sécurité sociale et en 1983 fait voter une loi sur la parité, dite loi de « l'égalité de l'homme et de la femme qui travaillent en entreprise » qui n'est pas vraiment appliquée.

Édith Cresson

née en 1934

Ingénieure en économie, elle s'engage très tôt au Parti socialiste. En 1981, elle est la première femme ministre de l'Agriculture, ce qui lui vaut beaucoup d'attaques sexistes qui sont amplifiées quand elle devient la première femme chef de Gouvernement de la Ve République en 1991. Ces attaques provoquent un débat important sur la liberté d'expression en France

LES POINTS IMPORTANTS À RETENIR

De nouveaux enjeux culturels et sociaux

- baby-boom
- émergence de la jeunesse et de ses revendications
- société de consommation
- Trente Glorieuses
- Immigration
- Contestation de l'ordre établi et de la société de consommation : Mai 68
- montée du chômage
- désindustrialisation
- mondialisation
- stabilisation de l'immigration
- une société qui vieillit
- société multiculturelle et xénophobie
- MLF
- féminisme

Des adaptations politiques

- majorité à 18 ans
- dépénalisation de l'homosexualité
- abolition de la peine de mort
- 5e semaine de congés payés
- création du RMI puis du PACS
- loi des 35 heures
- ISF
- réforme des retraites
- lois punissant le racisme et la xénophobie
- légalisation de la contraception et de l'avortement
- mixité dans l'éducation
- loi Roudy sur l'égalité homme/femme
- parité

LES MOTS IMPORTANTS

- MLF
- féminisme
- Trente Glorieuses
- contraception
- avortement
- baby-boom
- immigration
- société multiculturelle
- xénophobie
- racisme
- parité
- mondialisation
- désindustrialisation
- chômage
- vieillissement de la population

Testez-vous !

1. À partir des années 1980, quel secteur connaît un grand essor ?
- ☐ Le secteur primaire
- ☐ Le secteur secondaire
- ☐ Le secteur tertiaire

2. L'immigration est forte en France :
- ☐ avant les Trente Glorieuses
- ☐ pendant les Trente Glorieuses
- ☐ après les Trente Glorieuses

3. Qu'est-ce que le MLF ?
- ☐ Un mouvement féministe
- ☐ Un parti politique
- ☐ Une loi

4. La loi Veil porte sur :
- ☐ l'égalité professionnelle homme/femme
- ☐ la contraception
- ☐ l'avortement

→ Réponses p. 133

Analyser une caricature

L'immigration en France

Bien remarquer ce que construit ce travailleur immigré : une usine.

Il faut s'interroger sur la raison pour laquelle le dessinateur écrit ce slogan : est-il d'accord avec cette phrase raciste ou la dénonce-t-il ? Pour trouver la réponse, il vous faut mettre en relation le dessin avec le slogan.

Dessin de Plantu, « Dehors les étrangers », 1978

Il faut toujours faire attention à l'auteur et à la date de publication d'un document. Il faut également relever son titre ; pour un dessin de presse comme ici, le titre est entre guillemets.

Une fois que vous avez compris le sens général du document, il faut vous interroger sur le contexte dans lequel il a été fait. En 1978, les Trente Glorieuses sont terminées et l'industrie française est en perte de vitesse. Le recours à l'immigration est donc moins nécessaire.

QUESTIONS

1. Présentez le document.

2. Décrivez le personnage présent sur le dessin et ce qu'il est en train de faire.

3. Expliquez, à l'aide du dessin, pourquoi beaucoup d'immigrés sont venus en France.

4. Quelle contradiction est mise en avant par le dessinateur entre le slogan et ce qu'est en train de faire ce travailleur ?

MÉTHODE

1. Présenter un document

▶ Il vous faut identifier la **nature du document**, son auteur, la **date de publication** et son **titre**.

2. Décrire un document

▶ On vous demande de décrire, c'est-à-dire de dire ce que vous voyez : qui est ce personnage et quelle catégorie de population représente-t-il ?

▶ Dans la description de ce qu'il fait, vous devez insister sur la **forme du bâtiment** qu'il est en train de construire.

3. Utiliser ses connaissances personnelles

▶ Vous avez besoin de connaissances personnelles tirées de votre leçon sur les raisons de l'immigration pendant les Trente Glorieuses.

▶ Attention de **ne pas réciter tout votre cours**, mais de sélectionner les éléments qui expliquent le dessin.

4. Interpréter un document

▶ Il vous faut comprendre que **le dessinateur n'est pas lui-même raciste**, mais qu'il dénonce une situation contradictoire.

CORRIGÉ DES QUESTIONS

Piège à éviter

Ne décrivez pas le document. Ce n'est pas ce qu'on vous demande dans cette question. N'oubliez pas le titre du document qui a ici son importance.

1. Ce document est un **dessin de presse** fait par **Plantu en 1978**. Son titre, reprenant le slogan présent sur le dessin, est « **Dehors les étrangers** ».

2. Sur le dessin, on aperçoit un **travailleur immigré**, sans doute venu d'Afrique, **en train de construire une usine**.

3. L'usine construite par ce travailleur est ici utilisée comme symbole pour mettre l'accent sur le **nombre important d'immigrés venus travailler en France** pendant les Trente Glorieuses, **une période de forte croissance économique** (1945-1975).

4. Par ce dessin, Plantu dénonce le fait que les travailleurs immigrés ont été appelés pour soutenir l'effort industriel de la France, mais qu'ils sont pourtant rejetés et victimes du racisme.

Gagnez des points !

Vous serez valorisés si vous citez la période des Trente Glorieuses et si vous faites le lien entre immigration et période de croissance économique.

Piège à éviter

Le principal piège est de penser que le dessinateur est raciste et que ce dessin se moque des immigrés. Au contraire, Plantu dénonce le racisme.

Vérification des connaissances

1 Quelles sont les transformations démographiques que connaît la France de 1950 à 1980 ?

2 Expliquez trois avancées significatives dans la lutte pour l'égalité homme/femme entre 1958 et aujourd'hui.

Vers le brevet

QUESTIONS

1 En quelle année est adoptée la loi sur la légalisation de l'avortement ?

2 Expliquez ce que sont les Trente Glorieuses.

3 Pourquoi y a-t-il une montée du chômage à partir de 1975 ?

4 Décrivez les différentes évolutions de l'immigration sous la Vᵉ République.

ÉTUDE DE DOCUMENT

Doc. **Questions à Robert Badinter**

Robert Badinter s'est illustré comme avocat, de 1972 à 1980, dans des affaires criminelles où se posait la question de la peine de mort. Garde des Sceaux, ministre de la Justice en 1981, il a présenté et soutenu devant le Parlement le projet de loi abolissant la peine de mort.

L'abolition de la peine de mort en France est l'aboutissement d'un combat deux fois centenaire, marqué par de nombreuses tentatives d'abolition depuis la Révolution. Comment expliquer le vote de l'abolition, malgré une opinion publique plutôt réservée ?

Robert Badinter : Par le courage politique [en 1981, la majorité des Français était encore pour la peine de mort]. Lors de la campagne présidentielle de 1981, François Mitterrand avait fait publiquement savoir qu'il était favorable à l'abolition de la peine de mort. Tous les partis de gauche, à l'élection législative de 1981, avaient inscrit l'abolition à leur programme. En élisant François Mitterrand et une majorité de gauche au Parlement, les Français avaient choisi l'abolition. Celle-ci a donc été adoptée dans des conditions aussi démocratiques que possible.

Comment s'est passé le débat de 1981, dans quel esprit, dans quel climat ?

R. B. : Le débat a été vif. Il y eut des orateurs éloquents parmi les abolitionnistes : Raymond Forni (PS), Guy Ducoloné (PCF), Philippe Seguin (RPR), parmi d'autres. L'abolition a été votée par la totalité des députés de gauche, par un tiers des députés de l'UDF [centre droit] et un quart du RPR [droite], dont Jacques Chirac. La vraie surprise et la vraie victoire parlementaire, à mes yeux, ont été le vote de la loi par le Sénat, très hostile au gouvernement de la gauche, dans les mêmes termes que l'Assemblée nationale.

Le débat n'a pas été complètement clos par la loi de 1981 et il est réapparu en France dans les années 1980-1990, avec un courant favorable au rétablissement de la peine capitale. Comment l'expliquez-vous ? Aurait-il pu aboutir à un rétablissement de la peine capitale ?

R. B. : Depuis 1985, il est impossible de rétablir la peine de mort en France. En effet, la France a ratifié, en 1985, un traité international de 1983, le 6e Protocole à la Convention européenne des droits de l'Homme. Cette convention interdit aux États qui l'ont ratifiée de recourir à la peine de mort. Les traités internationaux ayant une valeur supérieure à la loi, le Parlement français ne pourrait rétablir la peine de mort que si le président de la République française dénonçait cette convention. Pareille dénonciation mettrait la France au ban moral des droits de l'Homme en Europe. Un tel acte, de la part du président de la République française, apparaît impossible au regard de l'affirmation constante de la France, la patrie des droits de l'Homme.

Extraits de « Questions à Robert Badinter », entretien réalisé en septembre 2001 pour *La Documentation française.*

1 Présentez le document et son auteur. Pourquoi ce dernier est-il interrogé sur l'abolition de la peine de mort ?

2 Pourquoi, selon Robert Badinter, la décision de François Mitterrand d'abolir la peine de mort était-elle courageuse ? Pourquoi peut-on quand même dire que cette décision était démocratique ?

3 À l'Assemblée nationale, quelles sont les personnes qui se sont prononcées pour l'abolition de la peine de mort ? Appartiennent-elles toutes au même parti politique ?

4 Pourquoi Robert Badinter peut-il affirmer qu'il « est impossible de rétablir la peine de mort en France » ?

Quiz

1 Le secteur tertiaire.

2 Pendant les Trente Glorieuses.

3 Un mouvement féministe.

4 L'avortement.

Vérification des connaissances

1 Après la Seconde Guerre mondiale, le taux de natalité est très élevé en France : il reste autour de 20 naissances pour mille habitants jusque dans les années 1965. Ce taux de natalité très élevé pendant plusieurs années est appelé « baby-boom » et il conduit à un rajeunissement important de la population à partir des années 1960. Il conduit aussi à une augmentation rapide de la population qui passe de 40 millions en 1946 à 56 millions en 1986.

2 Depuis 50 ans, les avancées ont été nombreuses dans la lutte pour le droit des femmes. On peut choisir trois dates dans trois domaines différents :

– Dans le domaine de la sexualité et de l'indépendance des femmes, la loi Veil sur l'avortement ou l'Interruption Volontaire de Grossesse (IVG) permet aux femmes de refuser les naissances non désirées. Cette loi, qui suit celle sur la contraception dans les années 1960, donne aux femmes la maîtrise de leur corps.

– Dans le domaine professionnel, la loi Roudy de 1983 répond à l'une des premières revendications des féministes : « À travail égal, salaire égal ». Cette loi, bien que très importante, reste difficile à appliquer et n'a pas réussi à faire disparaître les discriminations dans le monde du travail.

– Dans le domaine politique, le Gouvernement Jospin a inscrit dans la loi et dans la Constitution la parité homme/femme. Cette parité oblige les partis politiques à présenter autant de femmes que d'hommes sur les listes de candidats aux diverses élections. Malgré cette loi, la France reste à la traîne dans la représentation des femmes en politique.

Vers le brevet

QUESTIONS

1 La loi sur l'avortement défendue par Simone Veil est adoptée par le Parlement en 1974.

2 Les Trente Glorieuses sont une expression qui désigne les trente années de croissance économique forte qui vont de 1945 à 1975. Elles se sont accompagnées d'une hausse continue du niveau de vie des Français grâce à des augmentations de salaires et à un chômage presque inexistant.

3 À partir de 1975, on assiste à une montée du chômage en France pour plusieurs raisons. D'abord, il se produit un ralentissement économique dû à la hausse du prix du pétrole et à une baisse de la demande : les entreprises ferment ou licencient. Ensuite, on assiste au début de la mondialisation qui voit des usines être délocalisées pour être rouvertes dans des pays où la main-d'œuvre est moins chère. Enfin, toute l'industrie minière et charbonnière du nord de la France, dépassée, vieillie, est fermée.

4 L'immigration est très forte au début de la Ve République pendant les Trente Glorieuses. En effet, pendant cette période de forte croissance économique, la main-d'œuvre manque en France et on fait venir de nombreux travailleurs des pays proches, comme l'Espagne ou le Portugal, mais aussi des colonies, notamment de l'Algérie.

Puis, à partir des années 1970, l'immigration ralentie : avec la crise économique, la demande de main-d'œuvre est moins importante. Dans le même temps, cette immigration se diversifie et provient désormais de tous les continents.

ÉTUDE DE DOCUMENT

1 Ce document est composé d'extraits d'un **entretien donné par Robert Badinter** à la revue *La Documentation française* en septembre 2001. Robert Badinter est un **avocat**, qui, dans les années 1970, a défendu plusieurs condamnés à mort, avant de devenir **garde des Sceaux** (ministre de la Justice) de François Mitterrand en 1981. C'est à ce titre qu'il est interrogé dans cet entretien, car c'est lui qui a été **chargé de faire voter la loi sur l'abolition de la peine de mort**.

Gagnez des points !

Ne recopiez pas la biographie de Robert Badinter présente dans l'introduction. Il s'agit ici de comprendre pourquoi cette revue d'histoire a choisi d'interroger Badinter plutôt qu'un autre sur ce sujet. C'est donc ce qui, dans sa biographie, est lié à l'abolition de la peine de mort qui nous intéresse.

2 Pour Robert Badinter, la décision de François Mitterrand d'abolir la peine de mort était courageuse car, en 1981, **la majorité des Français était favorable à la peine capitale**. Cette décision était tout de même démocratique, car l'abolition **figurait au programme de tous les partis de gauche** et le candidat Mitterrand s'était personnellement prononcé en sa faveur. Élu démocratiquement, sa décision l'était donc tout autant.

> **Gagnez des points !**
>
> Il s'agit ici de vous interroger sur le sens du terme « démocratique ». Montrez que ce n'est pas toujours l'opinion publique qui décide des lois, mais les représentants qu'ils ont élus pour prendre des décisions.

3 À l'Assemblée nationale, **des députés de droite comme de gauche ont voté l'abolition de la peine de mort**. Certains se sont même exprimés publiquement en sa faveur, y compris parmi les députés de droite, comme Philippe Seguin. Au total, la loi a été votée grâce aux voix de la gauche, mais aussi d'un tiers des députés du centre droit et d'un quart de ceux de la droite.

> **Piège à éviter**
>
> Ne vous contentez pas de citer les noms des députés qui se sont exprimés pour l'abolition de la peine de mort. Ce sont leurs partis politiques qui nous intéressent.

4 Robert Badinter peut affirmer qu'il « est impossible de rétablir la peine de mort en France », car **la France a signé la Convention européenne des droits de l'Homme** qui interdit le recours à la peine de mort. De plus, en tant que « patrie des droits de l'Homme », la France a le devoir de **montrer l'exemple en Europe et dans le monde**.

> **Gagnez des points !**
>
> Ne recopiez pas toute la réponse de Robert Badinter à la dernière question. On attend de vous que vous montriez que vous avez compris le vocabulaire technique utilisé ici par Robert Badinter.

PARTIE 2 Géographie

CHAPITRE 9

Les aires urbaines, la nouvelle géographie d'une France mondialisée

1 Un pays sous l'influence des villes

De quoi s'agit-il ? Les Français vivent dans leur très grande majorité dans des villes qui ne cessent de s'agrandir et modifient ainsi le territoire. Pourquoi et comment se produit cet étalement urbain ?

1 Un pays de citadins

- La population française est inégalement répartie sur le territoire : 60 % des Français vivent sur seulement 8 % de l'espace métropolitain.
- Cette concentration s'explique par l'urbanisation qui s'est accélérée dans la deuxième moitié du XXe siècle. Aujourd'hui, plus de 80 % des Français sont citadins et vivent dans une aire urbaine.

2 L'étalement urbain

Les aires urbaines

- En raison de l'urbanisation croissante, les villes n'ont cessé de s'agrandir et c'est désormais le modèle de l'aire urbaine qu'on utilise pour décrire les espaces urbanisés. Autour de la ville-centre, espace le plus anciennement et densément urbanisé, se sont développées au cours du XXe siècle des banlieues destinées aux logements ou aux activités industrielles.
- À partir des années 1980, la rareté de l'espace disponible en ville a donné naissance à un mouvement de périurbanisation : des populations qui travaillent en ville s'installent sur l'espace rural. Ainsi se forment autour des banlieues des couronnes périurbaines (**Doc.**) qui continuent de s'étendre encore aujourd'hui.

3 Les problèmes de l'étalement urbain

- L'étalement urbain est aujourd'hui remis en cause. En effet, la périurbanisation entraîne une croissance importante de la longueur et de la durée des déplacements des populations, notamment des migrations pendulaires. Ils entraînent une pollution atmosphérique importante et nécessitent la construction d'infrastructures coûteuses qui consomment beaucoup d'espace.
- De plus, la périurbanisation affecte les espaces ruraux : le territoire urbain s'étend sur des espaces agricoles ou naturels et les fait disparaître, tandis que les conflits d'usage entre citadins et ruraux se multiplient (**Doc.**).

Doc. À proximité des villes : des espaces ruraux convoités

Vocabulaire

Urbanisation : augmentation de la population urbaine au détriment de la population rurale.

Citadin : habitant d'une ville.

Ville-centre : ville au centre de l'aire urbaine.

Espace rural : espace situé à la campagne.

Couronne périurbaine : elle regroupe des communes dans lesquelles au moins 40 % de la population travaille dans la ville-centre.

Infrastructures : constructions permettant le développement d'activités dans un lieu (pont, route, ligne de chemin de fer, etc.).

Notions-clés

Étalement urbain : extension de la ville sur la campagne.

Aire urbaine : ensemble formé par une ville, ses banlieues et les communes périurbaines, dont au moins 40 % des habitants travaillent dans la ville-centre et ses banlieues.

Périurbanisation : urbanisation à la périphérie des villes.

Migrations pendulaires : déplacements quotidiens entre le domicile et le travail.

Conflits d'usage : rivalité pour l'utilisation d'un espace ou d'une ressource.

2 Les métropoles organisent le territoire

De quoi s'agit-il ? Les aires urbaines ne sont pas de taille et d'importance égales : certaines sont de simples métropoles à l'échelle régionale, tandis que d'autres le sont à l'échelle nationale voire mondiale pour Paris. Comment les métropoles organisent-elles une France mondialisée ?

1 Une hiérarchisation des aires urbaines

- On compte 356 aires urbaines aujourd'hui en France (**Doc.**) et seulement certaines sont des métropoles. Parmi elles, on distingue les 10 plus grandes métropoles qui sont aussi les 10 premières aires urbaines du pays (**Doc.**). Celle de Paris domine : on y compte 5,5 fois plus d'habitants que celle de Lyon, et 7 fois plus que celle d'Aix-Marseille.
- Véritables capitales régionales (pour Paris, voir p. 142), ces grandes métropoles concentrent capitaux, emplois et équipements. Elles bénéficient d'un solde naturel positif mais aussi d'un solde migratoire important car elles attirent les jeunes actifs. Plus de 85 autres aires urbaines, sans être véritablement des métropoles, connaissent également un grand dynamisme mais pour des raisons souvent spécifiques, comme le tourisme pour des villes littorales.
- Par contre, d'autres aires urbaines de différentes tailles se retrouvent en difficultés. Celles-ci peuvent être de nature économique (crise des activités industrielles) et/ou sociale (chômage de longue durée, départ de jeunes actifs, vieillissement de la population). Elles affectent surtout les aires urbaines du centre, de l'est et du nord du pays comme Limoges, Saint-Étienne, Mulhouse ou encore Valenciennes.

2 Métropolisation et mondialisation

- Depuis les années 1970, on assiste à une recomposition du territoire qui se traduit par le déplacement des hommes et des activités du Nord-Est vers le Sud-Ouest, et des régions de l'intérieur vers les régions littorales. Ce phénomène est étroitement lié à la mondialisation.
- L'accélération et l'augmentation des échanges à l'échelle de la planète ont en effet poussé les entreprises à rechercher une main-d'œuvre hautement qualifiée, un cadre de vie agréable pour l'attirer ainsi que des infrastructures de transports et de communications très performantes. Or, c'est ce qui caractérise précisément les grandes métropoles du Sud et de l'Ouest, et qui renforce leurs poids sur le territoire français. Ainsi, métropolisation et mondialisation vont de pair.

Doc. Les 10 premières aires urbaines

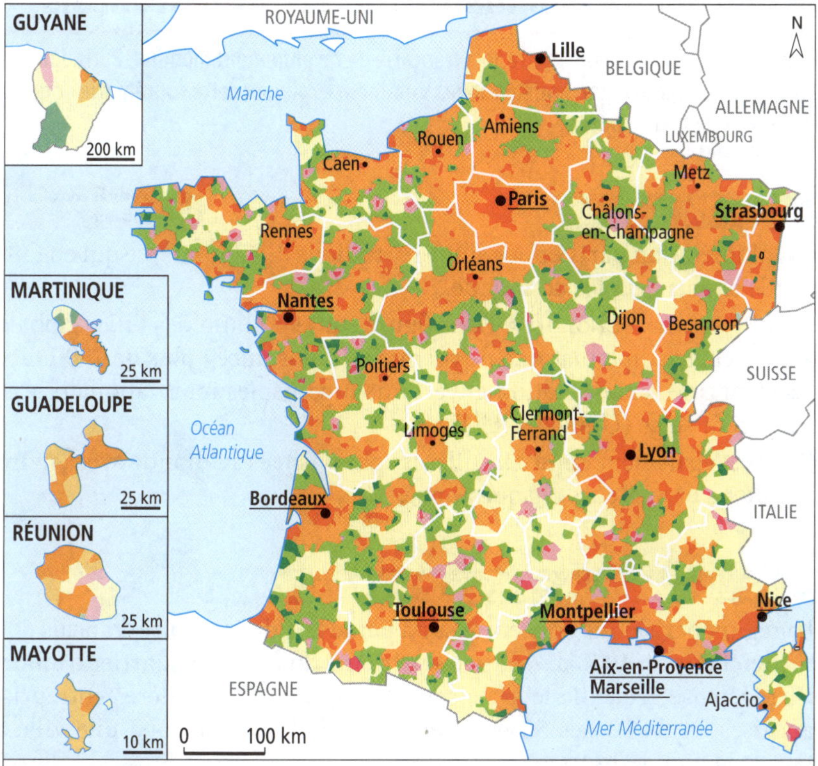

1. Les grandes aires urbaines
- Grands pôles
- Couronnes des grands pôles
- Lyon • 10 premières aires urbaines

2. Les autres aires urbaines
- Pôles moyens
- Couronnes des pôles moyens
- Petits pôles
- Couronnes des petits pôles
- Communes isolées, hors influence des pôles

Source : Insee, 2011.

Vocabulaire

Solde naturel : différence entre le nombre de morts et le nombre de naissances.

Solde migratoire : différence entre le nombre de personnes qui arrivent et le nombre de personnes qui quittent un territoire.

Littoral : bande terrestre le long de la mer ; espace de contact entre la terre et la mer.

Infrastructures : voir p. 139.

Notions-clés

Métropole : en géographie, grande aire urbaine qui concentre des fonctions de commandement qui lui donnent une grande zone d'influence, régionale, nationale ou mondiale.

Mondialisation : mise en relation des territoires par l'augmentation des échanges et des communications à l'échelle de la planète.

Métropolisation : concentration des activités et de la population dans les métropoles.

3 L'agglomération parisienne : la métropole dominante du territoire français

De quoi s'agit-il ? **Seule métropole française de rayonnement mondial, Paris domine de manière écrasante le territoire national. Comment expliquer cette suprématie et quels problèmes cela peut-il poser ?**

1 Une ville globale

Paris et son aire urbaine

- L'agglomération parisienne réunit 12 millions d'habitants, ce qui en fait la 25e ville la plus peuplée au monde.
- Avec New York et Londres, Paris figure sur le podium des villes globales. C'est un centre diplomatique de première importance : plus de 180 États y possèdent une représentation et certains organismes internationaux y ont installé leur siège (Unesco, OCDE).
- Paris est également l'une des villes les plus visitées au monde avec environ 27 millions de visiteurs chaque année.

2 Une métropole au cœur de la mondialisation

- La région parisienne concentre sur à peine 1 % du territoire français 60 % des chercheurs et 40 % des cadres supérieurs du pays. Le quartier d'affaires de La Défense accueille le siège social de 14 des 20 premières entreprises françaises, et de 20 des 50 premières mondiales. C'est donc une ville au cœur de la mondialisation.
- Paris est le deuxième hub aéroportuaire européen après Londres avec ses deux aéroports internationaux (Roissy et Orly). Chaque jour, 400 TGV relient Paris aux principales métropoles européennes.

3 Défis et projets

- Paris souffre de la hausse des prix de l'immobilier et d'un phénomène de gentrification qui poussent les entreprises et les classes populaires et moyennes à s'installer dans des banlieues de plus en plus lointaines.
- Pour rapprocher Paris de ses banlieues, l'État a entrepris en 2007 le projet du « Grand Paris ». Il s'agit de mettre l'accent sur le développement de nouveaux réseaux de transports en commun permettant de « casser » la barrière que constitue le boulevard périphérique et de mieux connecter les banlieues franciliennes entre elles : c'est l'ambition du futur « Grand Paris Express » (**Doc.**).

Doc. Les mutations de l'agglomération parisienne

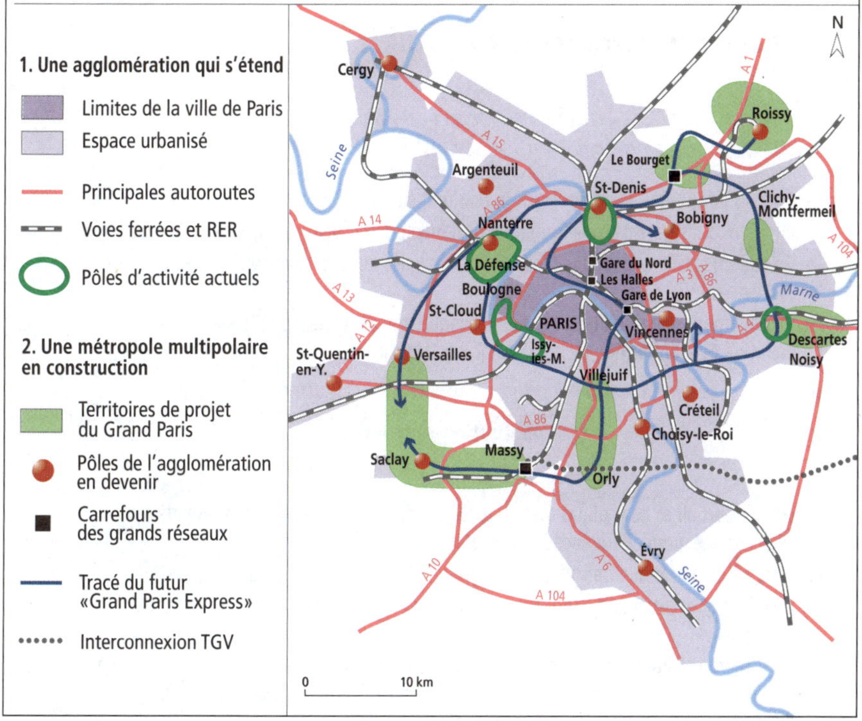

Vocabulaire

Agglomération : ensemble constitué par une ville-centre et les communes de sa banlieue, rattachées entre elles du fait de l'étalement urbain.

Unesco : Organisation des Nations unies pour l'éducation, la science et la culture.

OCDE : Organisation de coopération et de développement économique. Centre d'analyse économique réunissant les pays les plus développés.

TGV : train à grande vitesse.

Boulevard périphérique : boulevard qui encercle Paris et marque le passage de la capitale à la banlieue.

Francilien : qui est relatif à l'Île-de-France.

Notions-clés

Ville globale : ville qui exerce un pouvoir de commandement et d'influence sur l'espace mondial.

Mondialisation : voir p. 141.

Hub aéroportuaire : grand aéroport qui sert de point de regroupement pour les passagers du monde entier en transit vers leur destination finale.

Gentrification : processus par lequel un quartier ou une ville se transforme en accueillant une population plus aisée.

Grand Paris Express : ligne de chemin de fer souterraine de 130 km faisant le tour de Paris en reliant les principaux pôles dynamiques de la grande banlieue parisienne. Sa mise en service est prévue pour 2025.

RÉVISION EXPRESS

LES POINTS IMPORTANTS À RETENIR

Urbanisation et étalement urbain

- Un pays de citadins, 80 % des Français habitent en ville.
- Des villes qui s'étalent par la formation de banlieues puis de couronnes périurbaines.
- Un étalement dû au manque d'espace dans les villes-centres et à la recherche d'un meilleur cadre de vie.
- Un étalement remis en question car il provoque trop de déplacements quotidiens, de pollution et la disparition de l'espace naturel ou agricole.

Métropolisation et mondialisation

- Les aires urbaines ne sont pas toutes égales, les plus grandes sont des métropoles qui exercent une grande influence sur leur région.
- Paris, seule métropole française de rang mondial, occupe une place à part.
- Certaines aires urbaines restent à l'écart, sont au contraire en difficultés et en train de « rétrécir ».
- Cette hiérarchisation s'explique par le phénomène de mondialisation qui accentue d'une part la métropolisation des grandes aires urbaines du Sud et de l'Ouest, et d'autre part les difficultés des aires urbaines du Centre ou du Nord-Est.

Paris, métropole dominante en France

- Paris est une ville et une métropole mondiale par ses activités économiques, touristiques, diplomatiques et logistiques.
- Paris et son agglomération doivent faire face à de nombreux défis : l'augmentation des inégalités, la gentrification, la concurrence mondiale et la saturation des transports en commun. Pour y répondre, un grand projet : le Grand Paris.

LES CHIFFRES CLÉS

- **Densité :** 114 hab./km^2
- **Taux d'urbanisation :** 80 %
- **Nombre d'aires urbaines :** 356
- **Population vivant dans une aire urbaine :** 95 %
- **Métropole de plus d'un million d'habitants :** 7
- **La plus grande aire urbaine :** Paris (12 millions d'habitants)

LE SCHÉMA IMPORTANT

Les composantes d'une aire urbaine

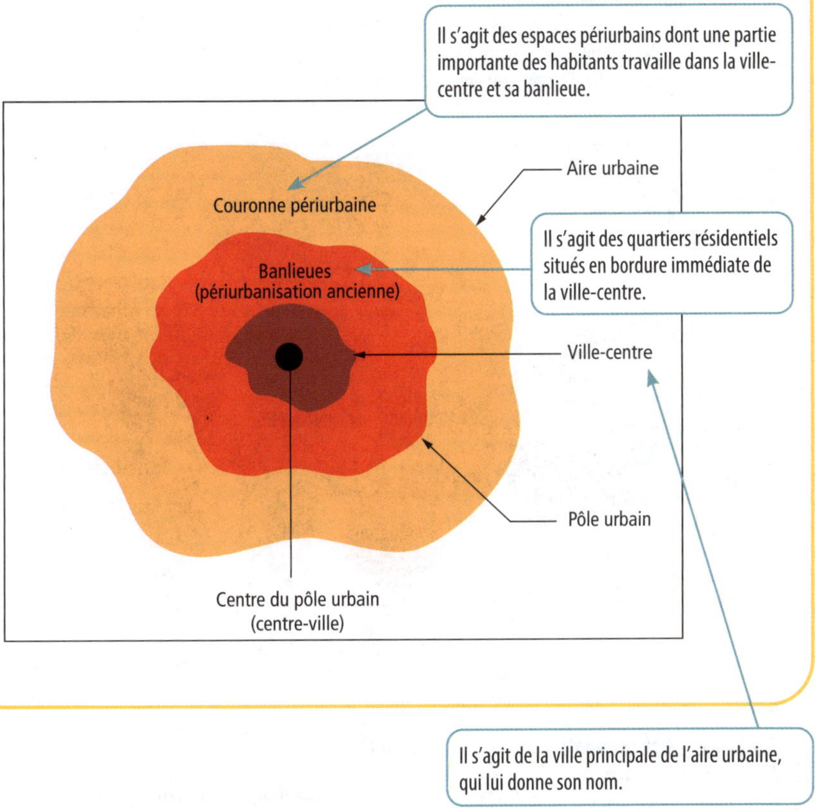

Quiz

1. La plupart des Français sont des citadins.
☐ vrai ☐ faux

2. Une aire urbaine peut inclure des espaces ruraux.
☐ vrai ☐ faux

3. La plupart des ruraux sont des agriculteurs.
☐ vrai ☐ faux

4. La plupart des agriculteurs sont des ruraux.
☐ vrai ☐ faux

5. Toutes les aires urbaines sont des métropoles.
☐ vrai ☐ faux

6. Combien d'habitants l'aire urbaine de Paris compte-t-elle ?
☐ 20 millions ☐ 12 millions

→ **Réponses p. 151**

Analyser une carte de données statistiques

Les évolutions démographiques de l'agglomération nantaise

Les données représentées sur la carte permettent de connaître les évolutions démographiques (hausse, stagnation ou baisse d'une population) des communes de l'agglomération nantaise sur une période de 5 ans.

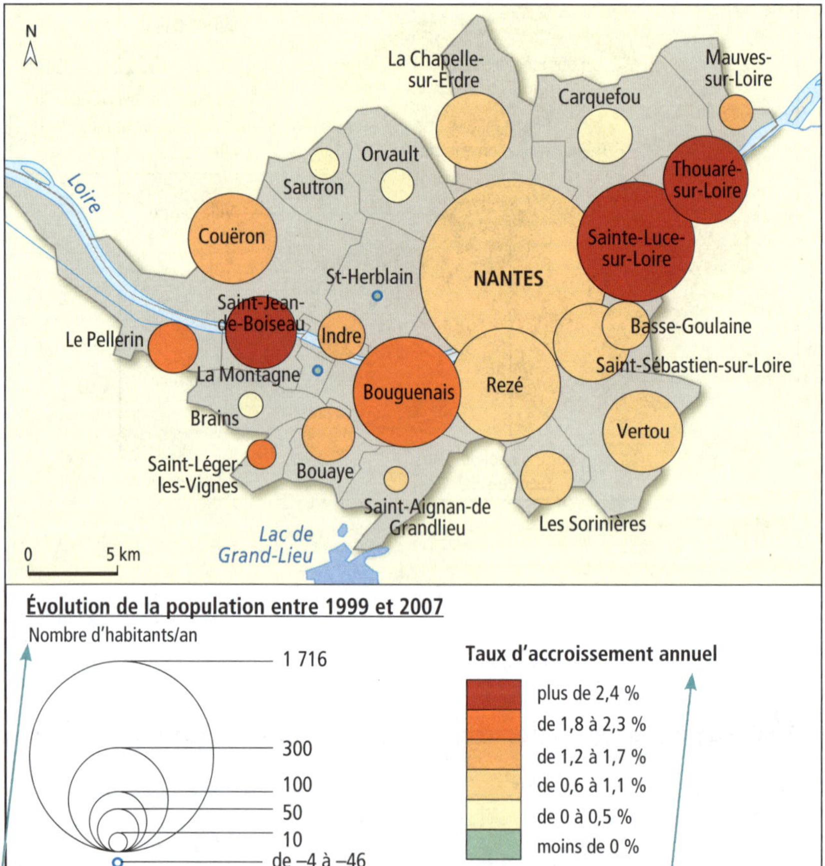

Cela permet de connaître le nombre de nouveaux habitants accueillis par la commune chaque année.

Cela permet de savoir quelles communes connaissent la plus forte croissance (augmentation) démographique par rapport à leur population initiale (en 2007).

QUESTIONS

1. Combien d'habitants la ville de Rezé a-t-elle gagné entre 2007 et 2012 ?

2. Quelle est la commune qui a gagné le plus d'habitants entre 2007 et 2012 ?

3. Quelles sont les communes dont la population a augmenté le plus rapidement entre 2007 et 2012 ?

4. Où se situent les communes dont la population croît le plus vite ? Comment l'expliquer ?

MÉTHODE

1. Bien lire la légende

▶ Pour analyser une carte représentant des données statistiques, il faut commencer par bien lire la légende afin de comprendre ce que représente chacun des figurés. Ici, deux types de figurés sont utilisés :

– **Les cercles** : leur taille est proportionnelle au nombre de nouveaux habitants accueillis chaque année par la commune entre 2007 et 2012. Plus un cercle est large, plus la commune en a accueilli.

– **Les couleurs** : elles ne renvoient pas à la quantité de nouveaux habitants de la commune, mais au poids qu'ils représentent par rapport aux anciens (ceux de 2007). Plus un cercle est foncé, plus la part des nouveaux habitants est grande par rapport aux anciens.

2. Analyser la carte

▶ Une fois les éléments de légende bien compris, il est possible de reformuler les phénomènes observés sur la carte. Ainsi par exemple, on voit que la commune du Pellerin a accueilli moins de nouveaux habitants que celle de Nantes (elle est représentée par un cercle moins large), mais elle était moins peuplée que Nantes en 2007, et les nouveaux habitants y représentent donc une part plus grande de la population (le cercle est donc plus foncé que celui de Nantes).

CORRIGÉ DES QUESTIONS

1. La ville de Rezé a gagné environ 1 500 habitants entre 2007 et 2012. En effet, la taille du cercle indique une croissance annuelle de 300 habitants, qu'il faut donc multiplier par cinq pour obtenir le total entre 2007 et 2012.

> **Piège à éviter**
> Ne vous contentez pas de donner un résultat brut, expliquez toujours le moyen par lequel vous l'avez obtenu.

2. La ville de Nantes est celle qui a gagné le plus d'habitants entre 2007 et 2012 (1 716 par an, soit environ 8 580 au total).

3. Saint-Jean-de-Boiseau, Sainte-Luce-sur-Loire et Thouaré-sur-Loire sont les trois communes qui ont connu la progression démographique la plus rapide. Leur population a augmenté de plus de 2,4 % par an.

4. Saint-Jean-de-Boiseau et Thouaré-sur-Loire sont des communes qui sont parmi les plus éloignées de Nantes. Cela s'explique par le fait que c'est ici qu'il reste le plus de terrains disponibles pour construire de nouveaux logements. **Sainte-Luce-sur-Loire** est par contre située à proximité immédiate de Nantes, dont elle profite des infrastructures de transports auxquelles elle est reliée. Cette extension progressive de l'agglomération nantaise, que ce soit là où des espaces sont disponibles et là où les interconnexions sont les plus grandes, est caractéristique de l'étalement urbain provoqué par la périurbanisation.

Piège à éviter

Ne vous trompez pas de figurés sur la carte : pour connaître l'évolution du nombre d'habitants d'une ville, c'est la taille et non la couleur du cercle qui doit être prise en compte.

Gagnez des points !

N'oubliez pas de justifier vos réponses, ici en citant des chiffres qui prouvent ce que vous dites et qui montrent que vous avez compris le document.

Gagnez des points !

À chaque fois que c'est possible, réemployez les termes et notions techniques vu dans le cours. Il faut montrer que vous ne savez pas seulement les définir, mais également les utiliser en les appliquant au document.

Vérification des connaissances

1 Qu'est-ce qu'une aire urbaine ?

2 Définissez ce qu'est une métropole et citez-en deux situées en France métropolitaine.

3 Expliquez ce qu'est le Grand Paris.

Vers le brevet

QUESTIONS

1 Quelles sont les trois aires urbaines les plus peuplées de France ?

2 Qu'est-ce que la périurbanisation ?

3 Expliquez pourquoi le mode de vie des ruraux est de moins en moins différent de celui des citadins.

4 Donnez un exemple de problème que peut poser l'étalement urbain sur les campagnes.

5 Dans un développement construit d'une vingtaine de lignes, décrivez et expliquez le poids de Paris et son rayonnement à différentes échelles.

ÉTUDE DE DOCUMENT

1 Présentez le document.

2 Quel type de paysage est visible sur la couverture ? Est-il très répandu en France ?

3 Pourquoi ce paysage est-il considéré comme « moche » par l'hebdomadaire ?

4 Ce type d'espace est-il respectueux de l'environnement dans le cadre du développement « durable » ?

Doc. Couverture de l'hebdomadaire *Télérama* n° 3 135 (février 2010)

Quiz

1 Vrai.

2 Vrai.

3 Faux : aujourd'hui, la plupart des habitants des campagnes ne vivent pas d'activités agricoles. Beaucoup travaillent en ville.

4 Vrai.

5 Faux, seules les très grandes aires urbaines, qui rayonnent sur un vaste arrière-pays, sont des métropoles.

6 12 millions d'habitants.

Vérification des connaissances

1 Une aire urbaine est un espace urbanisé composé d'une ville-centre qui concentre les emplois et les activités, entourée par des banlieues industrielles ou résidentielles. Autour des banlieues, on trouve la couronne périurbaine, là où l'espace urbain se mélange à l'espace rural.

2 Une métropole est une très grande aire urbaine, qui concentre une population importante et qui exerce une influence sur un vaste espace autour d'elle. C'est par exemple le cas de Bordeaux et Toulouse.

3 On appelle « Grand Paris » le projet commencé par l'État français afin de développer l'agglomération parisienne en tentant de réduire la fracture entre Paris et ses périphéries. Pour y parvenir, un réseau de métro circulant tout autour de Paris, appelé « Grand Paris Express », est en construction.

Vers le brevet

QUESTIONS

1 Les trois aires urbaines les plus peuplées de France sont Paris (12 millions d'habitants), Lyon (1,8 million) et Marseille-Aix-en-Provence (1,7 million).

2 La périurbanisation est l'extension des zones urbanisées à la périphérie des banlieues sur des espaces jusqu'ici ruraux. Ce phénomène est notamment lié à la volonté des citadins de s'éloigner des espaces très urbanisés pour gagner en calme et en espace.

3 Les modes de vie du rural (personne qui vit à la campagne) et du citadin (personne qui vit en ville) sont de plus en plus proches. D'abord parce que l'étalement urbain brouille la distinction entre ville et campagne, ensuite parce que de plus en plus de personnes résidant à la campagne passent leur journée en ville pour leur travail. Par conséquent, ils fréquentent les mêmes magasins et ont à peu près les mêmes loisirs.

4 L'étalement urbain peut causer des conflits d'usage, c'est-à-dire des rivalités entre différentes utilisations possibles d'un même espace. C'est le cas lorsque, du fait de l'étalement urbain, des promoteurs immobiliers désirent acquérir un terrain jusqu'alors utilisé pour l'agriculture.

5 Paris est une aire urbaine dont le poids et le rayonnement sont importants à différentes échelles.

À l'échelle nationale, Paris est la plus grande aire urbaine de France avec 12 millions d'habitants. C'est la capitale économique et politique du pays, elle concentre les pouvoirs de décision. On y trouve en effet le centre du pouvoir exécutif avec le palais de l'Élysée et Matignon, le centre du pouvoir législatif avec l'Assemblée nationale et le Sénat, ainsi que le principal centre d'affaires du pays dans le quartier de La Défense. De même, environ 30 % du PIB national y est produit et Paris propose les emplois les plus prestigieux et les mieux rémunérés ainsi que les plus grandes écoles et universités. Enfin, Paris est au centre du réseau de transport ferroviaire et routier français.

À l'échelle internationale, Paris est une des grandes métropoles européennes et mondiales. Grâce à son patrimoine culturel et gastronomique, à son image de ville de la mode et du luxe, c'est l'une des villes les plus visitées au monde avec près de 30 millions de touristes par an. Au niveau économique, Paris accueille un très grand nombre de sièges sociaux de firmes transnationales (FTN) notamment à La Défense, premier quartier d'affaires européen. Avec l'aéroport international de Roissy-Charles de Gaulle et ses nombreuses lignes de TGV européennes, Paris est un carrefour en Europe.

ÉTUDE DE DOCUMENT

1 Ce document est une reproduction de la **couverture de l'hebdomadaire français *Télérama***, paru en février 2010. Au centre, il y a une photographie intitulée « Halte à la France moche ! ». **Son titre très provocateur** est destiné à attirer l'œil du lecteur.

> **Gagnez des points !**
> Quand le document défend un point de vue polémique, il faut le signaler. Vous devez montrer que vous avez compris que le document prend parti et dire pourquoi.

2 La photographie de couverture **représente une zone commerciale** comme on en trouve en périphérie de toutes les grandes villes françaises. L'architecture des magasins, les aménagements (comme le rond-point situé au premier plan) ainsi que les enseignes (Mac Donald's, Gemo, etc.) sont les mêmes dans toutes les villes françaises.

> **Gagnez des points !**
> Quand vous analysez une image, il faut toujours appuyer vos réponses par des exemples précis. De la même façon que vous citeriez un texte, vous devez citer (en la décrivant) l'image.

3 Ce paysage est considéré comme « moche » par les journalistes de *Télérama* car il a été construit **au détriment de paysages ruraux qui sont aujourd'hui défigurés** : on voit encore la cime de quelques arbres derrière les enseignes des magasins. Même le ciel est enlaidi par la présence de deux immenses pylônes électriques. Ensuite, c'est son **manque d'originalité** qui fait que ce paysage est « moche » : on peut trouver le même partout, il n'a **pas de personnalité**. On peut penser que les journalistes de *Télérama* préfèrent un paysage de centre-ville plus typique, ou alors un paysage rural. Cet espace périurbain, ni tout à fait urbain, ni tout à fait rural, leur semble **dépourvu de tout charme**.

> **Gagnez des points !**
> On ne vous demande pas de donner votre avis personnel, mais de comprendre quelle est l'opinion défendue par l'hebdomadaire.

4 Ce type d'espace n'est pas très respectueux de l'environnement. Comme le rappellent les voitures au premier plan et les parkings au second, il incite aux déplacements automobiles polluants.

> **Gagnez des points !**
> Attention à ne pas assimiler respect de l'environnement et respect de la ruralité. Une ville, si elle est bien conçue, n'est pas forcément plus néfaste pour l'environnement qu'une ferme utilisant des engrais chimiques.

CHAPITRE

10 Les espaces productifs et leurs évolutions

1 Différents espaces productifs

De quoi s'agit-il ? **Les différents secteurs de l'activité économique organisent plusieurs espaces, producteurs de richesses, sur le territoire. Quels sont ces différents espaces productifs ?**

1 Les espaces industriels

- Longtemps, la localisation des industries sur le territoire français était étroitement liée à la localisation des ressources dont elles avaient besoin pour fonctionner. Ce n'est plus le cas à l'heure de la mondialisation. Les régions du nord-est de la France, qui étaient le cœur de l'industrie française (mines de charbon et d'acier), ont connu une brutale désindustrialisation, malgré la création de pôles de conversion.
- Désormais, c'est l'accessibilité aux grands réseaux de transports, par lesquels transitent les flux mondialisés, qui favorisent la création d'usines.

2 Les espaces agricoles

- La France est le premier producteur agricole de l'UE et le 4e exportateur mondial de produits agroalimentaires. Les performances de l'agriculture française résultent d'un rapprochement avec les industries qui fournissent machines et engrais. Surtout, le pays dispose d'une puissante industrie agroalimentaire (IAA)(**Doc.**).
- Les activités agricoles occupent encore 50 % du territoire français, mais ne concernent plus que 3 % des actifs.

3 Les espaces de services

- Les activités de services sont omniprésentes sur le territoire français. Mais si les services de base (commerce, école, poste) sont très répandus, ils tendent cependant à disparaître des régions rurales les moins peuplées.
- La France est particulièrement bien dotée pour le tourisme, notamment grâce à ses trois littoraux métropolitains et à ses territoires d'outre-mer. Ses massifs montagneux offrent également le premier domaine skiable au monde. Enfin, le patrimoine architectural est un atout qui attire des dizaines de millions de visiteurs chaque année.

Doc. La diversité des espaces agricoles français

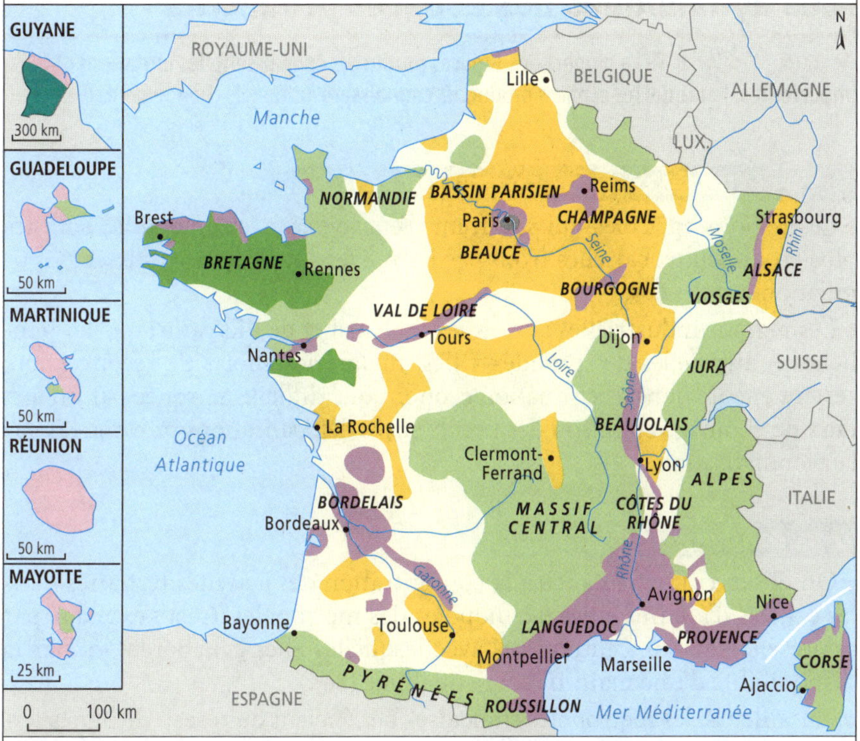

1. Espaces agricoles spécialisés à forte productivité
- Grandes cultures intensives
- Élevage intensif
- Vignoble, cultures maraîchères, arboriculture, horticulture
- Cultures tropicales

2. Espaces agricoles à faible productivité
- Élevage extensif et/ou espace naturel
- Forêt amazonienne, agriculture sur brûlis
- Polyculture

Vocabulaire

Industries : activités du secteur secondaire qui consistent à faire fabriquer des biens de consommation par des machines dans des usines.

Produits agroalimentaires : produits destinés à l'alimentation issus de l'industrie de transformation des produits agricoles.

Engrais : produits chimiques qui augmentent les rendements des productions agricoles.

Activités de services : activités du secteur tertiaire qui sont les activités de commerce, de tourisme et de services aux entreprises ou à la personne.

Notions-clés

Espace productif : espace mis en valeur par les hommes pour une activité économique qui produit de la richesse.

Mondialisation : voir p. 141.

Désindustrialisation : fait de fermer ou de faire partir les industries.

Pôle de conversion : région touchée par la désindustrialisation qui bénéficie d'aides de l'État pour développer de nouvelles activités.

2 Les dynamiques des espaces productifs

De quoi s'agit-il ? La plupart des espaces productifs connaissent des mutations importantes. Pourquoi les espaces productifs connaissent-ils de tels changements ?

1 Le déclin de certains espaces productifs...

- Les régions agricoles qui souffrent d'enclavement et de déprise sont les plus en difficulté, car elles n'ont pas les moyens d'attirer investisseurs, population et activités.
- Les régions industrielles anciennes du Nord et de l'Est ainsi que les banlieues industrielles des grandes villes, malgré les efforts de reconversion, restent encore dans une situation économique difficile marquée par un fort taux de chômage en raison des nombreuses délocalisations provoquées par la mondialisation.

2 ... profite aux métropoles...

- On observe une tendance à la concentration des activités tertiaires dans les centres d'affaires et les technopôles des métropoles. Cela s'explique par la présence d'autres entreprises avec lesquelles elles collaborent, et par la disponibilité d'une main-d'œuvre qualifiée (**Doc.**).
- Par ailleurs, les métropoles françaises bénéficient du réseau de lignes ferroviaires à grande vitesse (LGV) qui les met en contact entre elles et avec leurs partenaires du reste de l'Europe (**Doc.**).

3 ... surtout lorsqu'elles sont près d'une frontière ou d'un littoral

Les espaces productifs des Pays de la Loire

- Traditionnellement, on opposait la France industrielle et dynamique, à l'est d'une ligne reliant Marseille au Havre, à une France plus rurale et moins prospère, au Sud. Ce découpage s'est aujourd'hui inversé : les régions du Sud et de l'Ouest, bénéficiant de leur position littorale et de conditions climatiques clémentes, sont devenues attractives.
- Les littoraux offrent à la fois des possibilités de connexion aux échanges maritimes mondiaux, dans le cadre des zones industrialo-portuaires par exemple, et un cadre de vie agréable. Ils sont également souvent le lieu d'une importante activité touristique.
- Les régions frontalières, notamment celles situées à proximité de la mégalopole européenne, voient leur économie dynamisée par cette situation favorisant les échanges internationaux (**Doc.**).

Doc. Les dynamiques de localisation des industries en France

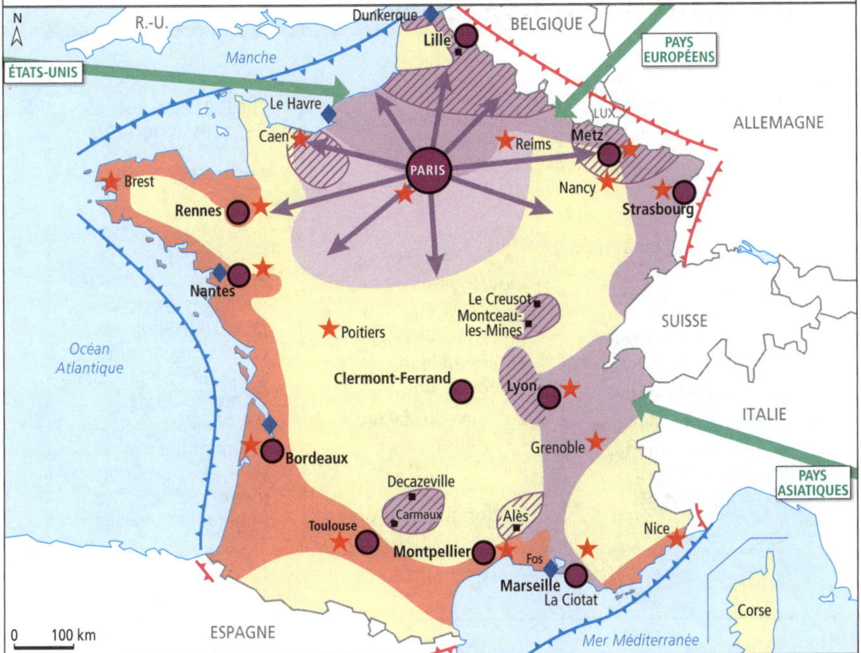

1. Un territoire inégalement industrialisé
- Espaces anciennement industrialisés
- Espaces industriels de hautes technologies
- Espaces sous-industrialisés

2. Des espaces industriels marqués par le poids des héritages
- Déconcentration industrielle des années 1960-1970
- Zones industrialo-portuaires
- Foyers de consommation et pôles décisionnels
- Interfaces maritimes / terrestres

3. Des dynamiques contrastées
- Espaces en voie de désindustrialisation ou en reconversion
- Pôles de haute technologie
- Investissements directs étrangers

Vocabulaire

Déprise : abandon de l'activité dans un territoire agricole (disparition des fermes, champs en friche…).

Investisseur : créateur d'entreprise.

Délocalisation : déplacement de la production dans un autre pays pour en diminuer le coût.

Zone industrialo-portuaire : zone industrielle aménagée près d'un port afin de recevoir les matières premières et d'évacuer les produits finis dans un court délai.

Notions-clés

Enclavement : situation d'isolement résultant d'une mauvaise connexion aux axes de communication.

Centre d'affaires : quartier des métropoles caractérisé par son paysage de grandes tours de bureaux qui concentrent les activités tertiaires de haut niveau (sièges sociaux, finances, assurances, etc.).

Technopôle : quartier des métropoles où se concentrent les industries de haute technologie ou les instituts de recherche, dans un cadre bien relié aux infrastructures de transport.

Mégalopole européenne : ensemble de métropoles proches les unes des autres qui s'étire de Londres à Milan.

RÉVISION EXPRESS

LES POINTS IMPORTANTS À RETENIR

Une puissance agricole en question

- grande variété des productions
- bonne intégration au marché européen et mondial (PAC)
- agriculture intensive
- limites de ce développement (pollution, revenus en baisse, déprise rurale, etc.)

Une puissance industrielle en pleine mutation

- un des pays les plus industrialisés du monde
- désindustrialisation de certaines régions qui entament leur reconversion
- de nouveaux facteurs de localisation : grands axes de communication, métropoles et littoraux

Des services de plus en plus importants

- le 1er secteur économique en terme d'emplois, de richesse et d'exportation
- ce développement s'explique par la hausse du niveau de vie des Français
- la répartition des services au profit des métropoles et notamment de Paris

---

Trois types d'espaces sont particulièrement dynamiques

Les métropoles

- disponibilité d'une main-d'œuvre qualifiée
- collaboration entre entreprises favorisée par leur proximité
- présence d'universités et de centres de recherche
- bonne connexion aux axes de communication nationaux

Les littoraux

- possibilité d'exploiter les ressources de la mer
- possibilité de développer les activités touristiques
- possibilité de développer des activités industrialo-portuaires
- connexion aux axes de communication maritimes mondiaux

Les régions frontalières

- possibilité d'utiliser la main-d'œuvre transfrontalière
- collaboration facilitée par la proximité avec des entreprises étrangères
- possibilité de jouer sur les variations d'impôts ou de taxes entre les pays frontaliers

LE CROQUIS IMPORTANT

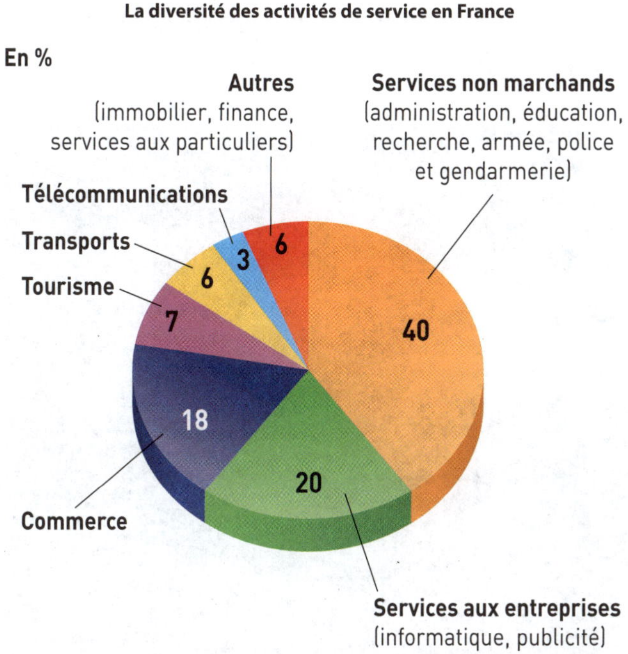

Quiz

1. L'agriculture est l'activité qui se consacre à la production alimentaire.
☐ vrai ☐ faux

2. À quel secteur économique appartient l'industrie agroalimentaire ?
☐ Primaire
☐ Secondaire
☐ Tertiaire

3. Le centre de la France est moins dynamique que le Sud.
☐ vrai ☐ faux

4. Laquelle de ces trois métropoles bénéficie d'une position littorale ?
☐ Montpellier
☐ Lyon
☐ Rennes

→ Réponses p. 164

Analyser la photographie d'un paysage

Un espace productif : l'usine chimique Rhodia à Chalampé (Haut-Rhin, Alsace)

QUESTIONS

1. Identifiez le document et dites à quel type d'espace productif il appartient.

2. Décrivez le paysage et les différents éléments qui le composent.

3. Quelles sont les caractéristiques (visibles sur la photographie) de ce site ? Comment peuvent-elles expliquer l'installation de cette activité à cet endroit ?

4. En quoi ce site montre-t-il l'importance et l'ancienneté du secteur industriel en France ? Est-il représentatif de la majorité des espaces de ce secteur en France ?

MÉTHODE

1. Lire la légende

▶ Pour présenter une photographie, il faut tout d'abord lire la légende qui l'accompagne et qui permet de connaître parfois **son auteur** et **la date** à laquelle elle a été prise, mais surtout de **localiser le paysage représenté**.

▶ Vous aurez tout de même toujours besoin de **connaissances personnelles** pour bien analyser une photographie.

2. Décrire et interpréter la photographie

▶ Décrire signifie dire ce que l'on voit, sans oublier aucun élément présent sur la photographie. Si vous le pouvez, **divisez la photographie en plusieurs plans** (1er plan, 2e plan, arrière-plan, etc.). Sinon, séparez les différents éléments qui la constituent **en les regroupant par exemple par fonction.**

▶ Plusieurs **facteurs de localisation** sont visibles sur la photographie. Là encore, vous avez besoin de vos connaissances personnelles pour les repérer et aller ainsi plus loin que la description du paysage : il faut entrer dans **l'interprétation** de ce qui est visible sur la photographie et qui nous explique pourquoi un espace productif s'est implanté sur ce site.

3. Relier la photographie à d'autres documents

▶ Vous devez **faire le lien entre ce paysage et d'autres paysages d'espaces productifs** industriels plus récents étudiés en classe. À l'aide de vos connaissances, vous pourrez ainsi mesurer les différences entre les activités industrielles anciennes et les nouvelles formes d'activités industrielles qui se développent en France.

CORRIGÉ DES QUESTIONS

Gagnez des points !

Soyez le plus précis possible sur la localisation de cette usine. Si vous avez des connaissances générales sur ce département, n'hésitez pas à vous en servir.

L'astuce du prof

Un découpage de la photographie en différents plans est ici tout à fait approprié et permet de classer les différents éléments visibles.

1. Ce document est une photographie du site de l'usine chimique Rhodia à Chalampé dans le Haut-Rhin. Ce site est un espace productif industriel.

2. Dans ce paysage, on peut distinguer plusieurs plans. Au premier plan, on reconnaît les bâtiments et les équipements industriels : entrepôts, canalisations, cuves de stockage et cheminées fumantes. On distingue aussi des voies ferrées avec des wagons de marchandises et des axes routiers. Au second plan, on distingue des maisons et enfin, à l'arrière-plan, un grand canal qui dessert le site de l'usine.

3. Plusieurs facteurs de localisation favorables à l'implantation de l'activité industrielle à cet endroit sont visibles sur la photographie. Chalampé offre un site étendu, plat : une activité de ce type a en effet besoin d'une surface importante et facilement aménageable : elle peut difficilement s'installer dans une région au relief accidenté. Elle a également besoin d'être reliée à ses fournisseurs et à ses clients par des axes de transports performants et sur le site on voit qu'ils sont nombreux : routes, voies ferrées, canalisations et canal. Enfin la ville, qui est juste à côté de l'usine, permet d'avoir accès à une main-d'œuvre nombreuse.

> **Gagnez des points !**
> Tous les éléments de la photographie doivent être mobilisés, depuis les constructions humaines jusqu'à la physionomie générale du lieu (espace plat…).

4. L'industrie de la chimie est l'une des industries les plus anciennement développées et les plus importantes en France, notamment dans la vallée du Rhône ou, comme ici, dans la vallée du Rhin. Sur la photographie sont visibles les caractéristiques de cette activité : la pollution, l'importance de la surface occupée et la coupure que l'installation représente par rapport à la ville. Ce site n'est pas représentatif de la majorité des espaces industriels actuels car aujourd'hui ceux-ci sont souvent des industries de haute technologie qui occupent de plus petites surfaces et qui sont abritées dans des bâtiments modernes bien implantés au cœur des technopoles.

> **Gagnez des points !**
> Confronter cet espace industriel avec d'autres espaces du même type en France vous permettra de répondre à cette question et d'apporter une réponse plus précise.

Vérification des connaissances

1 Qu'est-ce qu'un espace productif ?

2 Qu'est-ce qu'un technopôle ?

3 Pourquoi les littoraux sont-ils des espaces productifs attractifs ?

Vers le brevet

QUESTIONS

1 Quels sont les trois différents espaces productifs que l'on peut distinguer ? À quel secteur d'activité économique correspondent-ils ?

2 Quels sont les espaces productifs en déclin ? Où sont-ils localisés ?

3 Quel secteur d'activité emploie la plus grande partie de la population française ? Où se localise-t-il en priorité ?

4 Dans un développement construit d'une vingtaine de lignes, décrivez les espaces productifs industriels et leurs évolutions. Vous vous appuierez sur des exemples étudiés en classe.

ÉTUDE DE DOCUMENT

Doc. Le quartier de La Défense vu de Paris : le premier centre d'affaires en Europe

1 Comparez l'architecture des bâtiments situés au premier plan de cette photographie avec celle de ceux situés à l'arrière-plan. Qu'en déduisez-vous quant à la date de construction et à la fonction de ceux-ci ?

2 À qui appartiennent les grandes tours que l'on voit au second plan ? Pour quelles raisons ont-ils fait construire de tels bâtiments ?

3 En quoi ce quartier contribue-t-il à faire de Paris une ville globale ?

Quiz

1 Faux : certaines productions agricoles (tabac, coton, etc.) ne sont pas destinées à l'alimentation. 2 Primaire. 3 Vrai. 4 Montpellier.

Vérification des connaissances

1 Un espace productif est un espace mis en valeur par les hommes pour une activité économique qui produit de la richesse. Cet espace peut être industriel, agricole ou de services. Par exemple, la région du vignoble de Bordeaux est un espace productif agricole.

2 Un technopôle réunit sur le même site des entreprises industrielles de haute technologie, des universités et des laboratoires de recherche. Les relations qu'ils établissent entre eux permettent de mettre au point des produits innovants et d'améliorer la compétitivité de l'économie.

3 Les littoraux sont attractifs tout d'abord parce qu'ils permettent des activités de loisirs. Surtout, ils permettent par le biais des ports qui s'y trouvent de développer des activités spécifiques (pêche) et de commercer avec le monde entier, ce qui est très utile dans une économie mondialisée comme la nôtre.

Vers le brevet

QUESTIONS

1 Les trois espaces productifs que l'on peut distinguer sont d'abord les espaces productifs agricoles, qui appartiennent au secteur primaire. Ce secteur, bien que très performant, n'assure plus que 2 % de la production de richesses. Ensuite, on peut distinguer les espaces industriels qui appartiennent au secteur secondaire avec le bâtiment. Bien qu'en diminution, ils produisent encore 20 % des richesses. Enfin, on distingue les espaces de services qui appartiennent au secteur tertiaire et qui représentent 78 % de la production des richesses.

2 Les espaces productifs en déclin sont d'abord les espaces agricoles qui ne pratiquent pas une agriculture très productive et performante bien intégrée dans une filière agroalimentaire. Ces espaces se retrouvent dans une situation de déprise et ne produisent plus de richesses : la population active les quitte pour s'installer ailleurs. On les trouve par exemple au centre de la France. Les espaces productifs en déclin peuvent être aussi des espaces industriels anciens qui ont été fermés ou délocalisés, comme c'est le cas dans le nord et l'est de la France.

3 C'est le secteur tertiaire, c'est-à-dire le secteur d'activité des services à la personne et aux entreprises. Il se localise en priorité dans les aires urbaines et notamment dans les grandes métropoles.

4 Les espaces industriels en France connaissent de grandes évolutions. Anciennement localisés dans le nord et l'est de la France et dans les banlieues des plus grandes villes, ils sont entrés en crise avec la mondialisation et l'épuisement ou le rejet de certaines ressources (charbon). Ainsi, dans les dernières décennies, de nombreuses usines ont fermé ou ont été délocalisées vers des États du monde qui offraient un plus faible coût de la main-d'œuvre.

Pour répondre à ces nouveaux défis, les espaces industriels se sont reconvertis ou se sont spécialisés dans les industries de haute technologie qui nécessitent une main-d'œuvre très qualifiée. Pour faciliter l'innovation, des technopôles ont été créés favorisant la collaboration des industries et des centres de recherche. De plus, pour s'adapter aux échanges de la mondialisation, des ZIP, zones industrialo-portuaires, se sont mises en place sur les façades littorales. Désormais, ce sont dans les métropoles que l'on trouve les espaces industriels les plus dynamiques, notamment dans la métropole parisienne mais aussi dans les métropoles du Sud.

ÉTUDE DE DOCUMENT

1 Les bâtiments situés au premier plan sont beaucoup **moins hauts** que ceux du second plan. Ils sont majoritairement **construits en pierre** alors que ceux du fond sont **en verre et en acier**. De toute évidence, les bâtiments situés au premier plan sont beaucoup plus anciens que ceux du second plan. Ils servent essentiellement au **logement** et au **commerce**, alors que ceux du second plan sont destinés à accueillir des **bureaux**.

2 Ces tours appartiennent à de **grandes entreprises françaises** installées là car cela leur permet de loger dans un espace réduit (du fait de la construction en hauteur) un grand nombre d'employés.

3 Parce qu'il concentre les sièges sociaux des principales firmes multinationales françaises et qu'il accueille des milliers de salariés hautement qualifiés, le quartier de La Défense **contribue au rayonnement de Paris dans le monde**. Les décisions qui sont prises dans ces tours ont des **répercussions dans le monde entier**. C'est précisément la définition de la ville globale : une ville dont le rayonnement est tel que ce qui s'y passe a une **influence à l'échelle mondiale**.

> **Gagnez des points !**
>
> Essayez toujours de réemployer les notions vues en cours. Ici, par exemple, « ville globale ». Mais ne vous contentez pas de les citer sans les expliquer : ici, il faut préciser qu'il s'agit d'une ville au rayonnement mondial.

CHAPITRE

11 Les espaces de faible densité et leurs atouts

1 Les espaces de faible densité

De quoi s'agit-il ? Les espaces de faible densité ne sont pas tous des territoires délaissés et sans ressources productives. Quels sont-ils et quels sont leurs atouts ?

1 Qu'est-ce qu'un espace de faible densité ?

- Les espaces de faible densité forment un vaste ensemble (40 % du territoire national) mais ne représentent que 4 % de la population totale.
- Ils sont présents sur l'ensemble du territoire national, mais on les retrouve principalement situés le long d'un axe, surnommé « la diagonale du vide », et dans des zones de montagnes (**Doc.**).

2 Des espaces fortement marqués par l'activité agricole

- Cela peut être une agriculture productiviste, qui crée des paysages de grands champs ouverts comme les plaines de Champagne qui comptent moins de 10 habitants par km² (**Doc.**), ou une agriculture extensive, souvent en zone de moyenne montagne, qui offre des situations contrastées.
- Cette agriculture peut connaître des situations de déprise et de dépeuplement, mais aussi des situations favorables, s'appuyant sur la valorisation des savoir-faire et des produits grâce à des labels, comme le label AOC, ou à l'agriculture biologique.

3 Des espaces aux nombreux atouts

Le tourisme dans les Cévennes

- Quand ils possèdent un riche patrimoine culturel ou naturel, comme le Gers ou les Cévennes, ces espaces attirent de nombreux touristes à la recherche d'activités proches de la nature dans le cadre d'un tourisme vert. On y trouve aussi de plus en plus de résidences secondaires.
- Ils permettent aussi l'aménagement de parcs naturels régionaux ou nationaux qui attirent touristes ou résidents, séduits par ces projets de préservation et de respect de la nature.
- Enfin, ces espaces attirent de nouveaux habitants venus des villes, les « néoruraux » qui, grâce aux nouvelles technologies comme le télétravail ou à l'amélioration des transports, peuvent désormais concilier vie professionnelle urbaine et résidence à la campagne.

Doc. **Les espaces de faible densité en France métropolitaine**

Des espaces de faible densité

Densités de population :
- Plus de 30 hab./km²
- Entre 10 et 30 hab./km²
- Inférieures à 10 hab./km²
- Diagonale des faibles densités

Des dynamiques de renouvellement
- Migrations de néoruraux
- Principales aires urbaines
- Parcs naturels régionaux et nationaux
- Stations de sports d'hiver
- Quelques grands sites naturels

Une grande diversité d'espaces
- RÉGION : Grandes régions d'agriculture productiviste
- RÉGION : Exemples de tourisme vert actif
- RÉGION : Principales régions touristiques de montagne
- RÉGION : Espaces menacés par le dépeuplement

Vocabulaire

Déprise : voir p. 157.

AOC : « appellation d'origine contrôlée », label qui protège le savoir-faire d'un territoire pour produire un aliment.

Patrimoine : paysages, monuments, pratiques culturelles hérités de l'histoire d'un territoire et de sa population.

Résidence secondaire : logement utilisé seulement pour les week-ends ou les vacances.

Néoruraux : personnes qui ont quitté la ville pour s'installer à la campagne.

Télétravail : travail à distance qui repose sur l'usage de l'informatique et d'Internet.

Notions-clés

Espace de faible densité : espace qui comporte moins de 30 habitants au km².

Agriculture productiviste : agriculture commerciale qui obtient des rendements élevés.

Agriculture extensive : agriculture peu productive aux rendements faibles.

Agriculture biologique : agriculture qui respecte la nature en n'utilisant pas de produits chimiques ou de techniques polluantes.

Tourisme vert : tourisme centré sur la valorisation des espaces naturels.

Parc naturel : territoire protégé par l'État ou la région en raison de la richesse ou de la particularité de son patrimoine naturel.

RÉVISION EXPRESS

LES POINTS IMPORTANTS À RETENIR

Les espaces de faible densité, ce sont…

- Des espaces qui comptent moins de 30 habitants au km^2.
- Des espaces localisés dans la diagonale du vide et dans les zones de montagnes.

Les espaces de faible densité sont avant tout des espaces agricoles

- Une agriculture productiviste dans de grandes plaines notamment céréalières.
- Une agriculture extensive dans les zones de montagnes soit en déclin soit dynamiques grâce aux labels (AOC, agriculture biologique).

Les espaces de faible densité ont des atouts

- Leur riche patrimoine naturel et culturel, l'aménagement de parcs naturels qui sont des atouts pour le tourisme vert et l'installation de résidences secondaires.
- Leur cadre de vie attractif pour les néoruraux qui recherchent la vie à la campagne tout en ayant une profession en ville : développement du télétravail.

LES CHIFFRES CLÉS

- **Faible densité :** moins de 30 habitants au km^2
- **Espace désertifié :** moins de 10 habitants au km^2
- **Densité moyenne en France :** 118 habitants au km^2
- **Part de la population vivant dans des espaces de faible densité :** 4 %
- **Part du territoire comportant des espaces de faible densité :** 40 %
- **Exode urbain :** chaque année, 100 000 citadins quittent la ville pour s'installer à la campagne

LES MOTS IMPORTANTS

- déprise
- AOC
- patrimoine
- résidence secondaire
- néoruraux
- agriculture productiviste/extensive
- tourisme vert
- parc naturel

LE CROQUIS IMPORTANT

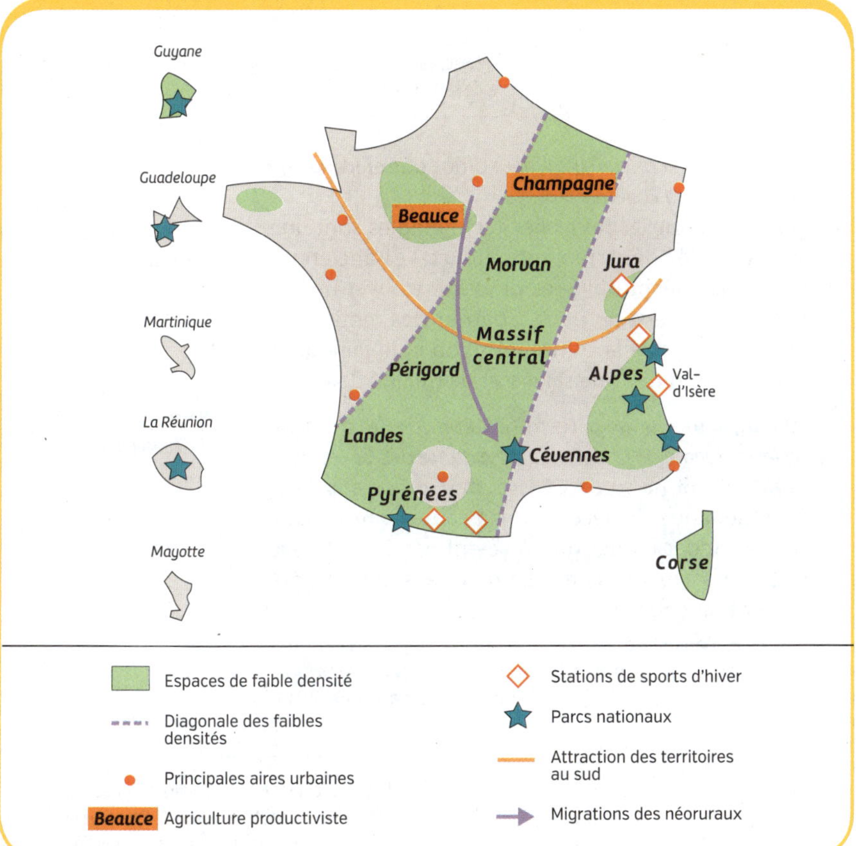

Quiz

1. Un espace de faible densité compte moins de 30 habitants au km^2.
☐ vrai ☐ faux

2. La diagonale du vide va du nord-ouest au sud-est de la France.
☐ vrai ☐ faux

3. Une production AOC est une production d'origine certifiée.
☐ vrai ☐ faux

4. Les Cévennes sont un espace de faible densité dynamique.
☐ vrai ☐ faux

5. Les littoraux sont des espaces de faible densité.
☐ vrai ☐ faux

6. Les espaces de faible densité accueillent de plus en plus de résidences secondaires.
☐ vrai ☐ faux

→ Réponses p. 175

Analyser un texte

Le texte, dans sa forme, nous indique qu'il s'agit ici de témoignages d'habitants de la Lozère.

Un néorural et ancien ingénieur dirige une épicerie fine en ligne depuis la Lozère.

« Aujourd'hui, les nouvelles technologies sont une chance pour les départements ruraux. Les anciennes générations étaient obligées de partir trouver un job à Paris, maintenant on peut rapatrier des métiers de l'informatique et de la communication et le faire dans de bonnes conditions de salaire et de qualité de vie. »

Un agriculteur à la retraite explique la prise de conscience locale de la richesse paysagère des Causses.

« Moi, étant né sur le Causse, c'est grâce aux gens de l'extérieur que j'ai découvert la beauté de mon pays. [...] Il y avait des fermes qui n'avaient pas été habitées depuis je ne sais pas combien d'années, qui ont été reprises et tant mieux. »

D'après le Conseil général de la Lozère et *Paysages culturels et naturels : changements et conservation,* Muséum d'histoire naturelle, 2011.

C'est le département le moins densément peuplé de France, avec 15 habitants au km^2.

Hauts plateaux dans le sud du Massif central.

La source d'un texte est toujours indiquée à la fin. On y trouve son auteur, le titre de l'ouvrage ou du site dont le texte est tiré et la date à laquelle il a été publié, ce qui permet ensuite de mieux l'analyser.

QUESTIONS

1. Qui sont les personnes qui témoignent dans ce texte ? Donnent-elles une image positive de la Lozère ? Quelle est la provenance de ce texte ?

2. À qui sont destinés ces témoignages ? Quel est leur objectif ?

3. Quels atouts de la Lozère apparaissent dans le texte ?

4. D'après vos connaissances, quelles sont les difficultés que les nouveaux habitants venus s'installer dans cet espace de faible densité pourraient rencontrer et qui ne sont pas mentionnées dans les témoignages du texte ?

MÉTHODE

1. Identifier le texte

▶ L'analyse d'un texte commence toujours par son identification pour pouvoir comprendre son point de vue particulier : va-t-il présenter les choses de manière négative ou positive par exemple.

2. Adopter un esprit critique

▶ L'identification permet aussi de comprendre à qui s'adresse le texte et de pouvoir exercer alors son esprit critique, notamment quand il s'agit comme ici d'un texte extrait d'un site officiel, mais aussi quand il s'agit d'une publicité ou d'un discours politique par exemple.

3. Lire attentivement les questions

▶ Les questions sont toujours destinées à vous faire prélever des informations pertinentes pour vous permettre d'y répondre. Il faut parfois classer ou hiérarchiser ces informations.

4. Mobiliser ses connaissances

▶ Il faut ici confronter le texte à vos connaissances sur le sujet étudié et réussir, grâce à cela, à trouver ce qui n'est pas dit dans les témoignages et qui pourrait être évoqué.

CORRIGÉ DES QUESTIONS

> **Gagnez des points !**
> Pensez à utiliser intelligemment les informations mises à votre disposition. Évoquer ici le nouveau découpage régional et ses incidences sur les conseils généraux sera toujours valorisé par le correcteur.

1. Les personnes qui témoignent dans ce texte sont un néorural et ancien ingénieur venu s'installer en Lozère, ainsi qu'un agriculteur à la retraite. Ils donnent une image positive de la Lozère, ils en font un territoire attractif. Ces témoignages proviennent du site officiel du Conseil général (aujourd'hui Conseil départemental) de la Lozère.

2. Ces témoignages s'adressent à ceux qui vont sur le site de la Lozère pour s'informer sur ce département. Leur but est d'inciter ces personnes à venir s'installer de manière définitive en Lozère ou à y passer des vacances.

3. Les atouts de la Lozère évoqués dans le premier témoignage sont qu'aujourd'hui on peut y trouver du travail dans les métiers de l'informatique et de la communication, métiers auparavant urbains, et en plus en pouvant espérer de bons salaires. Dans le deuxième témoignage, les atouts sont le paysage naturel préservé de la Lozère, les Causses avec ses fermes anciennes qui permettent de trouver un cadre de vie exceptionnel aussi bien pour des résidents que pour des touristes.

4. Les difficultés qui n'apparaissent pas dans ce texte sont celles propres aux espaces de faible densité de la diagonale de vide. Ces territoires dont la densité est inférieure à 30 hab./km^2 connaissent d'abord des difficultés liées au manque de services de proximité : commerces mais aussi écoles, collèges ou encore médecins sont parfois difficiles à trouver dans les espaces de faible densité. Les difficultés peuvent être aussi les conflits d'usage entre les néoruraux et les agriculteurs qui, contrairement à celui qui témoigne, ne voient pas toujours d'un bon œil des nouveaux venus s'installer et revendiquer un nouvel usage des espaces ruraux.

Gagnez des points !

Essayez de réemployer les notions vues en cours. Ici, par exemple, « diagonale du vide ». Mais ne vous contentez pas de les citer sans les expliquer : ici, il faut dire que cela correspond aux régions dont la densité est inférieure à 30 hab./km^2.

Vérification des connaissances

1 Expliquez ce que sont les espaces de faible densité et localisez-les.

2 Définissez ce qu'est le tourisme vert.

3 Expliquez ce qu'est un néorural.

Vers le brevet

QUESTIONS

1 Expliquez les différences entre agriculture productiviste et agriculture extensive.

2 Qu'est-ce que la diagonale du vide ?

3 Quelles sont les difficultés que peuvent rencontrer les espaces de faible densité ?

4 Quelles sont les nouvelles dynamiques que connaissent les espaces de faible densité grâce à leurs nombreux atouts ?

ÉTUDE DE DOCUMENT

Doc. Les conflits d'usage dans les espaces ruraux

Entre 1999 et 2006, le parc de logements s'est accru dans les espaces périurbains et ruraux à un rythme annuel (1,1 %) plus rapide que celui des pôles urbains (0,9 %). Les résidents recherchent un cadre de vie résidentiel dont l'originalité est d'être agencé autour de trois composantes clés […] : le logement (la maison individuelle en propriété et son espace vert attenant), l'accès au centre d'emploi permis par la voiture, la nature préservée (les paysages, le calme, le silence, le bien-être, l'air pur) mais pouvant être affectée par des nuisances.

Les territoires ruraux connaissent de ce fait une concurrence croissante pour leurs usages et leur contrôle, qui peut aller jusqu'à déboucher sur des oppositions ouvertes, communément qualifiées de conflits d'usage ou de conflits environnementaux. Les oppositions sont très variables : ici une association de riverains s'oppose au projet de création d'un site de stockage de déchets ménagers, là un propriétaire foncier conteste le passage de randonneurs sur ses terres, ailleurs encore un maire, sous la pression de ses administrés, refuse de délivrer un permis de construire nécessaire à l'extension d'une porcherie. Pour de nombreux usagers résidentiels, opposés à tous projets et à toutes activités susceptibles de détériorer leur cadre de vie, la campagne ne doit être qu'un havre de paix : « À quoi bon vivre ou s'installer à la campagne, si c'est pour voir détruire ce à quoi on tient ou ce qu'on vient y chercher ? »

D'après P. Jeanneaux et P. Perrier-Cornet, « Les conflits d'usage du cadre de vie dans les espaces ruraux et la décision publique locale », *Économie rurale*, n° 306, 1er juillet 2010.

1 Montrez que les espaces ruraux et périurbains sont devenus plus attractifs que les espaces urbains et expliquez pourquoi.

2 D'où viennent les nouveaux habitants des campagnes ? Deviennent-ils des agriculteurs ?

3 D'après vos connaissances, déterminez ce qu'est un conflit d'usage.

4 Quels acteurs peuvent s'affronter sur un espace rural ? Expliquez deux exemples de conflits d'usage tirés du texte ou de vos connaissances personnelles dans un paragraphe construit d'une dizaine de lignes.

Quiz

1 Vrai. **2** Faux. **3** Faux. **4** Vrai. **5** Faux. **6** Vrai.

Vérification des connaissances

1 Un espace de faible densité est un espace qui compte moins de 30 habitants au km². Les espaces de faible densité sont présents dans la diagonale du vide : une zone qui va de la frontière belge aux Pyrénées en passant par le Massif central. Ils sont aussi présents dans les zones de montagnes : les Alpes, les Vosges et le Jura.

2 Le tourisme dit « vert », par référence aux couleurs dominantes des paysages ruraux, englobe toutes les pratiques touristiques qui se développent en milieu rural et reposent essentiellement sur des acteurs locaux. Chambres d'hôtes ou gîtes à la ferme en sont les principales structures. La découverte du patrimoine naturel et culturel local constitue l'une des motivations majeures de la clientèle ainsi que les activités de plein air.

3 Un néorural est un nouvel habitant des campagnes qui, venant de la ville, vient s'installer dans les espaces de faible densité pour y trouver un milieu rural et une nature préservés. Il est à la recherche d'une meilleure qualité de vie fondée sur la proximité avec la nature et le calme. Il conserve souvent son métier urbain et continue de l'exercer grâce au télétravail.

Vers le brevet

QUESTIONS

1 L'agriculture productiviste est une agriculture qui utilise des machines, des engrais et des produits chimiques comme les pesticides pour atteindre des rendements élevés, de manière à commercialiser à l'échelle nationale mais aussi internationale ses produits comme les céréales par exemple. L'agriculture extensive, au contraire, est une agriculture qui a des rendements faibles par rapport à la surface utilisée : c'est le cas de l'élevage en plein air, de l'agriculture de montagne ou de terroir, qui reposent sur la qualité des produits, souvent garantie par des labels (label rouge, AOC), ou encore de l'agriculture biologique, qui refuse l'utilisation de produits chimiques pour améliorer ses rendements.

2 La diagonale du vide est un axe qui s'étend de la frontière belge à la frontière espagnole en passant par les plaines de Champagne, le Massif central et les Pyrénées, et qui concentre la majorité des espaces de faible densité du territoire.

3 Les difficultés que peuvent rencontrer les espaces de faible densité sont liées aux contraintes de l'agriculture extensive. En effet, quand celle-ci n'arrive pas à valoriser ses produits, de nombreuses exploitations agricoles s'arrêtent et la population locale décline peu à peu. Les services privés et publics ainsi que les commerces ferment et il devient dès lors difficile de diversifier les activités économiques et d'attirer des touristes ou des nouveaux résidents.

4 Les espaces de faible densité connaissent aujourd'hui de nouvelles dynamiques grâce à leurs nombreux atouts.

Ces espaces ruraux, préservés, surtout quand ils abritent un riche patrimoine culturel ou naturel, comme le Gers par exemple, attirent de nombreux touristes à la recherche d'activités proches de la nature dans le cadre d'un tourisme vert. On y trouve aussi de plus en plus de résidences secondaires. Ces espaces permettent l'aménagement de parcs naturels régionaux ou nationaux qui attirent touristes ou résidents, séduits par ces projets de préservation et de respect de la nature.

Enfin, ces espaces attirent de nouveaux habitants venus des villes, les « néoruraux » qui, grâce aux nouvelles technologies comme le télétravail ou à l'amélioration des transports, peuvent désormais concilier vie professionnelle urbaine et résidence à la campagne.

ÉTUDE DE DOCUMENT

1 La croissance du nombre de logements est plus forte dans les espaces périurbains et ruraux que dans les espaces urbains. Ce phénomène montre que les gens s'installent davantage à la campagne que dans les villes. Ils sont en effet à la recherche de maisons individuelles avec un jardin et souhaitent aussi profiter des avantages d'une nature préservée : les paysages, le calme, le silence et l'air pur.

> **Gagnez des points !**
> Précisez bien quels avantages apporte la présence de la nature dans son environnement immédiat.

2 Les nouveaux habitants des campagnes viennent des villes, ce sont des néoruraux qui, la plupart du temps, ne deviennent pas agriculteurs. Ils conservent plutôt un emploi urbain et ils utilisent les transports ou le télétravail pour continuer à l'exercer.

> **Gagnez des points !**
> Montrez que vous connaissez le vocabulaire de la leçon en parlant des néoruraux et du télétravail.

3 Un conflit d'usage est une opposition entre deux acteurs pour l'utilisation d'un même espace ou d'une même ressource.

4 Les conflits peuvent opposer des résidents, des industriels, des agriculteurs, des touristes ou encore des élus. La plupart de ces conflits ont des motifs environnementaux. Certaines activités industrielles ou agricoles provoquent des nuisances que ne supportent pas les néoruraux venus profiter d'une campagne telle qu'ils l'imaginaient. Par exemple, des riverains s'opposent à l'installation d'une porcherie en raison du bruit, de la pollution et de l'odeur que cela entraînerait. Dans le même temps, certaines activités de loisirs gênent les activités agricoles. Ainsi, un agriculteur refuse de laisser passer des randonneurs sur sa propriété, alors que ces derniers pensent disposer d'un libre droit de passage.

Gagnez des points !

Expliquez les raisons précises de certains conflits d'usage en vous aidant de vos connaissances et des exemples étudiés en cours.

CHAPITRE

12 Pourquoi et comment aménager le territoire ?

1 Répondre à des inégalités croissantes à toutes les échelles

De quoi s'agit-il ? Des inégalités sociales et économiques s'observent en France à toutes les échelles. Comment les pouvoirs publics peuvent-ils tenter de les compenser ?

1 Des inégalités croissantes à toutes les échelles

• À l'échelle nationale, la mondialisation a renforcé l'influence des métropoles sur le territoire, et notamment celle de Paris. Elle favorise aussi les régions frontalières et les littoraux qui sont des périphéries dynamiques qui bénéficient du développement des échanges. Au contraire, les régions de l'intérieur, sans grande métropole, et les espaces industriels en reconversion restent à l'écart de ce dynamisme.

• À l'échelle régionale, la métropolisation entraîne des déséquilibres entre les territoires intégrés au dynamisme des métropoles et ceux restant à l'écart.

• À l'échelle locale, les inégalités sociales et économiques se reflètent dans des inégalités spatiales qui aboutissent parfois, notamment à Paris (**Doc.**), à des processus de ségrégation où des quartiers accumulent les difficultés : chômage, précarité, enclavement et habitat dégradé.

2 Réduire les inégalités entre les territoires

La LVG SEA

• Le principal acteur de l'aménagement en France a longtemps été l'État. Mais depuis la loi de décentralisation de 1982-1983, les collectivités territoriales ont désormais des compétences en matière d'aménagement du territoire. C'est dans le cadre de ces collectivités que, bien souvent, les citoyens s'expriment et créent des associations pour demander ou refuser un projet d'aménagement. Enfin, l'UE est un acteur important car elle aide au financement de nombreux projets.

• Ces acteurs compensent les inégalités à toutes les échelles. Ils soutiennent par exemple les espaces ruraux en difficulté par une politique de zones de revitalisation rurale (ZRR) pour limiter leur déclin. Ils soutiennent aussi la rénovation des 1 300 quartiers dégradés des grandes métropoles en les déclarant quartiers prioritaires de la politique de la ville (QPV). Ils veillent enfin à la compétitivité des territoires en finançant par exemple des projets de transports comme la LGV Sud-Europe-Atlantique.

Doc. **Des inégalités à l'échelle régionale et locale : l'exemple des inégalités de revenus en Île-de-France**

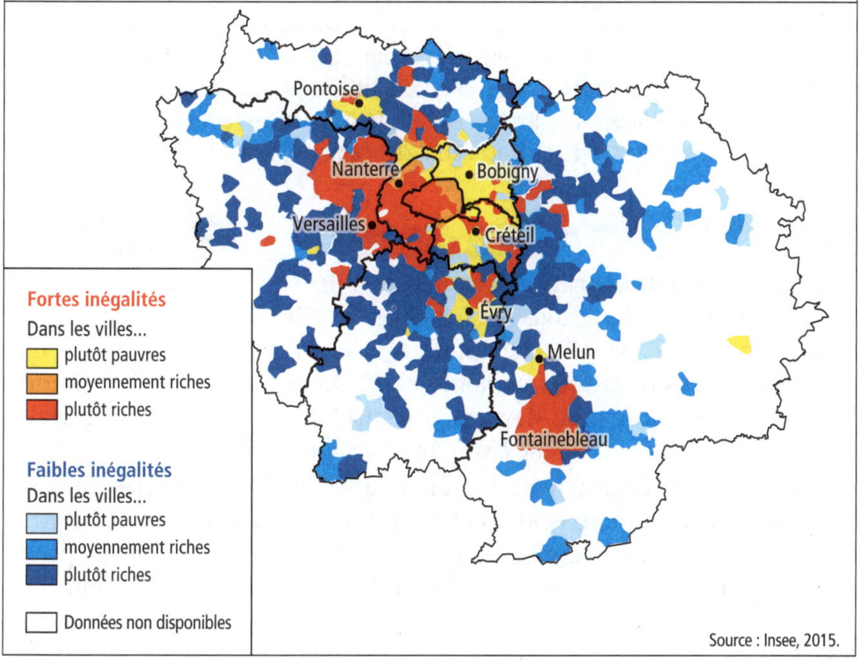

Source : Insee, 2015.

Vocabulaire

Métropole : voir p. 141.

Ségrégation : forme de mise à l'écart d'une partie de la population et de certains quartiers pour des raisons sociales et économiques.

Collectivités territoriales : communes, départements et régions.

ZRR : Zone de Revitalisation Rurale, politique d'aides au maintien des activités et des services notamment publics dans des territoires qui connaissent une situation de déprise.

QPV : Quartiers Prioritaires de la politique de la Ville, territoires urbains en difficulté dont les habitants bénéficient d'une politique de lutte contre l'exclusion et d'une rénovation de leur cadre de vie.

Compétitivité : rester attractif dans la mondialisation face à la concurrence d'autres territoires.

Notions-clés

Mondialisation : voir p. 141.

Périphérie dynamique : désigne les régions françaises qui forment un croissant de Rennes à Strasbourg et qui bénéficient des effets de la mondialisation et de l'intégration européenne.

Métropolisation : voir p. 141.

Enclavement : situation d'un territoire mal relié aux autres en raison d'obstacles naturels ou d'absences de voie de communication.

Décentralisation : processus par lequel l'État délègue aux collectivités territoriales certaines missions qui lui revenaient auparavant.

2 Les territoires ultramarins français : une problématique spécifique

De quoi s'agit-il ? **Les territoires ultramarins ont, par leur histoire et leurs caractéristiques géographiques, sociales et culturelles, des problématiques d'aménagement spécifiques. Quelles sont les caractéristiques des territoires ultramarins et comment répondre aux enjeux particuliers de leur aménagement ?**

1 Des territoires dispersés et éloignés

Les territoires d'Outre-mer

- Les territoires ultramarins sont composés d'îles et d'archipels, à l'exception de la Guyane, et ils sont tous très éloignés de l'Europe, jusqu'à 18 000 km de distance pour le plus éloigné d'entre eux, Wallis-et-Futuna (**Doc.**). On distingue parmi eux les DROM, au nombre de 5 : la Guadeloupe, la Martinique, la Guyane, La Réunion et Mayotte, et les COM, au nombre de 8, certains comme la Nouvelle-Calédonie ayant un statut particulier (**Doc.**).
- Au-delà de leur isolement et de leur éloignement, les territoires ultramarins ont d'autres caractéristiques communes : ils possèdent un environnement remarquable et une biodiversité exceptionnelle, qu'ils soient à proximité des zones tropicales ou au contraire des climats polaires. Ils sont aussi soumis pour la plupart à différents risques naturels comme les tempêtes, les cyclones, les séismes, les tsunamis ou encore les éruptions volcaniques.
- Ils ont aussi en commun d'avoir un niveau de développement inférieur à celui des autres régions de la France métropolitaine mais souvent supérieur à celui des États voisins : ils deviennent alors des territoires attractifs provoquant des flux migratoires régionaux. Ainsi, la Guyane connaît une forte hausse démographique en raison d'un solde naturel élevé mais aussi en raison de flux migratoires importants en provenance des pays voisins.

2 Des réponses spécifiques en matière d'aménagement

- Les acteurs des politiques d'aménagement sont les mêmes que pour le territoire métropolitain (l'État, l'UE, les collectivités territoriales et les associations de citoyens), mais ceux-ci doivent proposer des réponses adaptées aux problématiques spécifiques des territoires ultramarins.
- Anciennes colonies, les territoires ultramarins sont sous-industrialisés et leur économie repose essentiellement sur des activités agricoles (à l'exception des territoires situés en zone équatoriale ou polaire) insuffisantes pour les développer. Des aménagements spécifiques sont mis en œuvre pour développer le secteur du tourisme en l'orientant, grâce à la richesse du patrimoine naturel, vers l'écotourisme, grâce à de nouveaux équipements hôteliers et portuaires.

• Les politiques d'aménagement visent en particulier les infrastructures de transport (routes, ponts, aéroports, ports ou ZIP) qui doivent diminuer l'enclavement et l'isolement de ces territoires en les reliant plus efficacement à leur région mais aussi à la métropole et au reste du monde. Ils peuvent ainsi mieux tirer parti du développement des échanges et des flux touristiques aux échelles régionale et mondiale.

Doc. Les territoires ultramarins de la France

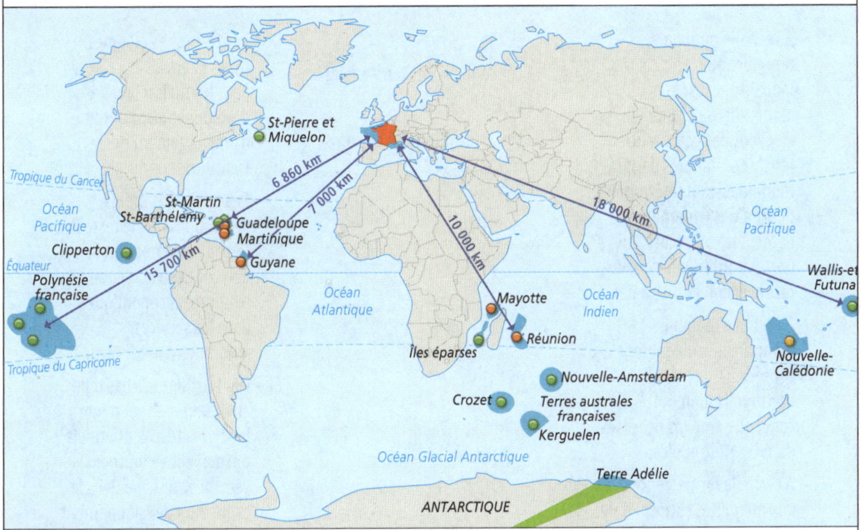

- France métropolitaine
- Zone économique exclusive française (ZEE)
- Département et région d'outre-mer (DROM)
- Collectivité d'outre-mer (COM)
- Autre collectivité

Vocabulaire

Ultramarin : situé au-delà des mers, en dehors du continent européen.

DROM : Départements et Régions d'Outre-Mer, ils ont le même statut qu'un département ou une région métropolitaine.

COM : Collectivités d'Outre-Mer, collectivités territoriales qui peuvent adapter les lois françaises et qui ont une certaine autonomie.

Tsunami : vient du japonais et désigne une immense vague formée par un séisme sous-marin.

Solde naturel : voir p. 141.

Notions-clés

Biodiversité : nombre d'espèces et d'être vivants sur un espace donné.

Risque naturel : danger potentiel venant d'un phénomène naturel et qui menace la population et les infrastructures.

Flux migratoires : déplacements de personnes qui viennent s'installer dans un pays.

Écotourisme : forme de tourisme durable qui respecte, préserve et met durablement en valeur les ressources d'un territoire pour le tourisme.

ZIP : zone industrialo-portuaire.

RÉVISION EXPRESS

LES POINTS IMPORTANTS À RETENIR

Aménager pour répondre aux inégalités croissantes

- À l'échelle nationale, répondre aux inégalités causées par la mondialisation qui creusent des écarts entre territoires intégrés dans la mondialisation (métropoles, périphéries dynamiques) et territoires à l'écart (régions intérieures ou en reconversion industrielle).
- À l'échelle régionale, répondre aux inégalités causées par la métropolisation qui concentre trop les richesses dans les métropoles.
- À l'échelle locale, répondre aux inégalités sociospatiales urbaines qui peuvent aller jusqu'à la ségrégation.

Les acteurs de l'aménagement

- L'État
- Les collectivités territoriales
- L'UE
- Les associations de citoyens

Aménager pour répondre aux problématiques spécifiques des territoires d'outre-mer

- Des territoires éloignés, isolés et enclavés pour lesquels il faut développer une politique d'aménagement des transports spécifique.
- Des territoires moins développés que le reste du territoire métropolitain qui doivent trouver de nouvelles ressources économiques dans les services, notamment le tourisme.
- Des territoires riches d'un environnement et d'une biodiversité exceptionnels qui doivent se tourner vers l'écotourisme dans le cadre d'un développement durable.

LES CHIFFRES CLÉS

- 1 300 quartiers prioritaires
- 13 600 communes rurales dans le cadre des ZRR
- 13 régions métropolitaines
- 31 % du PIB national produit par l'Île-de-France, région la plus riche de France
- 9 des 10 communes les plus pauvres de France se situent en Île-de-France
- 8 des 10 communes les plus riches de France se situent en Île-de-France
- 5 DROM
- 8 COM dont 3 territoires au statut particulier
- 6 000 km : distance minimale entre un DROM et la métropole
- 0 habitant pour les territoires ultramarins de Clipperton et des Terres australes et antarctiques françaises (TAAF)
- 841 000 habitants à La Réunion, territoire ultramarin le plus peuplé
- 4 % de la population française vit dans un territoire ultramarin

LE CROQUIS IMPORTANT

L'organisation du territoire français

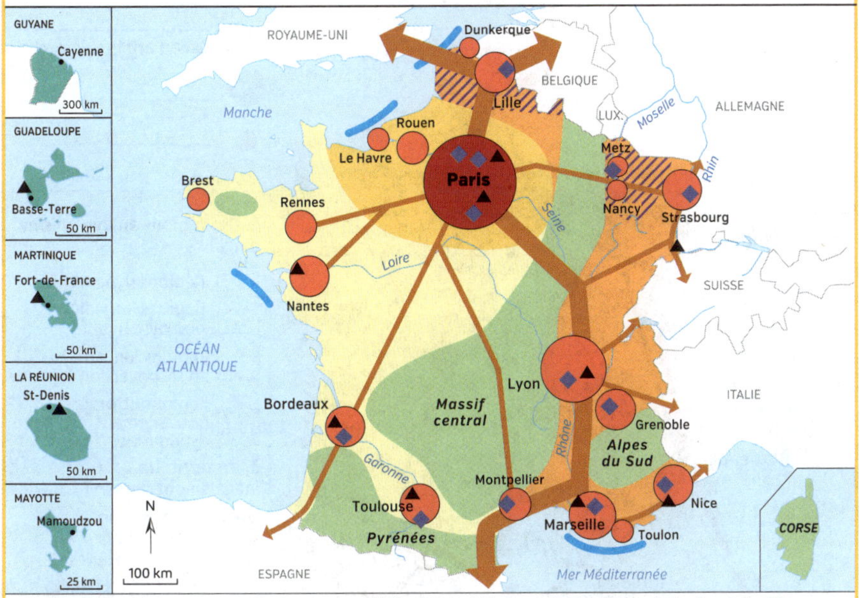

Des territoires moteurs

- Grand Paris : métropole mondiale
- Mégarégion parisienne : cœur du territoire national
- Métropoles régionales et leur aire urbaine

Des espaces en difficulté et aidés

- Espaces ruraux aidés : zones de revitalisation rurale (ZRR)
- Territoires ultramarins : aides de l'UE aux régions périphériques
- Régions industrielles anciennes : aides à la reconversion
- Quartiers prioritaires : politique de cohésion urbaine

Des territoires inégalement reliés au monde

- Espaces bien intégrés à l'UE
- Espaces dynamiques en cours d'intégration par les transports (LGV)
- Axes majeurs de communication
- Façades portuaires
- Aéroports internationaux

Quiz

Remettez dans l'ordre les lettres qui composent le nom de ces départements et collectivités d'outre-mer :

1. a-y-o-m-t-e-t

2. f-y-e-l-o-r-i-p-n-a-a-e-s-s-e-n-i-c

3. p-e-p-l-i-c-r-o-n-t

4. l-e-b-r-a-s-t-a-i-n-m-y-e-h-t

5. g-u-r-e-l-e-n-e-k

6. u-n-e-w-l-i-s-t-a-u-t-l-a-f

→ Réponses p. 188

Compléter une légende

L'organisation du territoire national

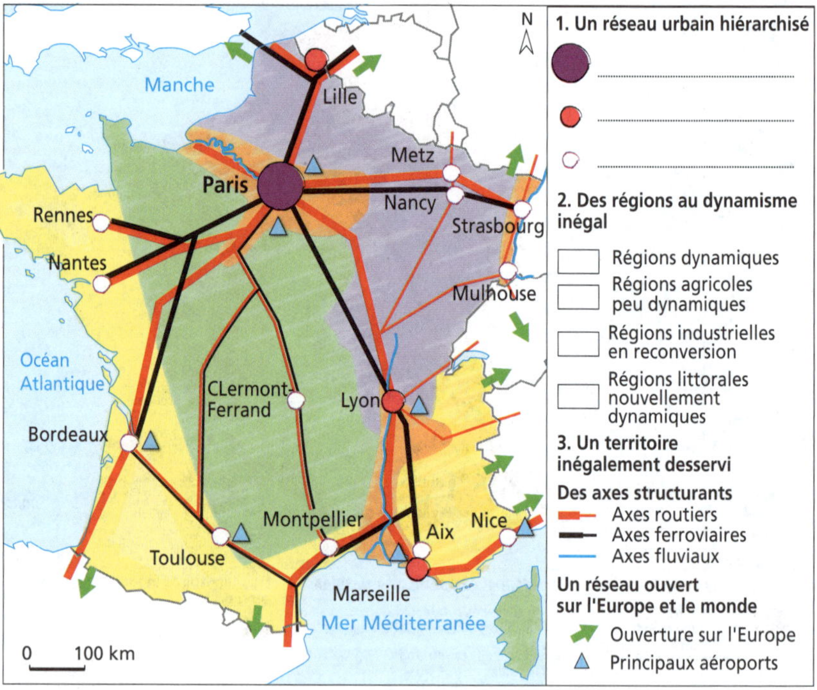

QUESTIONS

1. Pour chaque figuré ponctuel, trouvez une légende appropriée.
2. Pour chaque légende, trouvez le bon aplat de couleur.

MÉTHODE

1. Identifier les différents figurés de la légende

- Pour compléter une légende, il vous faut d'abord comprendre ce que chacun des figurés ponctuels représente.
- Pour cela, il faut commencer par déterminer de quel sujet traite le croquis. Ici, le titre nous indique qu'il représente l'organisation du territoire national et ses dynamiques. On peut donc dès lors mobiliser nos connaissances sur le sujet et essayer de voir à quoi ces figurés correspondent.

- Leurs formes de tailles différentes, leurs couleurs (couleurs chaudes = dynamisme) et leur localisation nous mettent sur la voie car ce sont des figurés très utilisés, étudiés depuis la classe de 5e.

2. Choisir le bon aplat de couleur

- Pour trouver le bon aplat de couleur, il faut savoir que celui-ci sert à distinguer une partie du territoire qui présente une particularité. La couleur des aplats est importante : plus elle est chaude, plus elle désigne un phénomène positif ; plus est froide et plus elle renvoie au contraire à un territoire en déclin.
- Dans le cas présent, on comprend que les zones en orange et en jaune sont des régions dynamiques, à l'inverse des zones en vert et en mauve.

CORRIGÉ DES QUESTIONS

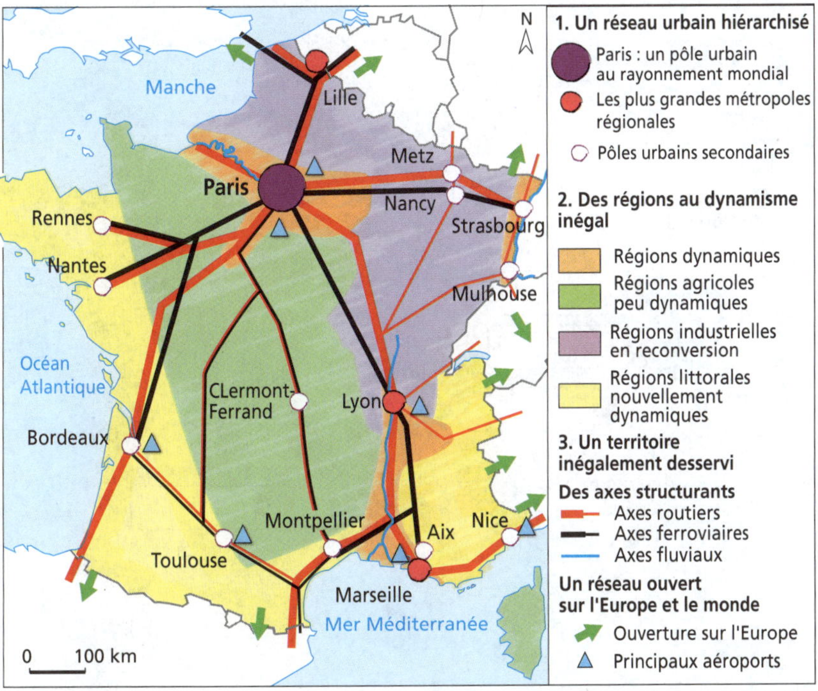

Vérification des connaissances

1 Expliquez quels sont les régions et les territoires favorisés par la mondialisation en France.

2 Expliquez ce qu'est la décentralisation.

3 Quels sont les différents acteurs de l'aménagement du territoire ?

4 Combien y a-t-il de régions métropolitaines et de régions ultramarines ?

Vers le brevet

QUESTIONS

1 Complétez la carte ci-dessous en identifiant les territoires ultramarins numérotés.

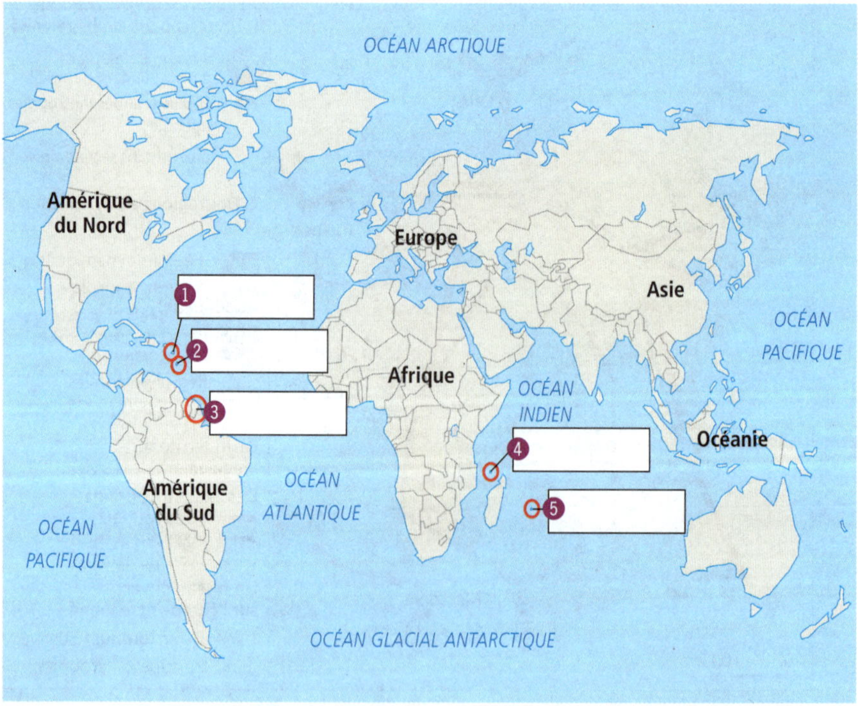

2 Définissez la notion d'enclavement. Donnez un exemple de territoire enclavé.

3 Décrivez un exemple d'aménagement sur le territoire métropolitain en expliquant à quelles inégalités il doit répondre.

4 Quelles sont les principales caractéristiques des territoires ultramarins ?

ÉTUDE DE DOCUMENT

Doc. Site de lancement du CSG (Centre spatial guyanais) à Kourou, en Guyane.

Ce site est géré conjointement par le CNES (Centre national d'études spatiales français), Arianespace (une société privée) et l'Agence spatiale européenne.

1 Présentez le document et le territoire auquel appartient ce paysage.

2 Décrivez ce paysage et les différents éléments qui le composent.

3 Quels sont les différents acteurs qui gèrent ce site ?

4 Pourquoi installer ce site en Guyane ? Quels sont ici les objectifs de l'État français ?

Quiz

1 Mayotte. **2** Polynésie française. **3** Clipperton. **4** Saint-Barthélémy **5** Kerguelen. **6** Wallis-et-Futuna

Vérification des connaissances

1 Les régions favorisées par la mondialisation sont les régions littorales ou transfrontalières favorables aux échanges. Les métropoles sont aussi des territoires favorisés par la mondialisation, notamment la métropole parisienne, ville mondiale qui attire à elle de nombreux flux de touristes, de capitaux et de marchandises.

2 La décentralisation est un processus engagé par l'État destiné à confier aux collectivités territoriales, c'est-à-dire aux régions, aux départements et aux communes, plus de pouvoirs et de responsabilités notamment en matière d'aménagement du territoire.

3 Les différents acteurs de l'aménagement du territoire sont d'abord l'État, qui peut être aidé par des financements de l'UE. Les collectivités territoriales ainsi que les citoyens peuvent aussi être amenés à proposer ou à discuter d'aménagement sur leurs territoires.

4 Il existe 13 régions métropolitaines et 5 régions ultramarines.

Vers le brevet

QUESTIONS

1 Les cinq territoires ultramarins sont les 5 DROM : 1. Guadeloupe ; 2. Martinique ; 3. Guyane ; 4. Mayotte ; 5. La Réunion.

2 Il s'agit en effet de tout ce qui rend un territoire difficile d'accès et en particulier l'absence ou l'insuffisance des voies de communication et des infrastructures de transport (ports, aéroports, routes goudronnées mais aussi transports en commun). Par exemple, dans les quartiers prioritaires, on trouve souvent des problèmes d'enclavement dus à une insuffisance des transports en commun, comme à Clichy-sous-Bois en région parisienne.

3 La France et l'UE aménagent des LGV, des lignes ferroviaires à grande vitesse, comme celle qui doit relier Paris à Bordeaux en passant par Tours pour rapprocher les territoires et les intégrer à l'Europe. Cet aménagement permet à des métropoles dynamiques comme Bordeaux de conserver et d'accentuer encore ce dynamisme pour répondre aux exigences de la mondialisation et de l'intégration européenne.

4 Citons d'abord leur isolement, car ce sont des îles, à l'exception de la Guyane, et leur éloignement par rapport à la métropole. Ensuite, ils ont en commun une nature et des paysages extraordinaires, qu'ils soient dans les climats tropicaux ou proches des climats polaires. Ils sont aussi tous soumis à des risques naturels importants : volcanisme, séisme, tempêtes et cyclones. Enfin, ils ont aussi en commun d'être moins riches, moins développés que les autres territoires métropolitains.

ÉTUDE DE DOCUMENT

1 Ce document est une photographie du site de lancement du Centre spatial guyanais. La Guyane est une région et un département d'outre-mer (DROM) en Amérique du Sud. C'est le plus grand département français, mais il est très peu peuplé à cause de l'omniprésence de la forêt équatoriale.

2 Dans ce paysage, on peut distinguer deux éléments : la forêt et une base de lancement. La forêt équatoriale occupe la majeure partie de la photographie, ce qui montre son importance en Guyane. Au centre se situe une aire de lancement pour les fusées, entourée d'un plan d'eau. Sur l'aire de lancement se trouve une fusée prête à être lancée.

> **Piège à éviter**
>
> Ne découpez pas la photographie en plans, car elle ne s'y prête pas. Ici, il convient de repérer les différents éléments à l'intérieur du paysage.

3 Ce site est géré conjointement par le CNES (le Centre national d'études spatiales français), l'entreprise Arianespace et l'Agence spatiale européenne. Cette gestion se fait donc grâce à une collaboration entre l'État français, des capitaux privés et l'Union européenne.

> **Gagnez des points !**
>
> Pensez à montrer que ce site est géré à différentes échelles par de multiples acteurs.

4 L'État français a choisi ce site d'abord en raison de sa spécificité géographique : très proche de l'équateur, quasi désert, il permet de bénéficier de conditions favorables pour la mise en orbite des fusées. Mais il permet aussi d'aménager dans un DROM encore très marqué par les activités agricoles un équipement majeur très structurant qui induit une présence militaire française importante ainsi qu'une forte présence d'ingénieurs français et européens. Leur présence favorise ainsi le développement des activités et des emplois de services sur le littoral en dehors du tourisme. C'est aussi une vitrine de la haute technologie française et européenne sur le continent américain.

CHAPITRE 13

La France et l'Union européenne

1 L'Union européenne, un nouveau territoire de référence et d'appartenance

De quoi s'agit-il ? La construction européenne a fait de l'UE un territoire original, un nouveau territoire d'appartenance et de référence pour les populations européennes. Quelles en sont les caractéristiques ?

1 Un territoire en construction

- Depuis la création de la CEE en 1957, puis de l'UE en 1992, l'Union n'a cessé de s'élargir (**Doc.**). Si un État désire adhérer à l'UE, il doit remplir des conditions : être une démocratie et respecter les droits de l'Homme, par exemple le respect des minorités ; mettre en place une économie de marché capable de faire face à la concurrence ; s'adapter aux lois européennes.
- Depuis 1992, le processus d'élargissement s'est poursuivi : plusieurs États ont ainsi le statut de candidats officiels (Turquie, Macédoine, Islande et Monténégro), et trois ont entamé les négociations officielles d'adhésion. Malgré les crises politique et économique, l'UE reste un espace attractif.

2 Une Union qui rapproche ses États membres

- Depuis le traité de Rome en 1957, l'UE est devenue un vaste marché unique au sein duquel les marchandises circulent librement sans avoir à payer de droits de douane. La création d'une monnaie unique (l'euro), adoptée par 19 des États membres de l'UE, a facilité cette unification économique.
- La circulation des personnes est également facilitée par les accords de Schengen (1985) : les citoyens des 26 États signataires (dont quatre États qui ne font pas partie de l'UE) peuvent circuler librement d'un pays à l'autre.

3 Une Union à plusieurs vitesses

Les conséquences du Brexit

- Pourtant, plus le nombre d'États membres est important, plus l'unanimité en faveur d'un projet est difficile à obtenir. Par exemple le Royaume-Uni, l'Irlande ou la Suède n'ont pas souhaité adopter l'euro. De même, le Royaume-Uni n'est pas non plus intégré dans l'espace Schengen (**Doc.**).
- De plus, la crise financière et économique en Europe a touché de plein fouet certains États membres de l'UE comme la Grèce ou l'Espagne. L'éclatement de l'Union est apparu pour la première fois comme un risque réel. L'Union européenne semble donc aujourd'hui un peu en panne.

Doc. Les territoires de l'UE

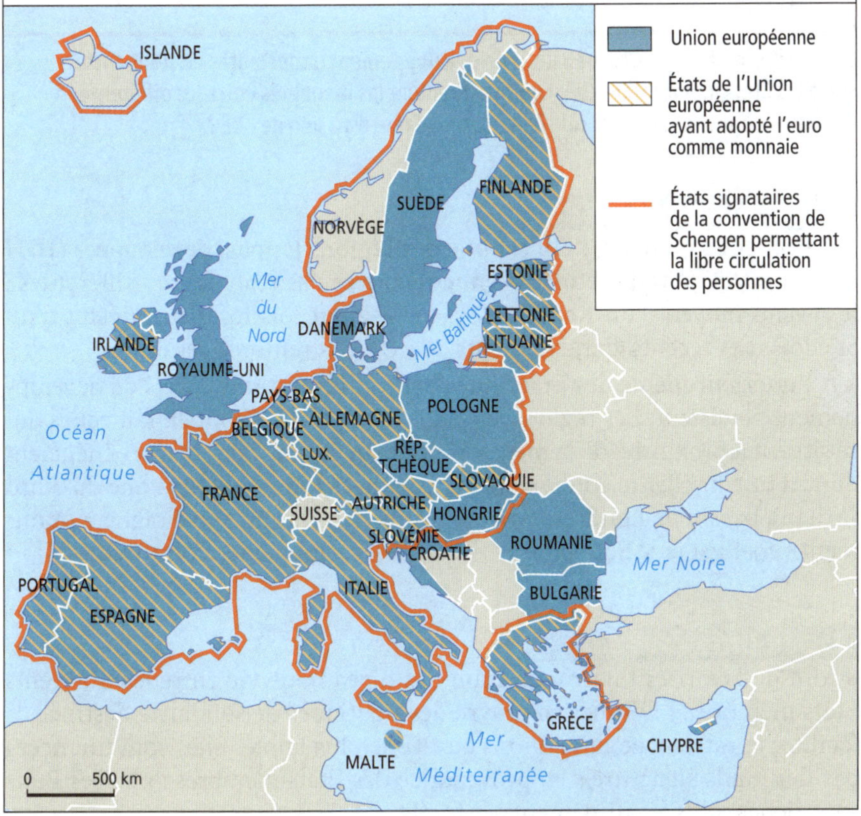

Vocabulaire

Respect des minorités : respect du droit de certains groupes minoritaires dans les États membres (groupes ethniques ou religieux, homosexuels…).

Lois européennes : règlements et directives que doivent respecter les États membres de l'UE.

Droits de douane : taxes prélevées lors du passage d'une frontière par une marchandise.

Accords de Schengen : signés en 1985, ils permettent la libre circulation des personnes entre pays signataires.

Unanimité : décision prise par tous les membres d'un groupe.

Notions-clés

CEE : voir p 93.

Élargissement : agrandissement de l'UE par l'intégration de nouveaux pays membres.

Économie de marché : système économique fondé sur l'offre et la demande libre des marchandises.

Espace attractif : espace qui attire des populations, des capitaux et des biens.

Risque : danger auquel les hommes sont soumis.

2 La cohésion au sein de l'UE et le rôle de la France

De quoi s'agit-il ? **Des inégalités de développement importantes existent encore entre les États membres de l'UE. Comment réduire les inégalités entre les différentes régions européennes et quel rôle peut jouer la France au sein de l'UE ?**

1 Les contrastes de l'UE

- À l'échelle mondiale, l'UE est une des régions les plus développées (IDH moyen : 0,937). Mais cette moyenne recouvre des réalités très différentes : le revenu moyen d'un Roumain est ainsi vingt fois inférieur à celui d'un Suédois. Les récents élargissements de l'UE ont renforcé ces écarts.
- À l'intérieur même des États européens, d'importants écarts de développement persistent. Les régions les plus riches de l'UE sont en fait celles qui se situent à proximité de la mégalopole européenne (**Doc.**) et qui bénéficient donc d'une meilleure connexion aux échanges mondialisés : Italie du Nord (Milan), bassin de Londres, Bavière (Munich). Plus on s'en éloigne, notamment vers l'Est et le Sud, plus le niveau de développement diminue.

2 Une Union solidaire

- Afin de favoriser l'harmonisation des niveaux de vie entre les différents États membres, l'UE met en œuvre des politiques de solidarité destinées à faciliter le rattrapage des régions au PIB le plus faible. Elles sont financées par des fonds structurels en provenance des États membres : plus les États sont riches, plus ils alimentent ces fonds.
- Ces fonds structurels sont accordés aux régions (et non aux États) qui en font la demande et les régions transfrontalières, dans le cadre de la coopération transfrontalière européenne, sont particulièrement concernées.

3 La place de la France dans l'UE

- Signataire et inspiratrice du traité de Rome, la France est un des membres fondateurs du projet européen. Elle se situe au deuxième rang à la fois pour sa participation au budget de l'UE et pour les aides qu'elle perçoit. Son économie est très liée à celle de l'UE : 60 % des exportations françaises sont destinées aux autres États membres.
- Mais les élargissements vers l'Est ont renforcé la mégalopole européenne à laquelle la France n'est rattachée qu'en partie (**Doc.**). La France semble ainsi être un « finisterre » de l'UE et les régions situées à l'ouest et au sud du pays sont exposées à des risques de marginalisation (**Doc.**).

Doc. La situation de la France en Europe

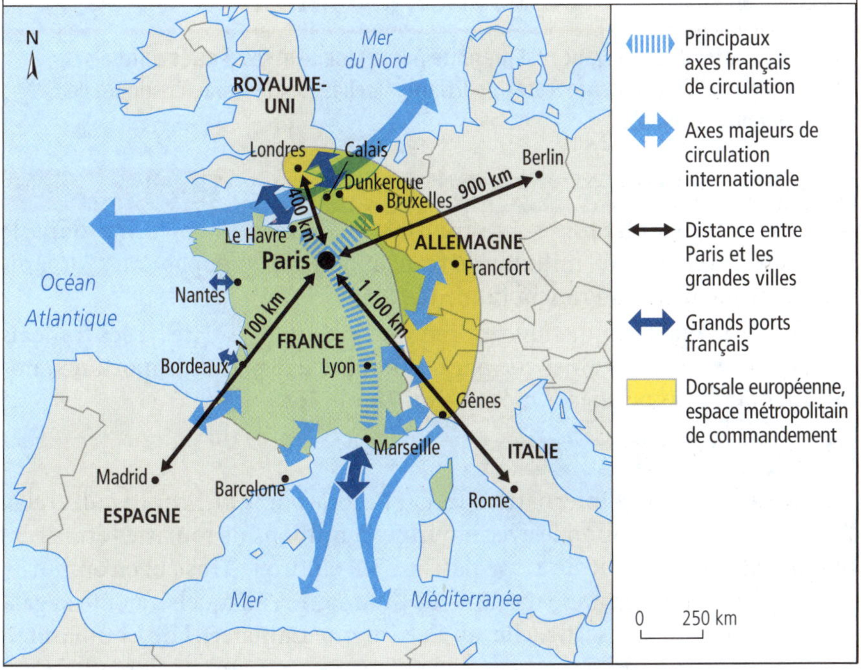

Vocabulaire

Élargissements : voir p. 191.

PIB : produit intérieur brut. Mesure la richesse d'un territoire.

Fonds structurels : aides financières accordées par l'UE aux régions des États membres selon leur niveau de développement.

Finisterre : extrémité d'un continent située à l'écart des lieux d'activités majeurs.

Marginalisation : mise à l'écart progressive.

Notions-clés

IDH : Indice de développement humain. Mesure le niveau de développement d'un État en s'appuyant sur l'espérance de vie, le taux d'alphabétisation et le revenu par habitant. Compris entre 0 et 1, plus il est proche de 1, plus le niveau de vie est élevé.

Mégalopole européenne : ensemble de métropoles comprises entre Londres et Milan qui concentre une forte densité de population et de richesse.

Coopération transfrontalière européenne : ensemble des politiques de l'UE ayant pour objectif le développement des liens entre les territoires et les populations séparés par une frontière d'État.

Traité de Rome : voir p. 93.

3 La France, une puissance moyenne

De quoi s'agit-il ? **La France est présente par sa langue et ses centres culturels sur toute la planète. Son influence reste importante. Quelles sont les caractéristiques de cette influence mondiale ?**

1 La présence française dans le monde

La France dans le monde

- Au-delà de ses territoires ultramarins, la France est présente dans le monde à travers les 200 millions de francophones, regroupés dans l'organisation mondiale de la Francophonie (**Doc.**).
- Ce rayonnement linguistique est renforcé par un réseau de lycées français et de centres culturels ainsi que par un nombre d'expatriés importants, notamment en Europe et en Amérique du Nord (**Doc.**).

2 Une puissance culturelle

- Grâce à sa présence internationale, la France est une puissance culturelle. Pays le plus visité au monde avec environ 75 millions de touristes étrangers par an, elle s'appuie sur un riche patrimoine culturel. Ainsi, elle compte 35 sites inscrits au Patrimoine mondial de l'humanité, auxquels s'ajoute la gastronomie française inscrite, elle, au Patrimoine immatériel de l'humanité.
- Son cinéma et sa littérature connaissent aussi une diffusion mondiale.

3 Une puissance militaire et diplomatique discutée

- L'influence de la France est aussi militaire et diplomatique. Elle est un des cinq membres permanents au Conseil de sécurité de l'ONU et fait partie du G20. Elle possède l'arme nucléaire et son armée, la plus importante de l'UE, intervient régulièrement à l'étranger, comme en Afghanistan ou au Mali.
- Mais elle ne peut agir que dans le cadre de ses alliances avec l'OTAN ou avec l'UE et sa capacité d'influence reste faible en dehors de l'UE. Face aux États-Unis ou aux puissances émergentes comme la Chine, sa voix n'est que peu entendue.

4 Une puissance économique limitée

- Le poids économique de la France dans le monde est réel : 6e PIB au monde, ses FTN sont présentes dans de nombreux pays et figurent parmi les plus puissantes dans leurs secteurs. C'est aussi une puissance agricole.
- Mais elle est désormais fortement concurrencée dans de nombreux domaines, notamment industriels, par ses voisins européens et par les pays émergents. Son économie est de plus en plus dépendante de celle de l'UE avec qui elle réalise les deux tiers de ses échanges.

Doc. La présence française dans le monde

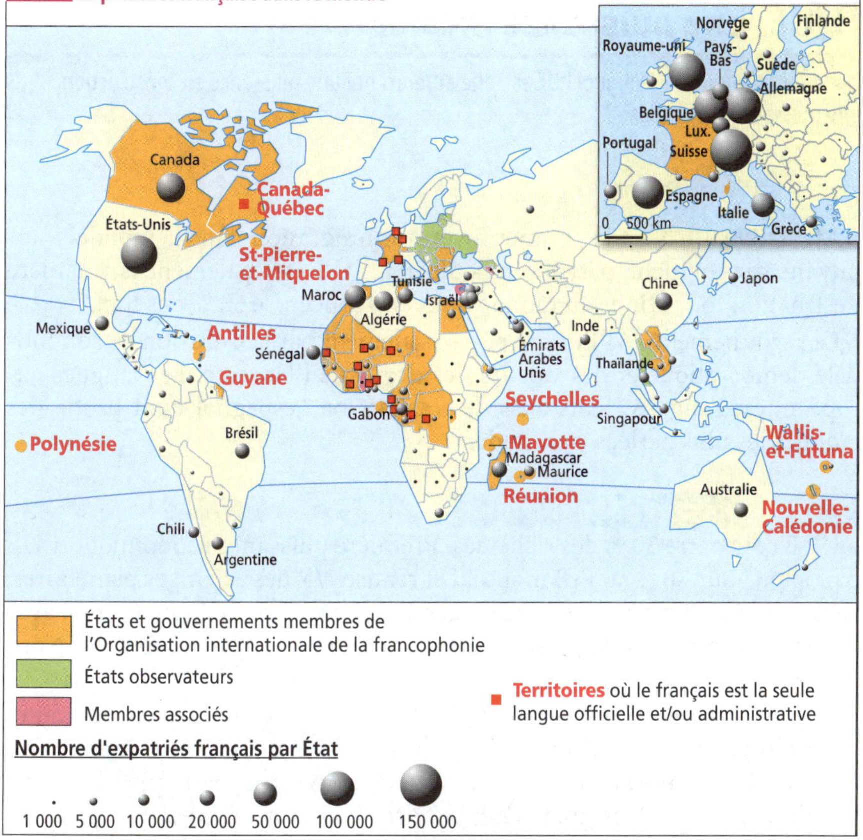

Vocabulaire

Territoires ultramarins : territoires français en dehors de l'Europe.

Expatrié : personne vivant en dehors de son pays pour des raisons professionnelles.

G20 : groupe formé par les 20 États les plus riches et les plus développés du monde.

Puissances émergentes : voir p. 95.

FTN : firmes transnationales, grandes entreprises présentes dans au moins 5 pays différents par la production et la commercialisation de ses produits.

Notions-clés

Francophonie : ensemble des personnes et des États utilisant le français.

Puissance : capacité d'un État à exercer une influence politique, économique ou culturelle au-delà de ses frontières.

Patrimoine mondial de l'humanité : liste des sites établis par l'Unesco destinée à préserver des biens culturels ou naturels d'importance mondiale.

Influence : capacité d'un État à attirer les flux vers lui ou à exercer des pressions sur d'autres États.

Conseil de sécurité de l'ONU : instance de décision de l'ONU composée notamment de 5 membres permanents disposant d'un droit de veto.

OTAN : voir p. 79.

4 L'UE, une puissance incomplète

De quoi s'agit-il ? En quoi l'UE est-elle aujourd'hui une puissance en construction, une puissance incomplète ?

1 Un espace attractif

• Attractive, l'UE est le premier foyer d'immigration dans le monde. S'appuyant sur un riche patrimoine culturel, l'UE est également la première destination touristique au monde dont elle concentre 60 % des flux.

• Le rayonnement de l'Europe passe également par la diffusion de son modèle démocratique et des valeurs des droits de l'Homme. Les langues européennes, l'anglais, mais aussi le français ou l'espagnol, font partie des langues les plus parlées au monde.

2 Une puissance économique majeure

• L'UE concentre 30 % des richesses. Première puissance économique, l'UE participe pour 28 % au PIB mondial et réalise 1/5e des échanges planétaires, surtout grâce aux nombreux échanges à l'intérieur de l'UE, mais aussi avec les deux autres aires de puissance mondiale que sont l'Amérique du Nord et l'Asie de l'Est.

• Sa puissance économique s'appuie d'abord sur les industries de hautes technologies, comme Airbus, héritières d'une longue tradition industrielle. Mais l'UE s'appuie surtout sur un secteur tertiaire dynamique : l'Europe reste une grande place financière, Londres faisant partie des trois plus importantes bourses au monde après celle de New York et de Tokyo.

• L'UE a également créé, avec l'euro, l'une des monnaies les plus solides au monde. Ce dynamisme s'accompagne du développement de la mégalopole européenne animée par des métropoles mondiales (Londres, Paris) et des ZIP très actives (Rotterdam).

3 Une puissance militaire et diplomatique en construction

• C'est au niveau diplomatique et militaire que la puissance de l'UE est la plus limitée (**Doc.**). Contrairement aux États-Unis, l'UE peine à imposer ses idées et à parler d'une seule voix sur la scène internationale d'autant plus qu'elle est souvent divisée lors des crises internationales.

• Les États européens interviennent ainsi le plus souvent en leur nom propre, plutôt qu'après une concertation de l'UE.

Doc. **Caricature de Ruben Oppenheimer (Pays-Bas), parue dans *Courrier International*, le 20 novembre 2009**

Vocabulaire

Attractif : qui attire la population et les capitaux.

Immigration : installation dans un pays.

Patrimoine culturel : voir p. 167.

Flux touristiques : déplacements de populations pour leurs loisirs.

Droits de l'Homme : droits et libertés individuelles.

PIB : voir p. 193.

Notions-clés

Secteur tertiaire : secteur d'activités regroupant tous les services à la personne ou aux entreprises.

Place financière : territoire qui accueille de nombreuses banques internationales et des bourses influentes.

Mégalopole : voir p. 157.

Métropoles mondiales : grandes villes possédant une influence mondiale.

Diplomatique : qui relève des relations entre États.

RÉVISION EXPRESS

LE CROQUIS IMPORTANT

L'organisation de l'espace européen

1. Des espaces inégalement intégrés dans l'UE à 28

- Régions métropolitaines centrales (mégalopole européenne)
- Périphéries dynamiques développées, solidement intégrées au centre
- Périphéries anciennes à développement rapide
- Nouvelles périphéries à développer

2. Les réseaux et les villes

- Métropole de rang mondial
- Métropole de rang européen
- Principaux axes d'échanges et de développement terrestre
- Principaux axes d'échanges maritimes

3. Un espace attractif

- Migrations économiques
- Flux d'investissement étrangers
- Délocalisations intra-européennes

LES POINTS IMPORTANTS À RETENIR

Influence culturelle, capacité d'attraction	Puissance économique	Puissance diplomatique et militaire
France – Forte influence – Importance de la Francophonie dans le monde – 1er pays visité au monde – Patrimoine reconnu mondialement **Union européenne** – Forte influence – 1er foyer d'immigration au monde – 1re destination touristique – Modèle démocratique européen fondé sur les droits de l'Homme	**France** – Puissance limitée – 6e PIB mondial – FTN importantes dans de nombreux domaines – Solde des échanges commerciaux déficitaires – Concurrences des pays émergents **Union européenne** – Puissance forte – 8 % de la population mondiale pour 30 % des richesses – Puissance industrielle – Puissance tertiaire et financière – 40 % du commerce mondial	**France** – Puissance limitée – Un siège au Conseil de sécurité de l'ONU comme membre permanent – Arme nucléaire – 1re armée de l'UE – Respect des alliances de l'OTAN et de l'UE. **Union européenne** – Puissance en construction – Pas de défense commune – Pas d'armée – Pas de siège au Conseil de sécurité : une présence sur la scène internationale faible

Quiz

1. Tous les pays de l'UE ont l'euro pour monnaie.
☐ vrai ☐ faux

2. Combien de pays sont membres de l'UE en 2015 ?
☐ 25 ☐ 27 ☐ 28

3. Une région française peut percevoir des aides de l'UE.
☐ vrai ☐ faux

4. L'UE est une puissance :
☐ commerciale
☐ tertiaire
☐ diplomatique

5. La mégalopole européenne est :
☐ la plus grande ville d'Europe
☐ une très grande ville
☐ un ensemble de très grandes villes

→ Réponses p. 206

Lire une carte par anamorphose

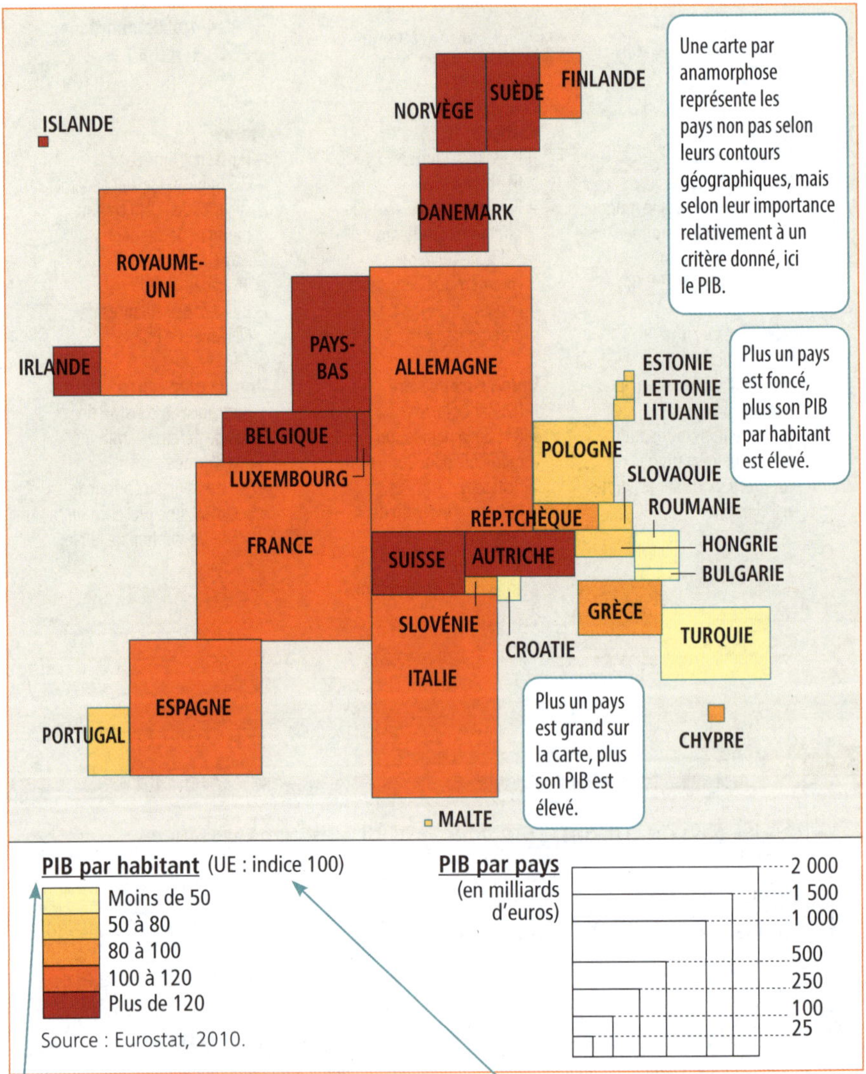

Source : Eurostat, 2010.

Une carte par anamorphose représente les pays non pas selon leurs contours géographiques, mais selon leur importance relativement à un critère donné, ici le PIB.

Plus un pays est foncé, plus son PIB par habitant est élevé.

Plus un pays est grand sur la carte, plus son PIB est élevé.

On l'obtient en divisant le PIB par le nombre d'habitants d'un pays. Cela permet de rapporter la richesse d'un État à sa population et donne donc une meilleure idée du niveau de vie de celle-ci.

L'indice 100 correspond au PIB moyen de l'ensemble des pays étudiés. Ceux qui sont en dessous de 100 sont donc plus pauvres que la moyenne, ceux qui sont au-dessus plus riches.

QUESTIONS

1. Dans quelles parties de l'Europe (Nord, Sud, Est ou Ouest) se trouvent les pays dont le PIB/hab. est le plus élevé ?

2. Quel est le pays le plus riche d'Europe ? Et le plus pauvre ?

3. Classez par ordre de PIB décroissant les pays suivants : Italie, Roumanie, Islande, Espagne et Turquie.

4. Classez les mêmes pays en fonction du PIB/hab. Le résultat est-il le même ? Comment l'expliquer ?

MÉTHODE

1. Repérer les différents éléments de la légende

▶ Dans la question 1, portant sur le PIB/habitant, seule la couleur des pays vous intéresse. Il faut repérer quelles parties de l'Europe sont les plus foncées.

2. Distinguer la taille des pays sur la carte

▶ La richesse d'un pays se mesurant à l'aide de son PIB, il ne faut vous intéresser dans la question 2 qu'à la taille des pays sur la carte. Lequel est le plus grand et donc le plus riche ? Lequel est le plus petit et donc le plus pauvre ?

3. Classer les pays par taille

▶ Là encore, seule la taille des pays est utile pour répondre à la question 3 : il faut les classer du plus grand au plus petit.

4. Classer les pays par couleur

▶ Dans la question 4, c'est la couleur des pays qui doit être prise en compte. Il faut les classer du plus foncé au plus clair. Vous devrez ensuite comparer vos résultats à ceux obtenus à la question précédente, et expliquer les éventuelles différences.

CORRIGÉ DES QUESTIONS

1. Les pays européens dont les habitants sont les plus riches sont ceux qui apparaissent en foncé sur cette carte. Ces **pays, dont le PIB/hab. est supérieur à la moyenne européenne** (indice 100) se situent principalement **à l'ouest et au nord de la zone**.

Piège à éviter

En Géographie, il faut toujours avoir un raisonnement lié à l'espace : ne vous contentez donc pas de citer les pays les plus riches, mais interrogez-vous sur leur situation géographique.

2. Le pays le plus riche d'Europe est l'Allemagne car c'est celui qui occupe le plus d'espace sur la carte, ce qui veut dire que son PIB est le plus important. **Le plus pauvre est Malte**, qui est à peine visible sur la carte.

Gagnez des points !

N'oubliez pas de justifier votre réponse à partir du document, même si vous connaissez la réponse sans avoir à le consulter. On cherche d'abord à évaluer votre capacité à lire la carte.

3. Par ordre décroissant, du plus riche au moins riche, on trouve **l'Italie, l'Espagne, la Turquie, la Roumanie et l'Islande**.

Gagnez des points !

Montrez que vous avez bien compris la question posée en précisant à quoi correspond l'ordre décroissant : ici, il désigne un classement qui va du plus riche au plus pauvre.

4. Si on s'intéresse au PIB/habitant, **l'ordre du classement change** : l'Islande arrive en tête, suivie par l'Espagne et l'Italie, la Roumanie et la Turquie arrivent en derniers. La différence entre les deux classements est saisissante : l'Islande qui est dernière en termes de PIB arrive première lorsqu'on regarde son PIB/hab. Ces variations s'expliquent par le fait que **le PIB d'un pays doit toujours être rapporté à sa population** : si deux pays ont un même PIB mais que l'un est deux fois plus peuplé que l'autre, le niveau de vie de leurs populations sera très différent. Le PIB/habitant est donc un critère plus fiable pour évaluer la richesse réelle d'un pays et le niveau de vie de sa population.

Gagnez des points !

N'hésitez pas à illustrer une démonstration abstraite par des exemples concrets qui montrent que vous avez compris la logique de ce que vous expliquez.

Vérification des connaissances

1 Expliquez ce que sont les fonds structurels de l'Union européenne.

2 Combien de pays ont adopté l'euro ? Citez cinq d'entre eux.

3 Pourquoi peut-on dire que la France est présente partout dans le monde ?

4 Quels sont les principaux critères pour adhérer à l'UE ?

5 Quelles sont les limites à la puissance de l'UE ?

Vers le brevet

QUESTIONS

1 En quoi l'espace Schengen modifie-t-il la vie des citoyens européens ?

2 Sur la carte ci-dessous, replacez les États européens suivants : Royaume-Uni, Pologne, Grèce, Finlande, Belgique et Italie.

3 Pourquoi peut-on dire que l'UE est une puissance culturelle ?

4 Sous la forme d'un développement construit d'une vingtaine de lignes, décrivez les principaux aspects de la puissance française dans le monde.

ÉTUDE DE DOCUMENT

Doc. **Inégalités économiques et sociales au sein de l'Union européenne**

Pays	Revenu RNB* par habitant pour l'année 2011 (en $)	Taux de mortalité des enfants de moins de 5 ans en 2009 (en ‰)
Luxembourg	50 557	3
Pays-Bas	36 402	4
Suède	35 837	3
Autriche	35 719	4
Allemagne	34 854	4
Danemark	34 347	4
Belgique	33 357	5
Royaume-Uni	33 296	6
Finlande	32 438	3
France	30 462	4
Irlande	29 322	4
Espagne	26 508	4
Italie	26 484	4
Slovénie	24 914	3
Chypre	24 841	4
Grèce	23 747	3
Malte	21 460	7
Rép. Tchèque	21 405	4
Portugal	20 573	4
Slovaquie	19 998	7
Pologne	17 451	7
Estonie	16 799	6
Hongrie	16 581	6
Lituanie	16 234	6
Lettonie	14 293	➠ 8
Bulgarie	11 412	10
Roumanie	11 046	12

Pays	Revenu RNB* par habitant pour l'année 2011 (en $)	Taux de mortalité des enfants de moins de 5 ans en 2009 (en ‰)
UE	27 916	5
Afrique	2 615	117
Amérique du Nord	42 241	8

* Revenu national brut.

PNUD, Indicateurs internationaux de développement humain (http://hdrstats.undp.org/fr/indicateurs).

1 Expliquez ce que signifie le chiffre « 8 » indiqué par la flèche.

2 Que peut-on dire du revenu moyen dans l'Union européenne par rapport au reste du monde ? Sans recopier les nombres du tableau, justifiez votre réponse à l'aide du document.

3 À partir des indicateurs du document, il est possible de partager le tableau des pays de l'Union européenne en trois catégories. Tracez sur le tableau deux lignes horizontales permettant de délimiter ces trois catégories. Justifiez votre choix.

Quiz

1. Faux : seuls 18 États membres de l'UE ont adopté l'euro.
2. 28 : depuis l'intégration de la Croatie le 23 janvier 2013.
3. Vrai.
4. Commerciale et tertiaire.
5. Un ensemble de très grandes villes.

Vérification des connaissances

1. Les fonds structurels sont des subventions versées par l'Union européenne à des régions des pays membres. Elles sont destinées à financer la réalisation de grands chantiers facilitant le rapprochement entre régions européennes (voie de chemin de fer, aéroport, pont, tunnel, etc.).

2. 18 pays ont adopté l'euro : l'Allemagne, l'Autriche, la Belgique, l'Espagne, l'Estonie, la Finlande, la France, la Grèce, l'Irlande, l'Italie, le Luxembourg, les Pays-Bas, le Portugal, la Slovénie, Chypre, Malte, la Slovaquie et la Lettonie.

3. La France est présente partout dans le monde, d'abord par l'intermédiaire de ses territoires ultramarins (DROM-COM) dispersés sur tous les continents, ensuite grâce aux nombreux pays francophones, héritiers de l'ancien empire colonial, qui font du français une des langues les plus parlées au monde avec 200 millions de francophones. Enfin, la France compte plus de 2 millions d'expatriés à travers le monde ; ses lycées français, ainsi que les Alliances françaises, contribuent à faire vivre la présence française dans les grandes métropoles mondiales.

4. Depuis la création de la CEE en 1957, puis de l'UE en 1992, l'Union n'a cessé de s'élargir pour passer à 28 États jusqu'en 2016. Ce processus d'élargissement se poursuit encore avec plusieurs États qui ont le statut de candidats officiels (Turquie, Macédoine, Monténégro). Pour être candidat à l'adhésion à l'Union européenne, il faut remplir des critères politiques : garantir le respect de la démocratie et des droits de l'Homme. Mais il existe aussi des critères économiques : posséder une économie de marché solide qui accepte la libre concurrence. Il faut enfin remplir des critères juridiques en promettant d'adapter sa législation à celle de l'UE.

5. Les limites à la puissance de l'UE sont d'abord des limites économiques. En effet, l'UE est de plus en plus directement concurrencée par les États-Unis et par l'émergence d'autres puissances comme la Chine. Cette concurrence se fait sentir dans les industries de pointe comme la robotique et l'informatique, mais aussi dans les productions culturelles de masse.

D'autre part, la construction européenne s'essouffle : certains pays, comme le Royaume-Uni, ont préféré ne pas adopter l'euro, d'autres encore refusent absolument l'adhésion de la Turquie, voire toute idée d'élargissement.

Mais c'est au niveau diplomatique et militaire que la puissance de l'UE est la plus limitée. Contrairement aux États-Unis, l'UE peine à imposer ses idées et à parler d'une seule voix sur la scène internationale. Sans politique étrangère et sans défense communes, sans véritable union politique, elle ne se fait que peu entendre, d'autant plus qu'elle est souvent divisée lors des crises internationales.

Vers le brevet

QUESTIONS

1 L'espace Schengen permet aux citoyens des pays qui en sont membres de circuler librement d'un pays à l'autre, sans avoir à subir un contrôle quotidien aux frontières. Cela modifie donc concrètement leur vie quotidienne.

2

3 L'UE est une puissance culturelle tout d'abord par le modèle démocratique qu'elle propose : tous les États de l'UE sont des pays démocratiques où les droits de l'Homme sont respectés. Par ailleurs, son patrimoine culturel et naturel lui permet d'accueillir un grand nombre de touristes internationaux (c'est la première destination touristique au monde). Les universités européennes accueillent également de nombreux étudiants étrangers, attirés par la culture du « vieux continent ». Enfin, les langues européennes comme l'anglais, le français ou l'espagnol font partie des langues les plus parlées sur la planète.

4 La puissance française a différents aspects. La France est d'abord une puissance culturelle, notamment grâce à son riche patrimoine historique et au rayonnement de sa culture artistique et gastronomique qui en fait la première destination touristique au monde. Cette puissance culturelle s'appuie aussi sur une présence mondiale grâce aux territoires d'Outre-mer et à la Francophonie.

La France est également une puissance diplomatique et militaire qui joue un rôle non négligeable sur la scène internationale. Son armée intervient partout dans le monde, notamment dans le cadre de l'ONU ou de l'OTAN. Elle fait partie de nombreuses organisations internationales, comme l'ONU, où elle siège de façon permanente au Conseil de sécurité et dispose d'un droit de veto.

Enfin la France est une puissance économique, grâce à ses nombreuses FTN (Danone, Carrefour, Total, etc.) et à son agriculture, performante au niveau européen comme au niveau mondial.

ÉTUDE DE DOCUMENT

1 Le chiffre 8 signifie qu'en Lettonie, en 2009, le taux de mortalité des enfants de moins de 5 ans est de 8 ‰. Cela revient à dire que sur 1 000 enfants lettons, huit meurent avant l'âge de 5 ans.

> **Gagnez des points !**
> Ne vous contentez pas de citer le chiffre, mais expliquez ce qu'il signifie concrètement.

2 Le revenu moyen par habitant en Europe est élevé. S'il est inférieur au revenu moyen en Amérique du Nord, il est plus de 10 fois supérieur au revenu moyen par habitant en Afrique.

> **Gagnez des points !**
> Faites un calcul rapide pour donner un ordre de grandeur du revenu moyen européen par rapport à celui de l'Afrique.

3 La première partie du tableau est constituée globalement par les pays les plus riches de l'UE, plutôt situés à l'ouest de l'Europe, dont les revenus par habitant sont supérieurs à 30 000 euros et dont le taux de mortalité des enfants de moins de 5 ans est inférieur à la moyenne (5 ‰).

La seconde partie regroupe les pays dont les revenus tournent autour de la moyenne européenne de 27 916 euros, avec une mortalité des enfants de moins de 5 ans inférieure à la moyenne.

Le dernier groupe est constitué des pays dont les revenus sont largement inférieurs à la moyenne européenne et où la mortalité des enfants est élevée. Ces pays sont majoritairement situés à l'est de l'Europe.

Gagnez des points !

Servez-vous du revenu moyen dans l'UE et du chiffre moyen de mortalité des enfants de moins de 5 ans pour partager le tableau en trois catégories de pays.

Pays	Revenu RNB* par habitant pour l'année 2011 (en $)	Taux de mortalité des enfants de moins de 5 ans en 2009 (en ‰)
Luxembourg	50 557	3
Pays-Bas	36 402	4
Suède	35 837	3
Autriche	35 719	4
Allemagne	34 854	4
Danemark	34 347	4
Belgique	33 357	5
Royaume-Uni	33 296	6
Finlande	32 438	3
France	30 462	4
Irlande	29 322	4
Espagne	26 508	4
Italie	26 484	4
Slovénie	24 914	3
Chypre	24 841	4
Grèce	23 747	3

Pays	Revenu RNB* par habitant pour l'année 2011 (en $)	Taux de mortalité des enfants de moins de 5 ans en 2009 (en ‰)
Malte	21 460	7
Rép. Tchèque	21 405	4
Portugal	20 573	4
Slovaquie	19 998	7
Pologne	17 451	7
Estonie	16 799	6
Hongrie	16 581	6
Lituanie	16 234	6
Lettonie	14 293	➡ 8
Bulgarie	11 412	10
Roumanie	11 046	12
UE	27 916	5
Afrique	2 615	117
Amérique du Nord	42 241	8

* Revenu national brut.

PNUD, Indicateurs internationaux de développement humain (http://hdrstats.undp.org/fr/indicateurs).

PARTIE 3 Enseignement moral et civique

CHAPITRE

14 La République et la citoyenneté

1 Valeurs, principes et symboles de la République

De quoi s'agit-il ? **La citoyenneté française s'inscrit dans un cadre républicain et démocratique. Quels principes et quelles valeurs définissent notre régime politique ?**

1 Les fondements de la République

- En 1792, la France devient pour la première fois une République, suite à la chute de la monarchie. Plusieurs régimes républicains se succèdent aux XIXe et XXe siècles, chacun apportant de nouvelles valeurs et de nouveaux principes : suffrage universel et abolition de l'esclavage en 1848, laïcité en 1905 avec la loi de séparation de l'Église et de l'État, droit de vote des femmes et Sécurité sociale en 1944, etc.
- En 1958, est adoptée une nouvelle Constitution qui définit la Ve République comme « indivisible, laïque, démocratique et sociale ». Les valeurs républicaines sont réunies dans la devise « Liberté, Égalité, Fraternité » (**Doc.**).
- Pour la représenter, la République française s'est choisi des symboles hérités de la Révolution française, comme la date du 14 juillet ou l'effigie de Marianne. De même le français, seule langue nationale, parvient à souder et à unir la nation sous la IIIe République.

2 Une démocratie européenne

- Comme tous les pays de l'Union européenne, la République française est une démocratie. En tant que telle, elle s'engage à respecter les valeurs des droits de l'Homme et les libertés fondamentales définis dès 1789 par la Déclaration des droits de l'Homme et du citoyen et repris par la Convention européenne du Conseil de l'Europe en 1950.
- En Europe, tous les États sont démocratiques, mais tous ne sont pas des républiques. Il existe de nombreuses monarchies parlementaires comme le Royaume-Uni ou l'Espagne. De la même manière que la République française, ces pays partagent des principes tels que la souveraineté de la nation par l'élection au suffrage universel des représentants politiques, la pluralité politique, la règle de la majorité, la séparation des pouvoirs et la mise en place de voies de recours contre les excès de pouvoir.

Doc. Extraits de la Constitution de 1958

Préambule Article 1

La France est une République indivisible, laïque, démocratique et sociale. Elle assure l'égalité devant la loi de tous les citoyens sans distinction de race ou de religion. Elle respecte toutes les croyances.

Titre Premier – De la Souveraineté Article 2

La langue de la République est le français.

L'emblème national est le drapeau tricolore bleu, blanc, rouge.

L'hymne national est la Marseillaise.

La devise de la République est « Liberté, Égalité, Fraternité ».

Son principe est : « gouvernement du peuple, par le peuple, pour le peuple ».

> Neutralité en matière de religion. L'État ne favorise aucune religion et assure l'égalité de tous quelle que soit leur religion.

> La nation ne doit pas être constituée de communautés séparées.

> La République est au service du peuple et doit en particulier aider les plus défavorisés.

> Ces couleurs ont été adoptées en 1789 : on adjoint aux couleurs de Paris (bleu et rouge) celle de la monarchie (blanc).

> Les langues locales et les dialectes peuvent être enseignés et pratiqués, mais seul le français est la langue qui unit toute la nation.

> C'est la définition de la démocratie : le pouvoir appartient au peuple, qui vote et fait des lois pour se gouverner.

Vocabulaire

Constitution : voir p. 107.

Monarchie parlementaire : régime politique dans lequel le chef de l'État est un roi ou une reine, mais où le pouvoir est détenu par un Parlement élu par le peuple.

Pluralité (ou pluralisme) politique : principe démocratique selon lequel plusieurs opinions et partis politiques coexistent.

Règle de la majorité : principe démocratique selon lequel les représentants sont choisis par la majorité des citoyens.

Séparation des pouvoirs : principe démocratique selon lequel les pouvoirs exécutif, législatif et judiciaire ne doivent pas être détenus par la même personne ou le même groupe de personnes.

Notions-clés

République : régime politique qui s'oppose à la monarchie, car le pouvoir y est détenu par les représentants des citoyens.

Principe : loi générale.

Suffrage universel : élection à laquelle tous les citoyens peuvent participer.

Valeur : principe moral.

Démocratie : régime politique dans lequel le peuple exerce le pouvoir en votant. Elle est fondée sur le respect des droits de l'Homme.

Nation : peuple appartenant à un même État.

2 Nationalité, citoyenneté française et européenne

De quoi s'agit-il ? La République française est une communauté de citoyens. Qui sont-ils et comment exercent-ils leur citoyenneté sur le territoire national et dans le cadre de l'UE ?

1 La citoyenneté française et européenne

Nationalité et citoyenneté

- Pour être citoyen français, il faut avoir la nationalité française. On peut être français dès la naissance si l'un des deux parents est français : c'est le « droit du sang ». On a aussi la nationalité française si l'on est né en France : c'est le « droit du sol » (**Doc.**). Enfin, on peut demander à obtenir cette nationalité par naturalisation.
- Être citoyen signifie d'abord détenir une part de la souveraineté nationale, c'est-à-dire avoir le droit de voter. Aujourd'hui, tous les Français ont le droit de vote et d'éligibilité aux différentes élections locales, nationales et européennes, ainsi qu'aux référendums. D'après la Constitution de la Ve République, sont électeurs « tous les nationaux français majeurs, des deux sexes, jouissant de leurs droits civils et politiques », c'est-à-dire n'en ayant pas été privés par la justice.

2 Nationalité et citoyenneté européenne

- Depuis le traité de Maastricht en 1992, tout citoyen français est également citoyen européen ce qui lui permet, entre autres, de circuler et de séjourner librement dans l'Union européenne.
- Cette citoyenneté européenne lui donne aussi des droits politiques, notamment celui de voter et d'être éligible aux élections municipales et aux élections européennes du pays de l'UE dans lequel il réside.

3 Droits et devoirs des citoyens français

- Les Français ont des droits liés à leur citoyenneté, comme celui d'accéder à la fonction publique. En retour de ces droits, les citoyens français doivent participer au service national universel.
- Les autres droits civils, économiques et sociaux, tels que la liberté d'expression ou le droit à la protection sociale, ne sont pas liés à la nationalité française et concernent tous les habitants installés sur le territoire français.
- De même, tout le monde doit respecter la loi et participer à la vie collective en payant des impôts. Par ailleurs, on a le devoir moral de faire preuve de civisme, par exemple en s'engageant dans une association humanitaire.

Doc. Acquérir la nationalité française

– Par filiation (droit du sang)

Est français l'enfant dont l'un des parents au moins est français au moment de sa naissance. […]

– En raison de la naissance et de la résidence en France (par le droit du sol) :

Tout enfant né en France de parents étrangers acquiert la nationalité française à sa majorité si, à cette date, il a en France sa résidence et s'il a eu sa résidence habituelle en France pendant une période continue ou discontinue d'au moins cinq ans, depuis l'âge de onze ans. Une faculté de décliner la nationalité française dans les six mois qui précèdent sa majorité ou dans les douze mois qui la suivent, de même que l'acquisition anticipée par déclaration à partir de l'âge de seize ans, sous certaines conditions, sont également prévues. Enfin, la nationalité française peut être réclamée, sous certaines conditions, au nom de l'enfant mineur né en France de parents étrangers, à partir de l'âge de treize ans et avec son consentement personnel (article 21-11 du Code civil).

D'après *www.diplomatie.gouv.fr*

> Cela ne concerne donc que ceux qui ont des parents étrangers et qui sont nés en France.

> Être né en France ne suffit donc pas pour devenir automatiquement français à 18 ans, il faut aussi y vivre cinq ans avant sa majorité. Pour le prouver, les documents nécessaires sont un extrait d'acte de naissance et une preuve de résidence en France comme un justificatif de domicile ou des bulletins scolaires.

Vocabulaire

Éligibilité : possibilité donnée au citoyen de se présenter à une élection et d'être élu.

Constitution de la Ve République : loi fondamentale qui définit l'organisation de la République française depuis 1958.

Traité de Maastricht : traité signé en 1992 donnant naissance à l'Union européenne.

Union européenne : alliance économique et politique comptant aujourd'hui 28 États.

Fonction publique : administration composée de fonctionnaires.

Service national universel : voir p. 245.

Notions-clés

Citoyen : personne qui jouit des droits civils et politiques à l'intérieur d'un État.

Nationalité : lien qui rattache un individu à un État.

Naturalisation : fait d'accorder la nationalité à un étranger.

Souveraineté nationale : principe selon lequel le peuple est souverain, c'est-à-dire exerce son pouvoir en élisant ses représentants.

Citoyenneté : fait d'être citoyen, lié à des droits et des devoirs.

Civisme : respect d'autrui et de la vie en collectivité.

3 Des valeurs et des principes pour vivre ensemble

De quoi s'agit-il ? Les valeurs et les principes républicains nous font vivre ensemble. Comment permettent-ils une cohésion nationale, malgré la grande diversité de notre société ?

1 Respecter autrui

- Dès 1789, la Déclaration des droits de l'Homme et du citoyen affirme que les êtres humains « naissent et demeurent libres et égaux en droits ». L'égalité devient ensuite un principe fondateur de la république. Dès 1792, elle fait partie de sa devise.
- Cependant la IIIe République a dû faire face à la montée de l'antisémitisme (Affaire Dreyfus en 1894, statut des Juifs et déportation par la France de Vichy de 1941 à 1944) et du racisme amplifié par la colonisation (code de l'indigénat en Algérie par exemple). De même le sexisme a longtemps empêché les femmes d'accéder à l'égalité malgré leur mobilisation dès les premiers temps de la République. Olympe de Gouges est ainsi guillotinée en 1793 pour avoir réclamé un statut de citoyenne égal à celui des hommes.
- Aujourd'hui, la République se mobilise pour que l'égalité progresse et que la diversité, l'identité personnelle de chacun soit acceptée. La loi est désormais la même pour tous et les discriminations sont sanctionnées par la loi de 2001 qui définit 18 motifs de discrimination (**Doc. 1**). De plus, une autorité indépendante, le Défenseur des droits est chargé du combat contre les inégalités, il peut être saisi par toute personne victime de discriminations.

2 L'exercice de la laïcité

La laïcité

- Les premiers temps de la République sont marqués par une forte opposition du pape et de certains catholiques aux idéaux et aux principes de la Révolution. Cette confrontation permanente donne l'idée aux républicains de vouloir séparer le domaine politique et le domaine religieux. Ce qui amène à la loi de 1905 sur la séparation des Églises et de l'État qui institue le principe de la laïcité dans notre pays. Dès lors, la République assure la liberté de conscience, garantit le libre exercice des cultes mais reste neutre en matière de religion. Elle ne reconnait ni ne subventionne aucun culte.
- C'est l'école, gratuite, laïque et obligatoire qui devient le lieu de l'apprentissage de la tolérance et du respect pour les croyances de plus en plus diverses que l'on trouve en France. La laïcité à l'école est rappelée par la loi de 2004 qui interdit le port ostentatoire de tenues ou de signes religieux à l'école puis par la charte de la laïcité (2013) affichée dans tous les établissements (**Doc. 2**).

Doc. 1 **Loi contre les discriminations et pour l'égalité**

Constitue une discrimination toute distinction opérée entre les personnes physiques à raison de l'origine, du sexe, de la situation de famille, de l'apparence physique, du patronyme, du lieu de résidence, de l'état de santé, du handicap, des caractéristiques génétiques, des mœurs, de l'orientation ou identité sexuelle, de l'âge, des opinions politiques, des activités syndicales, de l'appartenance ou de la non-appartenance, vraie ou supposée à une ethnie, une nation, une race ou une religion déterminée. [...]

Extrait de l'article 225 du code pénal.

Doc. 2 **Extraits de la Charte de la laïcité à l'école**

Art. 6 La Laïcité de l'École offre aux élèves les conditions pour forger leur personnalité, exercer leur libre arbitre et faire l'apprentissage de la citoyenneté. Elle les protège de tout prosélytisme et de toute pression qui les empêcheraient de faire leurs propres choix.

Art. 7 La laïcité assure aux élèves l'accès à une culture commune et partagée.

Art. 12 Les enseignements sont laïques. Afin de garantir aux élèves l'ouverture la plus objective possible à la diversité des visions du monde ainsi qu'à l'étendue et à la précision des savoirs, aucun sujet n'est a priori exclu du questionnement scientifique et pédagogique.
Aucun élève ne peut invoquer une conviction religieuse ou politique pour contester à un enseignant le droit de traiter une question au programme.

Vocabulaire

Discrimination : fait de refuser un droit ou un service à une personne en raison de son identité personnelle.

Laïcité : principe selon lequel l'État est neutre en matière de religion.

Ostentatoire : qui veut être vu, remarqué.

Notions-clés

Antisémitisme : haine, rejet des Juifs.

Racisme : attitude de ceux qui méprisent des personnes en raison de leur origine, de leur appartenance à une « race » supposée.

Sexisme : comportement de ceux qui pensent que les hommes sont supérieurs aux femmes.

Liberté de conscience : liberté de choisir et de pratiquer sa religion mais aussi liberté de croire ou de ne pas croire.

RÉVISION EXPRESS

LES POINTS IMPORTANTS À RETENIR

Citoyenneté

Conditions

- nationalité
- majorité
- jouissance des droits civils et politiques

qui supposent

Des droits

- droit de vote et d'éligibilité
- majorité civile, matrimoniale et pénale
- droits civils, civiques, en justice (jurés, témoignage, etc.)

Des devoirs

- service national

\+

d'autres droits et devoirs s'appliquant à tous les habitants de la **France, République indivisible, laïque, démocratique et sociale**

Droits

- droits d'opinion, d'expression et de croyance
- droits sociaux et culturels (droit au travail, à la santé, au chômage, aux loisirs, à l'éducation, etc.)

Devoirs

- respect de la loi
- payer des impôts
- fraternité et solidarité
- civisme
- engagement associatif

LES DATES IMPORTANTES

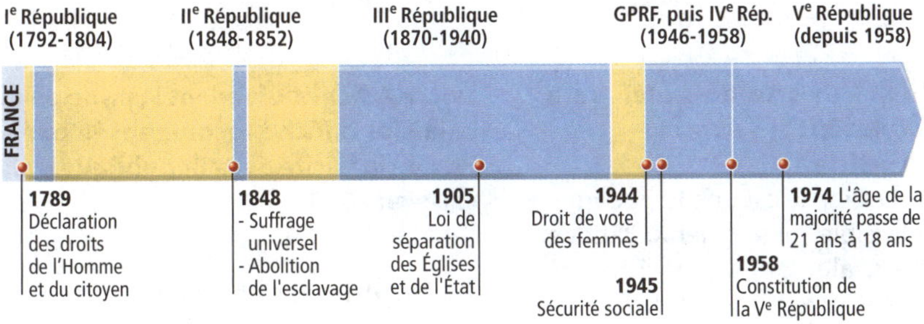

LES MOTS IMPORTANTS

- antisémitisme
- démocratie
- citoyen
- civisme
- constitution de la Ve République
- discrimination
- droits de l'Homme
- laïcite
- liberté de conscience
- nationalité
- naturalisation
- traité de Maastricht
- séparation des pouvoirs
- pluralité (ou pluralisme) politique
- principes et valeurs de la République
- racisme
- règle de la majorité
- service universel
- sexisme
- souveraineté nationale
- suffrage universel
- Union européenne

Quiz

1. La Ire République française date de :
☐ 1789 ☐ 1792 ☐ 1848

2. Une République est toujours démocratique.
☐ vrai ☐ faux

3. Parmi ces propositions, cochez celles qui sont exactes :
☐ le Royaume-Uni est une République
☐ le Royaume-Uni est une démocratie
☐ le Royaume-Uni est une monarchie parlementaire

4. Trouvez l'intrus dans les propositions suivantes :
L'article Ier de la Constitution française de 1958 affirme que la République française est :
☐ indivisible ☐ laïque
☐ égalitaire ☐ démocratique
☐ sociale

→ **Réponses p. 225**

Répondre à une situaiton pratique en EMC

L'exercice de la laïcité

Doc. 1 Charte de la laïcité à l'École (2013)

Article 1

La France est une République indivisible, laïque, démocratique et sociale. Elle assure l'égalité devant la loi, sur l'ensemble de son territoire, de tous les citoyens. Elle respecte toutes les croyances.

Article 2

La République laïque organise la séparation des religions et de l'État. L'État est neutre à l'égard des convictions religieuses ou spirituelles. Il n'y a pas de religion d'État.

Article 14

Dans les établissements scolaires publics, les règles de vie des différents espaces, précisées dans le règlement intérieur, sont respectueuses de la laïcité. Le port de signes ou tenues par lesquels les élèves manifestent ostensiblement une appartenance religieuse est interdit.

Doc. 2 Affiche défendant le principe de la laïcité (affiche récompensée par le Prix de la laïcité de la République française en 2015)

QUESTIONS

1. Montrez que l'affiche et la Charte de la laïcité défendent la liberté d'avoir ou non une religion en France.

2. Expliquez ce que signifie dans le document 2, l'expression « séparation des religions et de l'État ».

3. En début d'année, pour se présenter chacun leur tour durant l'heure de vie de classe de leur collège public, Sophie, Étienne, Manuelle, Yves, Tanguy, Ismaël, Théo et Dounia doivent réaliser un portrait qui sera affiché dans la salle de cours. Ils se demandent s'ils peuvent se présenter en classe en évoquant leur religion. Quelles réponses proposent les documents 1 et 2 ?

MÉTHODE

1. Bien comprendre les documents

▶ Les **documents illustrent la situation pratique**, ils vous **donnent des informations**, des explications sur la problématique à aborder. Vous devez d'abord les **lire pour en comprendre et en dégager le sens global**.

2. Bien comprendre les consignes

▶ Les **deux premières consignes vous guident** pour prélever les informations essentielles des documents. Ces informations seront nécessaires ensuite pour répondre à la problématique de la situation pratique.

▶ **Consigne 1 :** Il s'agit pour cette consigne de prendre des éléments tirés des deux documents pour démontrer qu'en France, les habitants sont libres d'avoir ou non une religion. Le document 1 est une **affiche** de l'Observatoire de la laïcité. Des étudiants ont mélangé des prénoms et des religions afin de montrer que **toutes les croyances, y compris l'athéisme, sont représentées dans la République française**. Le document 2 est composé d'extraits d'articles de la **Charte de la laïcité à l'École** présente dans tous les établissements scolaires. Elle **interdit** notamment les signes **religieux « ostensibles »**, c'est-à-dire les signes religieux destinés à être vus et remarqués de tous, tout en réaffirmant le **respect de toutes les croyances**.

▶ Vous devez vous servir de ces deux documents, mais vous ne pouvez pas vous contenter de les citer. Il vous faut **expliquer** votre réponse.

▶ **Consigne 2 :** Vous devez expliquer l'expression « **séparation des religions et de l'État** ». En France, les religions et l'État sont séparés : qu'est-ce que cela signifie concrètement dans votre vie quotidienne, notamment à l'école ? Essayez d'être le plus précis possible, en vous appuyant sur vos connaissances personnelles.

3. Bien comprendre la situation pratique

▶ La situation pratique est toujours énoncée dans la dernière consigne. Les documents vous aident à trouver des arguments et des idées de réponse, ainsi, vous pouvez vous appuyer sur vos réponses précédentes.

▶ **Consigne 3 :** Cette consigne imagine une situation concrète dans une classe d'un collège public. Les élèves, qui doivent réaliser leur portrait sur une affiche, se demandent s'ils ont le droit d'évoquer leur religion. Sentez-vous libre de répondre à cette consigne sous la forme que vous voulez. Il faut simplement vous appuyer sur les deux documents, qui se complètent en apportant deux éléments de réponse différents.

CORRIGÉ DE LA SITUATION PRATIQUE

1. Sur cette affiche défendant le principe de laïcité en 2015, toutes les grandes religions sont citées, ainsi que le fait d'être athée. De même, la Charte de la laïcité à l'École, qui date de 2013, dans son article 1, affirme que la France est une République qui « respecte toutes les croyances ». Ces deux documents défendent donc la liberté d'avoir ou non une religion en France.

> **L'astuce du prof**
> Citez la Charte de la laïcité pour appuyer votre démonstration.

2. La Charte de la laïcité à l'École parle de « séparation des religions et de l'État ». Depuis la loi de 1905, l'État et la religion sont séparés. Cela signifie qu'il n'y a pas de religion officielle, « pas de religion d'État ». Ainsi, la République doit rester neutre tout en protégeant chaque religion de manière égale.

> **Gagnez des points !**
> Citez la loi de 1905 sur la séparation de l'Église et de l'État.

3. Lors de l'heure de vie de classe dans leur collège public, les élèves de la classe de 5e doivent se présenter. Ils se demandent s'ils peuvent le faire en évoquant leur religion. Un débat commence parce que tous ne sont pas d'accord.

> **L'astuce du prof**
> Rédigez un dialogue entre les élèves qui peuvent se lancer dans un débat, en défendant chacun un point de vue.

Yves : « Moi, je vais écrire sur mon affiche : "Je m'appelle Yves, j'ai 13 ans et je suis protestant". »
Ismaël : « Eh, t'as pas le droit de parler de ta religion en classe. »
Yves : « Pourquoi ? C'est parce que t'as pas de religion que tu me dis ça ? »
Ismaël : « Non, c'est parce qu'on est dans un collège laïc. T'as pas lu la Charte de la laïcité dans ton carnet ? »
Dounia : « Oui, Ismaël a raison. On n'a pas le droit de parler de religion en classe. »
Théo : « Mais, si on a le droit, car toutes les croyances sont acceptées à l'école. D'ailleurs, on a étudié l'islam au début de l'année en histoire. »
Étienne : « Vous n'avez rien compris, ce sont les signes religieux qui sont interdits à l'école. Et encore, que ceux qui sont super visibles. C'est ça que veut dire "ostensiblement" ».
Yves : « Oui, mais quand je me présente, je dis ma religion, c'est important pour moi ! Ça fait partie de mon identité. »
Sophie : « Moi, je pense qu'on peut dire sa religion sur l'affiche, mais que ça doit pas prendre trop de place, parce qu'on est des élèves avant tout. »
Manuella : « Moi, je suis d'accord. Si on met tous notre religion sur l'affiche, et même si Ismaël dit qu'il est athée, dans ce cas il n'y a pas de favoritisme, ce sera bien, on verra que toutes les croyances sont représentées et qu'on s'entend tous bien, qu'on respecte les croyances de tout le monde. »

Vérification des connaissances

1 Citez trois grands principes liés à la démocratie française.

2 Expliquez qui a automatiquement la nationalité française.

3 Citez plusieurs symboles de la République française. Quand la plupart de ces symboles sont-ils apparus ?

Vers le brevet

QUESTIONS

1 À quelle date est apparu le suffrage universel en France ?

2 Expliquez ce qu'est un référendum.

3 Quels sont les droits politiques attachés à la citoyenneté européenne ? Quel est le traité qui les définit ?

4 « La République française est sociale ». Quel texte officiel l'affirme ? Expliquez cette affirmation en vous appuyant sur un exemple.

5 Quelles sont les conditions pour être citoyen en France ?

RÉPONDRE À UNE SITUATION PRATIQUE

Le règlement intérieur, des principes pour vivre avec les autres

Doc. 1 À quoi sert un règlement intérieur ?

Le règlement intérieur fixe l'ensemble des règles de vie dans l'établissement. Par exemple, il édicte[1] les horaires d'entrée et de sortie et précise les conditions d'exercice de la liberté d'expression des élèves, les conditions d'accès et les usages de l'établissement. [...] Les règles sont rédigées par la direction de l'établissement, en concertation avec les autres membres de la communauté éducative [...]. C'est sur ce document que vous saurez ce qui est interdit ou non. L'interdiction de certains vêtements (casquette, short, etc.) peut être prévue ainsi que les sanctions qui s'y rattachent. C'est aussi dans ce document que sont autorisés ou non le téléphone portable, les baladeurs, les casques… Le principe demeure que ce qui n'est pas interdit par le règlement intérieur est permis, si, bien entendu, cela est aussi permis à l'extérieur. [...] Le règlement intérieur garantit la liberté d'information et d'expression, les principes de laïcité et de pluralisme, le cadre disciplinaire appli-cable à chaque établissement, l'interdiction de certaines pratiques comme le bizutage, et prévoit les sanctions applicables.

Centre d'informations et de documentation Jeunesse (CIDJ), 2016.

1. *Édicter* : impose.

Doc. 2 Extrait du règlement intérieur d'un collège

Le règlement intérieur met en application :
- la liberté d'information et d'expression ;
- le principe de neutralité politique, idéologique et religieuse ;
- le respect des principes de laïcité et de pluralisme ;
- le devoir de tolérance et le respect d'autrui ;
- les garanties de protection contre toute agression physique ou morale et contre toutes discrimina-tions. Il en découle pour chacun le devoir de n'user d'aucune forme de violence ;
- l'égalité des chances et de traitement entre filles et garçons.

Site Internet du collège de Rousset (Bouches-du-Rhône).
Consulté le 05/07/2018.

1 Relevez deux valeurs de la République auxquelles font référence les deux documents.

2 Nommez un texte qui garantit ces valeurs pour tous les citoyens.

3 Reproduisez sur votre copie le tableau ci-dessous. À partir des deux documents, complétez le tableau en donnant deux interdictions et deux garanties présentes dans un règlement intérieur.

Le règlement intérieur interdit...	Le règlement intérieur garantit...
–	–
–	–

4 Vous accueillez dans votre collège des élèves de CM2. À un écolier qui vous dit que « connaître le règlement intérieur ne sert pas à grand-chose », vous répondez en lui montrant ce qui fait l'intérêt du règlement et la nécessité de bien le connaître. Votre réponse ne comportera aucune information d'identité ou de signature.

Quiz

1 1792.

2 Faux : dans une République, le pouvoir peut être exercé par une partie du peuple et non par l'ensemble des citoyens.

3 Le Royaume-Uni est une démocratie et une monarchie parlementaire.

4 Égalitaire.

Vérification des connaissances

1 La démocratie française se doit de respecter le pluralisme politique, la règle de la majorité et la séparation des pouvoirs.

2 Toute personne ayant au moins un parent français a automatiquement la nationalité française dès sa naissance. C'est le « droit du sang ». Toute personne née en France de parents étrangers a également la nationalité française, à ses 18 ans, de manière automatique, s'il est resté au moins cinq ans en France avant sa majorité. C'est le « droit du sol ».

3 La plupart des symboles de la République française trouvent leur origine dans la Révolution française, comme par exemple le drapeau tricolore. Beaucoup d'entre eux ont été choisis au début de la IIIe République, à la fin du XIXe siècle. C'est le cas de l'hymne national *La Marseillaise*, de la fête nationale du 14 juillet, de la figure emblématique de Marianne et de la devise de la République, « Liberté, Égalité, Fraternité ».

Vers le brevet

QUESTIONS

1 En France, la première élection au suffrage universel a eu lieu en 1848 sous la IIe République.

2 Un référendum est un vote lors duquel le chef de l'État pose une question aux citoyens qui doivent y répondre par « oui » ou par « non ».

Gagnez des points !

À l'épreuve du brevet, les questions porteront plus particulièrement sur le ou les documents mais vous devez quand même être capable de répondre à un questionnement simple de ce type.

3 Les droits politiques attachés à la citoyenneté européenne sont le droit de vote et d'éligibilité aux élections municipales et le droit de vote et d'éligibilité aux élections européennes quel que soit le pays de l'UE dans lequel le citoyen réside. C'est le traité de Maastricht, en 1992, qui définit ces droits politiques.

4 C'est l'article Ier de la Constitution de la Ve République, votée en 1958, qui affirme que « la République française est sociale ». Cela signifie que les citoyens ont des droits sociaux. Par exemple, tout citoyen français a accès à une assurance santé, chômage et vieillesse mise en place par l'État grâce au système de la Sécurité sociale.

5 Pour être citoyen français, il faut avoir la nationalité française, être majeur et jouir de ses droits civils et politiques.

RÉPONDRE À UNE SITUATION PRATIQUE

1 Les deux valeurs de la République auxquelles font référence les deux documents sont la liberté et l'égalité.

> **L'astuce du prof**
> Attention, il n'existe que trois valeurs de la République française. Ici deux apparaissent seulement.

2 Ces valeurs sont garanties dans la Constitution de la Ve République adoptée en 1958.

> **Gagnez des points !**
> Citez la date d'adoption de ce texte.

3

Le règlement intérieur interdit…	Le règlement intérieur garantit…
– certains vêtements ou certaines tenues ; – toute agression physique ou morale.	– l'égalité des chances et de traitement entre filles et garçons ; – la liberté d'information et d'expression.

> **Gagnez des points !**
> Rédigez votre réponses en faisant comme si vous complétiez la phrase commencée dans le titre de chaque colonne du tableau.

4 « Écoute, l'année prochaine, quand tu rentreras au collège, il sera utile pour toi que tu connaisses le règlement intérieur. Imagine qu'un grand commence à te ta-per chaque jour quand tu arrives dans la cour. Si tu en parles à un surveillant ou à un prof, il sera convoqué par le CPE. Alors là, c'est sûr qu'il dira que c'était pour rigoler, que vous êtes copains et que ce n'est rien du tout. On pourra alors lui rappeler le règlement intérieur qui dit que "toute agression physique ou morale est interdite", notamment le "bizutage". Du coup, tu vois que le règlement intérieur est là pour te protéger, sinon dans la cour et dans les couloirs, ce serait la loi du plus fort.

En plus, tu dois absolument connaître le règlement intérieur, sinon tu risques d'être puni. Par exemple, les téléphones portables sont interdits.

Si tes parents t'appellent et que tu réponds dans la cour, tu vas te le faire confisquer et avoir une sanction. Tu pourras toujours dire que c'est tes parents qui voulaient te joindre et que tu ne savais pas que c'était interdit, tu seras quand même sanctionné. »

L'astuce du prof

Utilisez un langage parlé mais pas trop familier.

CHAPITRE

15 La Ve République, une démocratie

1 Les institutions de la Ve République

De quoi s'agit-il ? **En France, l'organisation des pouvoirs est définie par la constitution de la Ve République. Comment garantit-elle la démocratie en France ? Qui exerce les différents pouvoirs de l'État ?**

1 La Constitution de la Ve République

Les institutions

- La Constitution définit le rôle des différents pouvoirs à l'intérieur de l'État, ses principes et ses valeurs inspirés des droits de l'Homme. Le président de la République est le garant de la Constitution et le conseil constitutionnel est chargé de vérifier si les lois votées par le parlement la respectent.
- La Constitution fait de la Ve République une démocratie représentative. En effet, si la souveraineté appartient au peuple, celui-ci délègue son pouvoir à des représentants qu'il élit régulièrement à la tête des collectivité territoriales (maire des communes, président de régions), de l'État (président, députés) et de l'Union européenne (députés au Parlement européen).

2 Pouvoir exécutif, pouvoir législatif

La séparation des pouvoirs

- La Ve République est une démocratie, sa constitution organise la séparation des pouvoirs.
- Le pouvoir exécutif est partagé entre le président de la République et le Gouvernement dirigé par le Premier ministre. Le Président, élu au suffrage universel pour 5 ans, est le chef de l'État. Il a des pouvoirs importants : il est le chef des armées, promulgue les lois, dispose du droit de grâce et peut dissoudre l'Assemblée nationale. Il nomme le Premier ministre. Celui-ci conduit la politique de la Nation et dirige l'administration de la France.
- La cohésion nationale est assurée à travers les fonctions régaliennes du pouvoir exécutif : assurer la défense extérieure de la France (armée), assurer sa défense intérieure (police), définir le droit (justice) et assurer la souveraineté économique et financière (monnaie).
- Le pouvoir législatif est entre les mains du parlement c'est-à-dire de l'Assemblée nationale et du Sénat. L'Assemblée nationale est formée par les députés élus au suffrage universel pour 5 ans tandis que le Sénat « l'assemblée des sages » est constitué de responsables politiques élus par leurs pairs pour une durée de 9 ans.

Doc. Les institutions de l'État

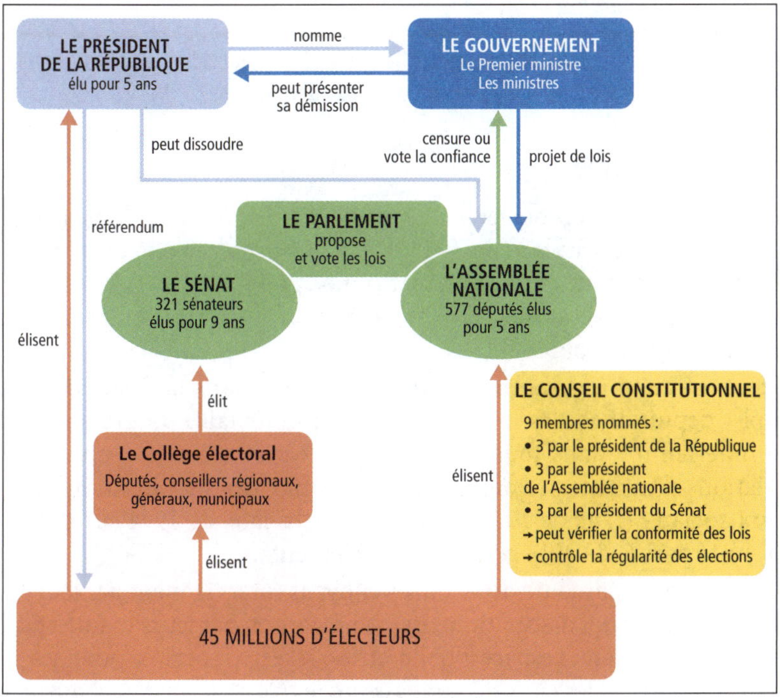

Vocabulaire

Collectivités territoriales : communes, départements, régions.

Démocratie représentative : régime politique dans lequel le peuple délègue son pouvoir à des représentants.

Garant : celui qui protège et fait respecter.

Dissoudre l'Assemblée nationale : décider de mettre fin aux fonctions des députés de l'Assemblée nationale et donc d'organiser de nouvelles élections législatives.

Droit de grâce : droit du chef de l'État de supprimer ou d'alléger une peine.

Notions-clés

Fonctions régaliennes : de « régalia », ce qui appartient au roi ; désigne les fonctions plus importantes de l'État qui ne peuvent pas être déléguées à un autre pouvoir.

Souveraineté nationale : voir p. 215.

Pouvoir exécutif : pouvoir de faire exécuter les lois à travers l'administration et la police.

Suffrage universel : voir p. 213.

Pouvoir législatif : pouvoir de faire les lois.

2 La vie démocratique

De quoi s'agit-il ? **Comment la démocratie se vit-elle au quotidien pour les citoyens ? Comment peuvent-ils participer, au-delà du vote, à la démocratie ?**

1 Le rôle de la loi

- La loi sert d'abord à protéger, notamment les plus fragiles. Ainsi la justice des mineurs, mise en place en 1945, vise à les protéger et à garantir leurs droits avant de les punir et de les sanctionner. La loi, depuis l'application du programme du CNR sous la IVe République, protège aussi en garantissant à tous des droits sociaux.
- La loi sert aussi à garantir l'égalité de chacun dans la République. Par exemple, depuis 1944, les lois se multiplient pour faire progresser l'égalité homme-femme dans tous les domaines et ceci grâce à la pression des associations féministes rejointes désormais par des mobilisations sur les réseaux sociaux (Lois de 1972 sur l'égalité salariale, de 1974 sur l'IVG, de 2000 sur la parité, de 2018 contre le harcèlement...).
- Tout au long du parcours de la loi, les citoyens interviennent par leurs propositions à travers des associations, des syndicats ou par leurs manifestations et mobilisations dans l'espace public et les réseaux sociaux pour les faire amender. En effet, si les citoyens connaissent le rôle de la loi dans notre société et sa finalité, la loi est souvent débattue : lois visant à protéger des attentats ou de l'épidémie de coronavirus pouvant être contraires aux libertés individuelles ou loi de 2018 sur la hausse des prix du carburant, visant à protéger l'environnement, jugée inéquitable (mobilisation des gilets jaunes).

2 L'opinion publique et les médias

- Depuis la loi de 1881 qui a garanti la liberté et le pluralisme de la presse, les médias se sont diversifiés : radio, télévision et enfin Internet. Leurs supports sont plus nombreux : ordinateurs, téléphones portables, tablette et ils sont de plus en plus interactifs, donnant à chacun la possibilité de s'informer mais aussi de commenter et de diffuser des multitudes d'informations. S'informer sur Internet devient désormais difficile car les « fake news » se multiplient sur les réseaux sociaux (**Doc.**).
- Cependant la diversité des médias renforce les principes de la démocratie comme le pluralisme et la liberté d'expression car ils permettent à chacun de s'exprimer et de se faire une opinion. Ainsi l'opinion publique joue-t-elle un rôle de plus en plus important et peut-elle faire pression sur le pouvoir politique. On parle alors de « démocratie d'opinion ».

- L'avis des citoyens est en effet donné et recueilli en permanence à travers les réseaux sociaux mais aussi les sondages qui sont organisés régulièrement pour aider à la prise de décision politique. Les citoyens sont également consultés lors de débats locaux ou par Internet sur des projets importants : la France devient ainsi une démocratie participative.

Doc. La crédibilité des réseaux sociaux

Avez-vous confiance dans les informations qui circulent sur les réseaux sociaux (comme twitter ou Facebook par exemple)...

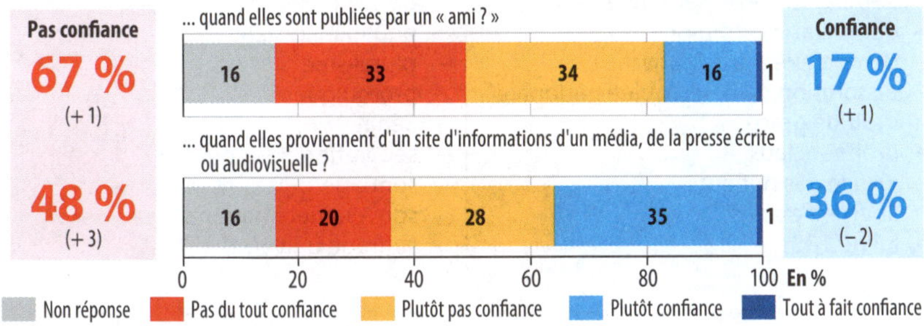

Source pour les sondages : Kantar, janvier 2019.

Vocabulaire

CNR : Conseil National de la Résistance, crée par Jean Moulin pour préparer la constitution d'une nouvelle république en 1944.

IVG : Interruption volontaire de grossesse permise par la loi Veil pour lutter contre les avortements clandestins.

Amender : modifier un texte de loi.

Médias : ensemble des moyens d'information (presse écrite, radio, télévision, Internet).

Sondage : question visant à connaitre la répartition des opinions sur une question donnée

Fake news : « fausses nouvelles », on peut dire aussi « infox ».

Notions-clés

Droits sociaux : droits relatifs au travail et à la Sécurité sociale (assurances chômage, vieillesse, santé).

Pluralisme : Principe démocratique selon lequel il existe plusieurs partis et opinions politiques.

Opinion publique : ensemble des convictions, des jugements et des valeurs d'une société à un moment donné.

Démocratie participative : démocratie dans laquelle les citoyens participent directement à la prise de décision politique.

RÉVISION EXPRESS

LES MOTS IMPORTANTS

- amender
- assemblée nationale
- CNR
- collectivités territoriales
- constitutions de la Ve République
- démocratie
- démocratie représentative
- démocratie d'opinion
- démocratie participative
- dissolution de l'Assemblée nationale
- droit de grâce
- droits sociaux
- justice des mineurs
- liberté d'expression
- loi de 1881
- loi autorisant l'IVG
- médias
- opinion publique
- Parlement
- Premier ministre
- Président de la République
- pouvoir exécutif
- pouvoir législatif
- pluralisme
- promulguer
- Sénat
- séparation des pouvoirs
- sondage
- souveraineté nationale
- suffrage universel

LES PERSONNAGES IMPORTANTS

Pouvoir exécutif	Pouvoir législatif	Collectivités territoriales
– président de la République – Premier ministre – ministres – conseiller d'État – président de la Cour des comptes – préfets – fonctionnaires	– députés de l'Assemblée nationale – sénateurs – membres du Conseil constitutionnel	– maires et conseillers municipaux – président du conseil général et conseillers généraux – président du conseil régional et conseillers régionaux

LES POINTS IMPORTANTS À RETENIR

L'opinion publique dans une société démocratique

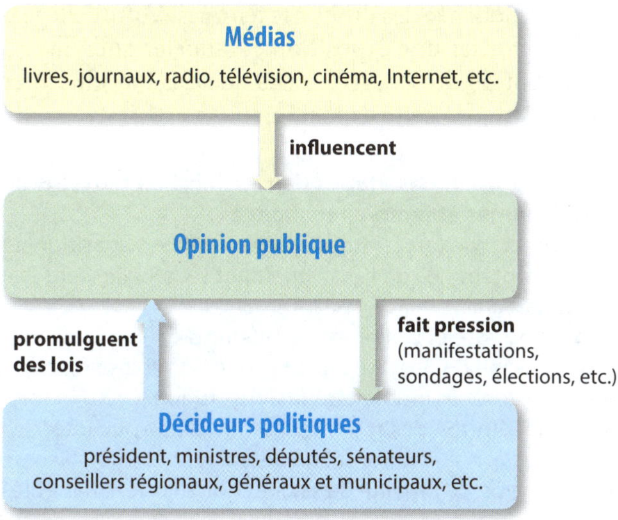

Quiz

1. Un média c'est :
- ☐ la presse
- ☐ la télévision
- ☐ la radio
- ☐ Internet
- ☐ le cinéma

2. Le président de la République est :
- ☐ le chef du gouvernement
- ☐ le chef des armées
- ☐ le chef de l'État

3. La loi qui garantit la liberté de la presse date de :
☐ 1789 ☐ 1881 ☐ 1958

4. La France est :
- ☐ une démocratie représentative
- ☐ une démocratie d'opinion
- ☐ une démocratie participative

5. Le rôle des syndicats est principalement de défendre :
- ☐ le droit du travail
- ☐ les droits de l'Homme
- ☐ le droit de grève

→ Réponses p. 239

Répondre à une situation pratique en EMC

La mise en œuvre de l'égalité Hommes-Femmes

Situation pratique : Depuis 1982, le 8 mars est officiellement reconnu, en France, comme la journée des droits des femmes. Votre collège profite de cette journée pour organiser une exposition et rappeler qu'en France, hommes et femmes disposent de droits égaux mais que des inégalités persistent. Voici deux panneaux issus de cette exposition :

Panneau 1 : « Quelques étapes dans la mise en œuvre d'une égalité de droits entre hommes et femmes en France »

1907 : la loi accorde aux femmes mariées la libre disposition de leur salaire.

1924 : les programmes de l'enseignement secondaire sont les mêmes pour les filles et les garçons.

1944 : droit de vote et d'éligibilité aux femmes.

1946 : le principe de l'égalité entre les femmes et les hommes dans tous les do-maines est désormais inscrit dans la Constitution.

1965 : loi de réforme des régimes matrimoniaux qui autorise les femmes à exercer une profession sans autorisation de leur mari et à gérer leurs biens propres.

1972 : le principe de l'égalité de salaires entre les femmes et les hommes est ins-crit dans la loi.

2000 : loi favorisant l'égal accès des femmes et des hommes aux mandats électo-raux.

Panneau 2 : « Les inégalités professionnelles aujourd'hui »

Par rapport aux hommes, les femmes gagnent…

- 27,5 % de moins dans le secteur des services où elles sont 88 % à travailler ;
- 21,8 % de moins lorsqu'elles sont cadres.

Leurs emplois sont les plus précaires et les moins bien rémunérés puisqu'elles re-présentent 62 % des emplois non qualifiés.

Panneaux réalisés par les élèves.
Les données chiffrées sont issues de Franceinfo.fr, 17 septembre 2014.

QUESTIONS

1. Selon le panneau 1, de quand date l'affirmation du principe d'égalité complète entre hommes et femmes en France ?

2. Pourquoi, selon vous, a-t-il été nécessaire d'adopter ensuite de nouvelles lois sur l'égalité hommes-femmes ?

3. À partir du panneau 2, montrez que des inégalités persistent dans le domaine professionnel.

4. Proposez au moins deux explications au maintien d'inégalités profession-nelles entre hommes et femmes.

5. À partir des documents 1 et 2, rédigez un texte de quelques lignes de conclusion à l'exposition expliquant en quoi les inégalités entre les hommes et les femmes vont à l'encontre des valeurs de la République française.

MÉTHODE

1. Bien comprendre les documents

▶ Les **documents illustrent la situation pratique**, ils vous **donnent des informations**, des explications sur la situation pratique à aborder. Vous devez d'abord les lire pour en comprendre et en dégager le sens global.

2. Bien comprendre la situation pratique et les consignes

▶ La consigne introductive vous explique le contexte de la situation pratique. Puis les consignes 1 à 4 vous guident pour prélever les informations essentielles dans les documents. Ces informations seront nécessaires ensuite pour répondre à la problématique de la situation pratique.

▶ **Consigne 1 :** Vous devez trouver l'information dans la chronologie du panneau 1, qui propose de nombreuses dates. Il vous faut relever celle qui correspond à l'affirmation d'une égalité complète, c'est-à-dire une égalité dans tous les domaines entre les femmes et les hommes en France.

▶ **Consigne 2 :** La réponse à cette consigne n'est pas dans les documents, vous avez besoin de vos connaissances pour y répondre. Vous pouvez aussi la déduire de la série de lois votées entre 1946 et 2000.

▶ **Consigne 3 :** Il s'agit ici de prélever les principales informations du panneau 2, données sous forme de chiffres, en les expliquant.

▶ **Consigne 4 :** Il vous faut ici proposer des explications à l'aide de vos connaissances ou de votre réflexion personnelle, sans vous appuyer sur les documents.

3. Bien comprendre la situation pratique

▶ La situation pratique est toujours énoncée dans la dernière consigne.

▶ **Consigne 5 :** Les documents du sujet sont des panneaux qu'auraient réalisés des élèves de votre collège lors d'une exposition sur l'égalité hommes-femmes en France pour célébrer la journée du 8 mars. Il s'agit ici de rédiger une conclusion à l'exposition qui montrerait que les inégalités entre les hommes et les femmes vont à l'encontre des valeurs de la République. Cette conclusion nécessite que vous fassiez appel à vos connaissances pour répondre au sujet, les informations tirées des documents ne le permettant pas.

CORRIGÉ DE LA SITUATION PRATIQUE

1. L'affirmation du principe d'égalité complète entre les hommes et les femmes en France date de 1946, lorsque celui-ci est enfin inscrit dans la Constitution de la IVe République.

2. Il a été nécessaire d'adopter ensuite de nouvelles lois car l'égalité affirmée par la Constitution n'a pas été mise en œuvre automatiquement. Il a donc fallu pour cela faire des lois dans chaque domaine : matrimonial (1965), professionnel (1972) ou encore politique (loi sur la parité en 2000).

> **L'astuce du prof**
> Appuyez-vous sur les lois postérieures à 1946 pour rédiger votre réponse.

3. Des inégalités persistent dans le domaine professionnel entre les hommes et les femmes. En effet, les femmes gagnent 27,5 % de moins que les hommes dans le secteur des services alors qu'elles sont les plus nombreuses (88 %) à y travailler. Même quand elles sont cadres, leur salaire est inférieur de 21,8 % à celui des hommes. De plus, elles représentent 62 % des emplois non qualifiés dans ce secteur : elles sont les plus touchées par la précarité.

> **L'astuce du prof**
> Donnez les chiffres, sans recopier les documents mais en les expliquant, pour bien montrer quelles sont les inégalités professionnelles qui demeurent entre les hommes et les femmes.

4. Les inégalités professionnelles entre les hommes et les femmes se maintiennent car ces dernières sont souvent victimes de préjugés qui les désignent comme moins compétentes et dévalorisent leur travail, justifiant ainsi des salaires moins élevés que ceux des hommes. Elles interrompent aussi souvent leurs études, leurs formations ou leurs carrières pour s'occuper de leurs enfants, ce qui les désavantage ensuite quand elles veulent reprendre une carrière professionnelle.

5. Cette exposition montre que la mise en œuvre de l'égalité des droits entre hommes et femmes a été très longue. Commencée sous la IIIe République, elle se poursuit encore aujourd'hui puisque certaines inégalités, notamment professionnelles, persistent entre femmes et hommes. Pourtant, ces inégalités vont à l'encontre des valeurs de la République française dont la Constitution, depuis 1946, affirme que l'égalité, la liberté et la fraternité s'appliquent à tous, hommes et femmes. L'égalité en droits, notamment, n'est pas encore effective car des situations de discrimination existent encore. La République essaye de les combattre, de même que les préjugés qui en sont à l'origine, aussi bien à l'école, en politique ou encore dans le domaine professionnel, mais ils sont encore trop nombreux. C'est un défi pour la République de réussir à tenir enfin la promesse d'égalité qu'elle a faite aux femmes, ainsi qu'à toutes les minorités.

Vérification des connaissances

1. Expliquez comment la Constitution prévoit la séparation des pouvoirs.
2. Quels sont les différents pouvoirs du président de la République ?
3. Comment la diversité des médias assure-t-elle la liberté d'expression ?

Vers le brevet

QUESTIONS

1. Quelles sont les différentes collectivités territoriales en France ?
2. Quel est le rôle de la loi ?
3. Quels sont les nouveaux médias qui ont transformé nos sociétés en sociétés de communication et d'information ?
4. Expliquez ce que signifie l'expression « souveraineté nationale ».

RÉPONDRE À UNE SITUATION PRATIQUE

Comment s'informer ?

Doc. 1 Débat entre amis

Vous assistez à une discussion entre deux de vos amis qui parlent des premiers pas de l'homme sur la lune. Vous entendez Dominique dire : « L'homme n'a jamais marché sur la lune ! »

Puis Camille lui répond : « Ah oui ? Mais qu'est-ce qui te permet de l'affirmer ? » Enfin Dominique, sans hésiter, explique : « Je le sais parce que je l'ai lu sur un site Internet ! »

Doc. 2 La Commission européenne veut s'attaquer aux « *fake news* »[1]

Mariya Gabriel, la nouvelle commissaire au numérique, s'apprête à prendre une des premières mesures de son mandat : mettre sur pied un groupe d'experts sur les « *fake news* », la propagation d'informations fausses dans les médias. [...]

Elle a l'intention de « dire très clairement que les plateformes [Internet] ont une obligation de diligence », un terme juridique signifiant que les sociétés en ligne, comme Facebook ou Twitter, devraient prendre des mesures pour surveiller les posts[2] de leurs utilisateurs. [...]

Le mois prochain, la Commission européenne devrait annoncer des mesures [...]. L'Allemagne a même introduit une loi nationale plus tôt dans l'année, selon laquelle les médias sociaux risquent jusqu'à 50 millions d'euros d'amende s'ils ne retirent pas les contenus illégaux, comme les propos haineux. D'autres pays européens envisagent de suivre cet exemple.

« La Commission européenne veut s'attaquer aux "fake news" », www.ouestfrance.fr, 1er sepembre 2017.

1. Fausses nouvelles.
2. Messages ou commentaires mis en ligne.

1 Dans le document 1 quel est le média utilisé par Dominique ?

2 Définissez ce qu'est un média.

3 Montrez que la réponse finale de Dominique ne constitue pas un argument valable.

4 D'après le document 2, indiquez deux raisons pour lesquelles Mariya Gabriel, la nouvelle commissaire au numérique, veut engager une réflexion dans l'Union européenne sur les « fake news ».

5 À partir des documents 1 et 2 et de vos connaissances, indiquez en quelques lignes quelles démarches peuvent suivre les acteurs de la démocratie (citoyens, entreprises, institutions, etc.) pour trouver des informations fiables.

Quiz

1 La presse, la télévision, la radio, Internet.

2 Le chef des armées, le chef de l'État.

3 1881.

4 La France est une démocratie représentative et une démocratie d'opinion. Elle n'est pas encore une démocratie participative aboutie comme la Suisse par exemple.

5 Le droit du travail, le droit de grève.

Vérification des connaissances

1 La Constitution prévoit que les trois pouvoirs soient séparés. Le pouvoir exécutif est entre les mains du président de la République et du Gouvernement qu'il a choisi avec son Premier ministre. Ce Gouvernement met en œuvre la politique de la Nation et fait appliquer la loi avec l'aide de l'administration, qui est composée de fonctionnaires. Les préfets veillent à cette application dans les départements et les régions. Le pouvoir législatif est, quant à lui, détenu par le Parlement (l'Assemblée nationale et le Sénat) qui vote les lois. Enfin, le pouvoir judiciaire, c'est-à-dire celui de juger ceux qui ne respectent pas la loi, est du ressort des juges, indépendants du pouvoir politique.

2 Le président de la République est le chef de l'État. En ce sens, il est le garant de la Constitution et il veille au bon fonctionnement des institutions et à l'application des traités. Il est également le chef des armées et il promulgue les lois. Il peut organiser un référendum, dissoudre l'Assemblée nationale ou saisir le Conseil constitutionnel. Il dispose aussi du droit de grâce.

3 La concurrence entre les médias permet naturellement une plus grande liberté d'expression. Aujourd'hui, n'importe qui peut s'exprimer sur Internet à tout propos (ce qui pose d'ailleurs des problèmes de validité d'informations). L'encyclopédie Wikipédia fonctionne sur le même principe de participation des internautes. Pourtant, cette diversité n'est pas forcément synonyme de liberté d'expression : en effet, les médias peuvent toujours être contrôlés par un pouvoir central, comme c'est le cas en Chine où Internet et la téléphonie mobile sont bien présents, mais sévèrement surveillés.

Vers le brevet

QUESTIONS

1 Les différentes collectivités sont les communes, les départements et les régions. La commune est dirigée par un conseil municipal, lui-même dirigé par un maire qui est élu pour six ans. Le département est dirigé par un conseil général, élu pour six ans, mais renouvelé par moitié tous les trois ans lors des élections cantonales. La région est gérée par un conseil régional, élu tous les six ans.

2 Le rôle de la loi est d'abord de protéger. Ainsi elle donne des droits aux plus fragiles, aux plus faibles dans la société. Elle protège par exemple les enfants dans le cadre de la justice des mineurs. Le rôle de la loi est aussi de garantir l'égalité de tous. Ainsi, de nombreuses lois ont été votées pour essayer d'établir une égalité entre les hommes et les femmes dans tous les domaines ou pour lutter contre les discriminations.

3 Internet et la téléphonie mobile sont les nouveaux médias qui symbolisent la société de communication et d'information. On peut à présent être joint partout et à tout moment. De la même façon, on peut recevoir des informations instantanément sur son téléphone portable, au bureau sur son ordinateur fixe ou dans un train sur un ordinateur portable.

4 La souveraineté nationale est le principe selon lequel, dans une démocratie, c'est le peuple qui a le pouvoir et qui l'exerce en élisant ses représentants et en votant lors des référendums.

RÉPONDRE À UNE SITUATION PRATIQUE

1 Le média utilisé par Dominique est Internet.

2 Les médias sont les différents moyens et supports qui permettent de diffuser une information, comme la télévision, les journaux, Internet…

3 La réponse de Dominique n'est pas un argument valable, car même s'il « l'a lu sur un site Internet », cela ne signifie pas que cette information soit vraie. En effet, Internet étant un espace dans lequel les internautes jouissent d'une grande liberté, il est possible d'y

> **Gagnez des points !**
>
> Citez quelques exemples de médias que vous connaissez.

> **L'astuce du prof**
>
> Développez un peu votre réponse en expliquant rapidement pourquoi on doit se méfier des informations trouvées sur Internet.

raconter n'importe quoi. Il est donc nécessaire de vérifier toute information trouvée sur ce média.

4 Mariya Gabriel, la nouvelle commissaire européenne au numérique, veut engager une réflexion sur les « fake news », car il en existe de plus en plus en ligne. En effet sur Internet, et notamment sur les réseaux sociaux comme Facebook ou Twitter, tout le monde peut s'exprimer librement, sans que les informations que l'on pro-page soient vérifiées.

> **L'astuce du prof**
> Développez bien votre réponse en montrant que les « posts » sur les réseaux sociaux ne sont quasiment pas contrôlés.

5 Aujourd'hui, nous bénéficions d'un accès très facile à l'information grâce aux diffé-rents médias à notre disposition : la télévision avec ses chaînes d'information en continu, les journaux, Internet, les réseaux sociaux… La difficulté est plutôt de sélectionner les informations qui nous intéressent et de les vérifier. En effet, sur In-ternet, il existe une grande liberté de parole qui permet à tous de s'exprimer, mais qui a aussi ses travers. Puisque tout le monde peut y raconter librement ce qu'il veut, comment savoir si telle ou telle information n'est pas une « fake news » complètement inventée par celui qui l'a diffusée.

C'est ainsi qu'Internet est le lieu idéal pour la diffusion de différentes « théories du complot » impossibles à vérifier : le monde serait dominé par telle organisation secrète, tel évènement historique n'aurait jamais eu lieu…

> **Gagnez des points !**
> Appuyez-vous sur des exemples précis, citez les médias qui vous paraissent les plus fiables et expliquez pourquoi.

Pour trouver des informations fiables, il vaut donc mieux se tourner vers les médias traditionnels, journaux ou télévisions, qui ont une responsabilité vis-à-vis de ce qu'ils publient. Ou bien, sur Internet, se tourner plutôt vers des sites officiels, notamment ceux liés au gouvernement (.gouv) ou, encore une fois, aux grands journaux nationaux comme Le Monde, Le Figaro ou Libération.

CHAPITRE

16 Construire une culture civique

1 Le vote, un droit fondamental

De quoi s'agit-il ? Le citoyen se construit une culture civique, c'est-à-dire manifeste son respect pour autrui et pour la vie en collectivité par différents engagements dont le plus important est le vote. Quel est le rôle du vote ? Est-il le seul engagement pour faire preuve de civisme ?

1 La place et le rôle du vote

Les élections en France

- La place et le rôle du vote sont essentiels dans une démocratie représentative. C'est un temps fort dans la vie du citoyen. Être citoyen signifie d'abord détenir une part de la souveraineté nationale c'est-à-dire avoir le droit de voter. Ce droit de vote est une difficile conquête du peuple pour laquelle il a lutté depuis la Révolution française. Le suffrage universel masculin est obtenu en 1848 puis de nouveau en 1871 mais ce n'est qu'en 1944 que les femmes obtiennent le droit de vote.
- Aujourd'hui tous les citoyens français, ont le droit de vote et d'éligibilité (avec des conditions d'âge) à cinq élections : les élections municipales et régionales à l'échelle locale, les élections présidentielles et législatives à l'échelle nationale et enfin les élections législatives européennes à l'échelle des 27 pays de l'UE. Les élections nationales sont des scrutins majoritaires uninominaux à deux tours : c'est la règle de la majorité qui l'emporte.

2 La question de l'abstention

- Les citoyens ne participent pas de la même manière à toutes les élections : les élections régionales et européennes sont marquées par une abstention très forte tandis que les élections présidentielles et municipales connaissent des taux de participation plus élevés.
- Néanmoins, aux dernières élections présidentielles de 2017, le taux d'abstention au 2e tour s'est élevé à 25 % tandis qu'il atteignait 57% au 2e tour des législatives, ce qui constitue un record sous la Ve République. Les citoyens affirment ne pas être représentés par les candidats des différents partis, malgré le pluralisme politique.

3 L'élection, la seule représentation citoyenne dans une démocratie ?

• La démocratie représentative est mise en danger par une abstention trop forte : voter est un donc un droit mais aussi un devoir pour que la souveraineté nationale s'exerce. Cependant les citoyens peuvent aussi s'engager autrement. D'une part, grâce aux associations toujours plus nombreuses, les citoyens se mobilisent directement pour agir : l'État, à travers le service civique, encourage ce processus (**Doc.**). D'autre part, les réseaux sociaux deviennent un espace de débat politique et aident les citoyens à participer ou à influencer directement la prise de décision politique. Notre démocratie devient ainsi une démocratie participative.

Doc. Le service civique

Vocabulaire

Suffrage universel : voir p. 213.

Éligibilité : possibilité donnée à un citoyen de se présenter à une élection et d'être élu.

Scrutin majoritaire uninominal : voter pour un seul candidat qui l'emporte s'il a la majorité (relative ou absolue) des voix.

Abstention : fait de ne pas voter.

Réseaux sociaux : plateformes sur internet permettant de relier des individus en ligne et de partager des contenus (textes, photos, vidéos, pétitions…).

Notions-clés

Démocratie représentative : régime politique dans lequel le peuple délègue son pouvoir à des représentants.

Souveraineté nationale : pouvoir politique appartient à la nation c'est-à-dire aux citoyens.

Démocratie participative : démocratie dans laquelle le citoyen s'engage dans le débat et la prise de décision politique.

Service civique : ouvert aux jeunes de 16 à 25 ans et qui leur permet de s'engager et de se rendre utile à la nation.

2 La défense nationale et ses différentes missions

De quoi s'agit-il ? **La culture civique du citoyen s'organise aussi autour de son rôle dans la défense nationale, qui s'est réorganisée dans un contexte mondial nouveau depuis la fin de la guerre froide. Quelles sont les différentes missions de la défense nationale ?**

1 Une défense adaptée aux contextes européen et mondial

- Depuis la fin de la guerre froide au début des années 1990, la France vit dans une Europe plus unie et pacifiée. La menace d'une invasion de son territoire par des forces ennemies s'est donc éloignée. La menace nucléaire est également beaucoup moins importante.
- Néanmoins, de nouvelles menaces sont apparues comme le terrorisme, notamment depuis les attentats du World Trade Center à New York en 2001.

2 L'organisation de la défense nationale

- Face à ce contexte, la France a dû réorganiser sa défense. La mobilisation de nombreux soldats pour défendre le territoire est devenue inadaptée. De ce fait, Jacques Chirac a créé, en 1997, le service national universel en remplacement de la conscription.
- La défense nationale s'appuie donc aujourd'hui sur une armée de métier dont le chef est le président de la République (**Doc.**). Dans le cadre du service national universel, les citoyens continuent à participer à la défense nationale par le recensement à 16 ans, par la JDC et éventuellement par le rétablissement de l'appel sous les drapeaux.

3 La défense nationale : des mission variées

La défense et l'action internationale

- La défense nationale a aujourd'hui plusieurs types de missions adaptées aux nouvelles menaces : des missions en armes pour protéger le territoire national et les intérêts français partout dans le monde du terrorisme, des missions de sécurité civile, face aux intempéries notamment, et enfin, des missions humanitaires.
- L'engagement de la France dans le monde, au service de la sécurité collective, l'a d'ailleurs conduite à renforcer sa coopération au sein de différentes alliances comme l'UE dans le cadre de la PESD, l'OTAN ou l'ONU à l'échelle internationale. C'est par exemple dans le cadre de l'ONU que la France intervient au Mali depuis 2014.

Doc. **Comment est organisée la Défense nationale ?**

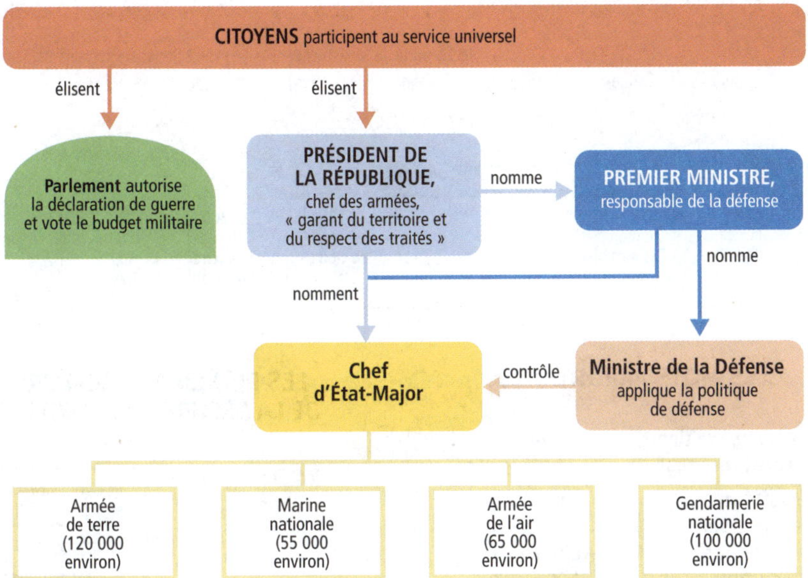

Vocabulaire

Mission : fonction donnée par le Gouvernement à l'armée.

Guerre froide : voir p. 79.

Service national universel : service institué par la loi de 1997 et qui comprend le recensement à 16 ans, la JDC et des services volontaires.

Conscription : recrutement de tous les jeunes hommes pour le service militaire ; disparue en 1997.

JDC : Journée Défense et Citoyenneté. Elle concerne tous les jeunes citoyens français, garçons et filles.

Sécurité civile : protection de la population.

Humanitaire : qui vise à améliorer les conditions de vie des personnes.

PESD : Politique Européenne de Sécurité et de Défense définie dans le traité de Maastricht.

OTAN : voir p. 79.

ONU : voir p. 81.

Notions-clés

Défense nationale : ensemble des mesures mises en place pour défendre le territoire national et sa population.

Menace nucléaire : voir p. 79.

Terrorisme : ensemble des groupes armés qui font régner la terreur en organisant, partout dans le monde, des attentats sur des populations civiles.

Recensement : démarche administrative obligatoire, à la mairie de son domicile, qui concerne tous les nationaux français ayant atteint l'âge de 16 ans.

Appel sous les drapeaux : mobilisation dans l'armée en cas de menace contre le territoire national.

Sécurité collective : coopération internationale dans le but de préserver la paix dans le monde.

RÉVISION EXPRESS

LES DATES IMPORTANTES

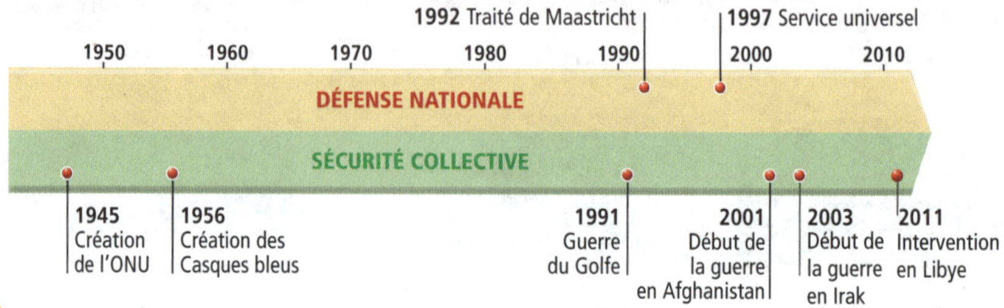

LES MOTS IMPORTANTS

Le vote, un droit fondamental

- suffrage universel
- éligibilité
- scrutin majoritaire uninominal
- abstention
- réseaux sociaux
- démocratie représentative
- souveraineté nationale
- démocratie participative
- service civique

Défense nationale

- service universel
- conscription
- JDC
- PESD
- OTAN
- sécurité civile
- défense nationale
- menace nucléaire
- terrorisme
- armée de métier
- appel sous les drapeaux
- recensement
- missions en armes
- missions humanitaires
- ministre de la Défense
- armée de terre
- armée de l'air
- marine nationale
- gendarmerie

LES PRINCIPAUX ACTEURS DE LA SÉCURITÉ COLLECTIVE

- les États comme la France

Liberté • Égalité • Fraternité
RÉPUBLIQUE FRANÇAISE
MINISTÈRE DE LA DÉFENSE

- les ONG, par exemple :
  - Médecins sans frontières,
  - Handicap International,
  - Action contre la faim
- l'ONU

LES POINTS IMPORTANTS À RETENIR

Contexte international

- fin de la guerre froide
- atténuation de la menace nucléaire
- développement de la menace terroriste
- nouveaux conflits frontaliers (ex-Yougoslavie, pays africains, etc.)
- émergence d'une politique de défense européenne

Conséquences sur la défense nationale

- une nouvelle organisation : fin de la conscription, armée professionnelle, JDC, défense européenne, etc.
- de nouvelles missions : maintien de la paix dans le monde dans différentes organisations, missions humanitaires

Conséquences sur la sécurité collective

- les États-Unis, « gendarmes du monde », ont une influence prépondérante à l'ONU
- rôle accru de l'ONU
- rôle de plus en plus important des ONG

Quiz

1. En France, l'armée est composée :
- ☐ de conscrits
- ☐ de professionnels
- ☐ de conscrits et de professionnels

2. Les militaires français peuvent exercer des missions :
- ☐ de sécurité civile
- ☐ de sécurité routière
- ☐ des missions humanitaires

3. L'ONU a été fondée en :
☐ 1918 ☐ 1945 ☐ 1958

4. La France est un membre :
- ☐ de la PESD
- ☐ du Conseil de sécurité
- ☐ de l'ONU de l'OTAN

5. En France, le citoyen est obligé de faire :
- ☐ un service national universel
- ☐ un service civique
- ☐ ni l'un ni l'autre

→ Réponses p. 254

Répondre à une situation pratique en EMC

À quoi ça sert d'aller voter ?

Campagne pour l'inscription sur les listes électorales de la mairie de Besançon (2011)

Témoignage sur le vote de Sophie, 21 ans, étudiante

« Je n'ai jamais voté mais je vais le faire aux municipales. J'ai acquis une maturité qui me permet de prendre conscience de ce qui se passe dans mon pays. Avant je ne me sentais pas concernée. »

« Certaines choses me préoccupent : la vie commence vraiment à devenir chère, des choses sont mises en place pour les jeunes mais on n'en voit pas vraiment le bout. Je sais que ce n'est pas mon vote qui va changer la donne, mais je me dis qu'au moins j'aurai participé, et là je pourrai dire : « J'ai voté, je suis pas d'accord. »

Agence France Presse, mars 2014.

QUESTIONS

1. Quel devoir du citoyen est abordé dans les deux documents ?

2. Donnez une raison pour laquelle la mairie de Besançon a organisé cette campagne.

3. Relevez un argument donné par Sophie (document 2) pour expliquer son nouvel intérêt pour la vie politique.

4. « Ça ne sert à rien d'aller voter ! » dit un élève. Quels arguments pouvez-vous avancer afin de le convaincre d'aller voter ? Développez votre argumentation en quelques lignes.

MÉTHODE

1. Bien comprendre les documents

- Les **documents illustrent la situation pratique**, ils vous **donnent des informations**, des explications sur la situation pratique à aborder. Vous devez d'abord les lire pour en comprendre et en dégager le sens global.

2. Bien comprendre les consignes

- Les **trois premières consignes vous guident pour prélever les informations essentielles** des documents. Ces informations seront nécessaires ensuite pour répondre à la problématique de la situation pratique.
- **Consigne 1 :** Le devoir du citoyen abordé dans les documents est le thème général de ces documents. Vous avez étudié ce devoir en classe.
- **Consigne 2 :** Cette consigne porte uniquement sur le document 1. **Regardez bien le texte en bas de l'affiche.**
- **Consigne 3 :** Pour cette consigne, vous devez vous appuyer sur le **document 2**. Sophie donne plusieurs arguments pour expliquer son nouvel intérêt pour la vie politique. Il faut en relever **un seul**. N'oubliez pas de mettre des guillemets pour montrer que c'est une citation.

3. Bien comprendre la situation pratique

- La situation pratique est toujours énoncée dans la dernière consigne. Les documents vous aident à trouver des arguments, ainsi, vous pouvez vous appuyer sur vos réponses précédentes. Vous devez cependant utiliser aussi vos connaissances et développer vos propres arguments pour bien répondre à la consigne.
- **Au brouillon, faites une liste des différents arguments** que vous avez trouvés.
- Vous avez le choix de la forme de votre argumentation. **Vous pouvez imaginer un débat, un dialogue avec l'élève ou simplement rédiger un paragraphe.** Quand vous avez trouvé la forme qui vous convient le mieux, rédigez votre argumentation en vérifiant qu'elle répond toujours bien à la problématique du sujet.

Corrigé de la situation pratique

1. Le devoir du citoyen abordé dans ces deux documents est le vote.

2. La mairie de Besançon a organisé cette campagne pour inciter les citoyens à s'inscrire sur les listes électorales et à aller voter en 2012. En effet, cette année-là était une année électorale très importante puisque se déroulaient les élections présidentielle et législatives.

> **Gagnez des points !**
> Pensez à regarder l'année où cette affiche a été éditée et à faire le lien avec les élections ayant eu lieu à ce moment.

3. Pour expliquer son nouvel intérêt pour la vie politique, Sophie affirme : « J'ai acquis une maturité qui me permet de prendre conscience de ce qui se passe dans mon pays. Avant je ne me sentais pas concernée. ».

> **L'astuce du prof**
> Sélectionnez bien l'extrait qui montre l'intérêt de Sophie pour la politique. Ne recopiez pas un paragraphe entier du texte.

4. « Ça ne sert à rien d'aller voter ! » dit un élève.

Mais si, c'est très important d'aller voter. D'abord ça permet de s'exprimer et de ne pas laisser les autres décider à notre place. Si je ne vais pas voter et que c'est un candidat que je n'aime pas qui est élu, je ne pourrai pas me plaindre.

Dans les dictatures, les gens n'ont pas le droit de choisir leurs représentants, ni de s'exprimer et nous, nous avons la chance d'être en démocratie et de disposer du droit de vote. D'ailleurs, dans certains pays démocratiques comme en Belgique, le vote est obligatoire. Nous, on nous laisse le choix, mais si on veut que la personne élue soit représentative de la population, il ne faut pas que l'abstention soit trop forte.

Gagnez des points !

Ne vous contentez pas d'un seul argument. Séparez vos arguments en allant à la ligne.

Les personnes que nous allons élire vont prendre des décisions qui nous concernent directement. Par exemple, j'ai entendu que certains candidats à l'élection présidentielle de 2017 voulaient rétablir le service militaire pour les jeunes de 18 ans.

Vérification des connaissances

1. Quel est le rôle du vote aujourd'hui en France ?
2. Pourquoi l'abstention est-elle un danger pour la démocratie représentative ?

Vers le brevet

QUESTIONS

1. Comment le citoyen peut-il s'engager dans la vie politique de son pays ?
2. Qu'est-ce qu'une démocratie participative ?
3. Qu'est-ce que la JDC ?
4. Qu'est-ce que l'OTAN ?

RÉPONDRE À UNE SITUATION PRATIQUE

Comment s'informer ?

Doc. 1 Le parcours de citoyenneté

La formation de tous les jeunes aux enjeux de la Défense et de la citoyenneté repose, depuis la loi du 28 octobre 1997 suspendant le service militaire, sur un parcours citoyenneté. Ce dernier comporte trois étapes obligatoires :

1.	2.	3.
L'ENSEIGNEMENT DE LA DÉFENSE, LORS DE LA SCOLARITÉ (MIN. ÉDUCATION NATIONALE)	LE RECENSEMENT À 18 ANS (COLLECTIVITÉS LOCALES)	LA JOURNÉE DÉFENSE ET CITOYENNETÉ – JDC (MIN DÉFENSE)

MIN. ÉDUCATION NATIONALE : ministère de l'Éducation nationale.
MIN. DÉFENSE : ministère de la Défense.

Direction du service national, plaquette de présentation, administration centrale, 2015, d'après le site Internet www.ac-poitiers.fr.

Doc. 2 La Défense nationale

La Défense et la sécurité nationale sont l'affaire de tous les Français ; elles requièrent leur confiance dans l'action que mènent les pouvoirs publics et la certitude que ces derniers mettent tout en œuvre pour garantir l'indépendance de la France et assurer la protection de sa population.

L'élaboration et la mise en œuvre de la stratégie de Défense et de sécurité nationale associent, sous l'autorité du président de la République, l'ensemble des pouvoirs publics, ce qui garantit que cette stratégie exprime la volonté de la Nation. [...] Sa présentation au Parlement en assoit la légitimité et ouvre un nécessaire débat public sur des choix qui engagent la Nation.

1 Montrez à l'aide du document 1 que les jeunes Français sont impliqués dans la Défense nationale en rappelant les trois étapes du parcours citoyenneté.

2 En vous appuyant sur les deux documents, identifiez au moins 4 acteurs participant à la Défense nationale.

3 Vous allez devoir participer à la Journée Défense et citoyenneté. En vous appuyant sur vos connaissances et les documents, rédigez un paragraphe d'une dizaine de lignes où vous expliquerez pourquoi chaque Française et chaque Français a un rôle dans la Défense nationale.

Quiz

1 De professionnels.

2 De sécurité civile ; De sécurité routière ; Des missions humanitaires.

3 1945.

4 De la PESD ; Du Conseil de sécurité de l'ONU ; De l'OTAN.

5 En France, le citoyen est obligé de faire son service national universel (SNU).

Vérification des connaissances

1 Le rôle du vote aujourd'hui en France est fondamental car la France est une démocratie représentative. Ce sont les citoyens qui, en votant pour leurs représentants, exercent leur souveraineté. L'élection, donc le vote, est la base de tous les pouvoirs en France. Les citoyens élisent leur président et leurs députés pour cinq ans. Ils élisent aussi leurs pouvoirs locaux à la tête des communes et des régions ainsi que les députés du parlement européen.

2 L'abstention, c'est-à-dire le fait de ne pas voter alors qu'on est inscrit sur les listes électorales et qu'on peut le faire, est un danger pour une démocratie représentative. En effet, si l'abstention est forte les représentants élus ne sont plus légitimes : ils représentent une trop faible partie des électeurs. Ainsi aux élections législatives de 2017, l'abstention a atteint un taux record de 57% ce qui fait que les députés élus, même s'ils ont reçu une large majorité de voix, ne représentent que très peu de citoyens.

Vers le brevet

QUESTIONS

1 Le citoyen peut d'abord s'engager dans la vie politique de son pays en votant. Il est appelé à voter pour cinq élections qui permettent de choisir ses représentants à l'échelle nationale, locale ou encore européenne. Mais le citoyen aussi peut s'engager en faisant partie ou en créant une association qui défend une cause ou une idée qui lui est chère. Il s'investit ainsi dans la vie collective et fait preuve de civisme. Il peut aussi s'engager, s'il a entre 16 et 25 ans, dans un service civique pour une durée de 6 mois. Payé par l'État, il remplit une mission d'intérêt collectif pour l'État ou pour une association. Enfin il peut s'engager grâce aux réseaux sociaux dans le débat politique, à l'échelle locale le plus souvent.

2 La démocratie participative est une démocratie dans laquelle, grâce à internet et aux réseaux sociaux, le citoyen participe à la prise de décision politique. Les réseaux sociaux permettent de créer des consultations, pétitions, forums ou débats qui influencent le débat politique.

3 La Journée Défense et Citoyenneté est destinée à tous les jeunes citoyens français, garçons et filles. Elle consiste en une journée d'information sur les métiers proposés par l'armée française. Des tests médicaux et de lecture sont également organisés. À l'issue de cette journée, un certificat de participation est donné, obligatoire pour passer tout examen national.

4 L'OTAN est l'Organisation du Traité de l'Atlantique Nord. Elle regroupe de nombreux pays occidentaux, comme les États-Unis et la plupart des États d'Europe de l'Ouest, dans une alliance militaire destinée à organiser leur défense commune.

RÉPONDRE À UNE SITUATION PRATIQUE

1 Les jeunes Français, depuis la loi du 28 octobre 1997, sont impliqués dans la Défense nationale. Ils participent tous, garçons comme filles, au parcours de citoyenneté qui comprend trois étapes : l'enseignement de la Défense au collège et au lycée ; le recensement à 16 ans en mairie ; la Journée Défense et citoyenneté (JDC) avant l'âge de 18 ans.

> **Gagnez des points !**
> Précisez que ce parcours concerne les garçons comme les filles.

2 Dans les deux documents, de nombreux acteurs participant à la Défense nationale sont cités : le ministère de l'Éducation nationale, les collectivités locales (mairies), le ministère de la Défense, le président de la République, le Parlement, mais aussi la Nation entière, c'est-à-dire tous les Français.

> **Gagnez des points !**
> Observez bien le document 1 : chaque étape est organisée par un acteur important.

3 Chaque Française et chaque Français a un rôle dans la Défense nationale.

Tout d'abord, depuis la suspension du service militaire par le président Jacques Chirac en 1997, tous les jeunes Français, garçons comme filles, participent au parcours de citoyenneté qui les forment aux enjeux de la Défense nationale.

> **Gagnez des points !**
> Ne vous contentez pas de recopier les documents, mais montrez que vous avez des connaissances personnelles sur le sujet.

Au collège et au lycée, il existe un enseignement de la Défense qui présente ses buts et ses missions. À 16 ans, le recensement est organisé par les mairies pour inscrire les futurs citoyens sur les listes électorales et pour qu'ils reçoivent, avant leurs 18 ans, une convocation pour la Journée Défense et citoyenneté. Lors de cette journée, les jeunes citoyens rencontrent des femmes et des hommes de la Défense qui leur exposent les enjeux de la Défense nationale et leur présentent ses différents métiers.

Les citoyens sont également impliqués dans la Défense nationale tout au long de leur vie. En effet, ils élisent au suffrage universel le président de la République qui est le chef des armées, qui possède les codes nucléaires et qui nomme le Premier ministre, responsable de la Défense nationale, ainsi que le ministre des Armées. De même, ils élisent le Parlement, qui vote le budget de la Défense après en avoir débattu.

Gagnez des points !

Utilisez vos connaissances d'Histoire et d'EMC sur les pouvoirs du président de la République, ainsi que sur ceux du Parlement.

Cahier spécial brevet

Sujet de brevet 1

EXERCICE 1 [20 pts]

Analyser et comprendre des documents

HISTOIRE

Doc. Programme du Conseil national de la Résistance (CNR)

Ce texte a été diffusé au printemps 1944 dans la clandestinité, par les journaux des mouvements de résistance.

« Née de la volonté ardente des Français de refuser la défaite, la Résistance n'a pas d'autre raison d'être que la lutte quotidienne sans Libération. […]

Aussi les représentants des organisations de Résistance, des centrales syndicales et des partis ou tendances politiques groupés au sein du CNR délibérant en assemblée plénière le 15 mars 1944, ont-ils décidé de s'unir sur le programme suivant, qui comporte à la fois un plan d'action immédiate contre l'oppresseur et les mesures destinées à instaurer, dès la libération du territoire, un ordre social plus juste.

I. Plan d'action immédiate

<u>Les représentants des organisations de Résistance des centrales syndicales et des partis ou tendances politiques groupés au sein du CNR […] proclament leur volonté de délivrer la patrie en collaborant étroitement aux opérations militaires que l'armée française et les armées alliées entreprendront sur le continent</u>, mais aussi de hâter cette libération, d'abréger les souffrances de notre peuple, de sauver l'avenir de la France en intensifiant sans cesse et par tous les moyens la lutte contre l'envahisseur et ses agents, commencée dès 1940. [...]

II. Mesures à appliquer dès la libération du territoire

[...] 4°) Afin d'assurer :

• L'établissement de la démocratie la plus large en rendant la parole au peuple français par le rétablissement du suffrage universel ;

• La pleine liberté de pensée, de conscience et d'expression ;

• La liberté de la presse, son honneur et son indépendance à l'égard de l'État, des puissances d'argent et des influences étrangères ;

• La liberté d'association, de réunion et de manifestation […] ;

• L'égalité absolue de tous les citoyens devant la loi ;

5°) Afin de promouvoir les réformes indispensables : [...]

Sur le plan social :

• Le droit au travail et le droit au repos, notamment par le rétablissement et l'amélioration du régime contractuel du travail ; [...]

• Un plan complet de sécurité sociale, visant à assurer à tous les citoyens des moyens d'existence, dans tous les cas où ils sont incapables de se les procurer par le travail [...] ;

• Une retraite permettant aux vieux travailleurs de finir dignement leurs jours ; [...]

En avant donc, dans l'union de tous les Français rassemblés autour du CFLN[1] et de son président, le général de Gaulle ! En avant pour le combat, en avant pour la victoire, afin que vive la France ! »

1. Comité Français de Libération Nationale, remplacé le 3 juin 1944 par le Gouvernement provisoire de la République française.

QUESTIONS

1. Identifiez les auteurs du texte.

2. Pourquoi le programme d'action du Comité national de la Résistance daté du 15 mars 1944 a-t-il été adopté dans la clandestinité ? Expliquez la phrase soulignée en quelques lignes en faisant appel à vos connaissances.

3. Comment expliquer que le général de Gaulle soit mentionné dans le dernier paragraphe ?

4. Relevez et classez les réformes prévues par le CNR dans le tableau suivant :

Les projets de réformes du CNR après la libération du territoire	
Sur le plan des droits et des libertés	**Sur le plan social**

5. À partir de deux exemples précis, relevés dans le texte, montrez que le programme du CNR a été appliqué à partir de 1944.

EXERCICE 2 [20 pts]

Maîtriser différents langages

GÉOGRAPHIE

1. Sous la forme d'un développement construit d'une vingtaine de lignes et en vous appuyant sur un ou des exemples d'aires urbaines étudiés en classe, décrivez les espaces et les dynamiques des villes françaises.

2. Localisez et nommez sur le fond de carte ci-dessous Paris et 4 aires urbaines de votre choix.

Doc. **Les principales aires urbaines de la France métropolitaine**

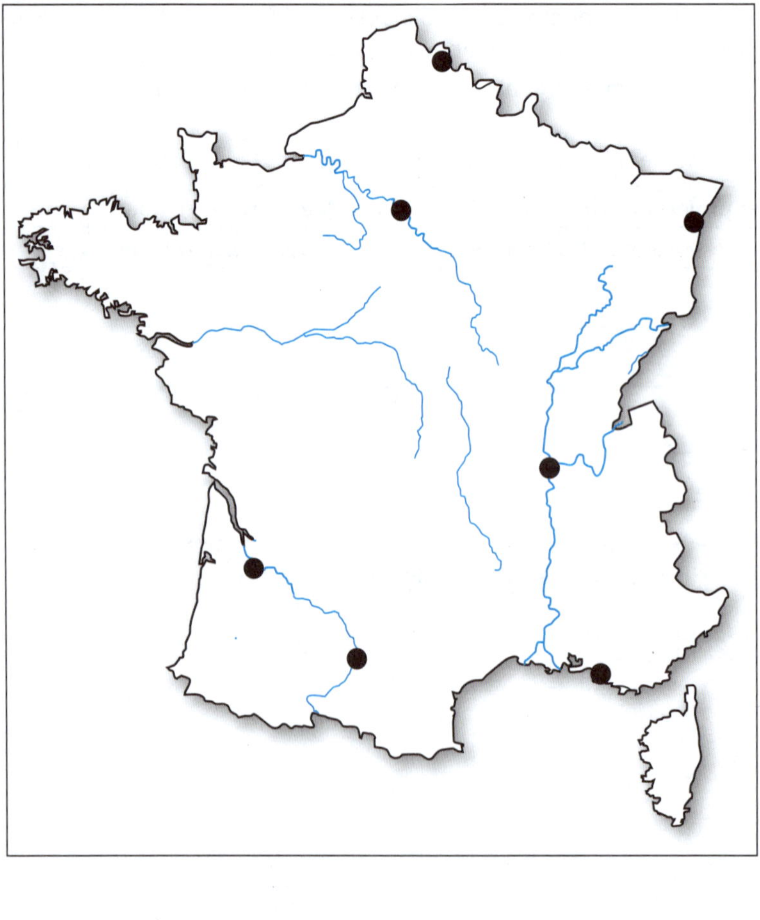

EXERCICE 3 [10 pts]

ENSEIGNEMENT MORAL ET CIVIQUE

Doc. 1 Affiche 2015 de la commune de Floirac (Gironde)

Doc. Extraits de la Charte de laïcité à l'École, 2013

Art. 3 : La laïcité garantit la liberté de conscience à tous. Chacun est libre de croire ou de ne pas croire. [...]

Art. 4 : La laïcité permet l'exercice de la citoyenneté, en conciliant la liberté de chacun avec l'égalité et la fraternité de tous dans le souci de l'intérêt général.

Art. 8 : La laïcité permet l'exercice de la liberté d'expression des élèves dans la limite du bon fonctionnement de l'École comme du respect des valeurs républicaines et du pluralisme des convictions.

Art. 9 : La laïcité implique le rejet de toutes les violences et de toutes les discriminations, garantit l'égalité entre les filles et les garçons et repose sur une culture du respect et de la compréhension de l'autre.

Art. 13 : Nul ne peut se prévaloir de son appartenance religieuse pour refuser de se conformer aux règles applicables dans l'École de la République.

QUESTIONS

1. Citez trois valeurs et deux symboles de la République française présents dans les documents.
2. Expliquez les phrases soulignées dans le document 2 pour montrer que la laïcité garantit les libertés à l'École.
3. Vous êtes chargé de présenter la laïcité à l'École à un correspondant étranger en visite dans votre établissement en vous aidant des documents et de vos connaissances. En quelques lignes, comment lui expliquez-vous que la laïcité favorise le « vivre ensemble » à l'École ?

EXERCICE 1

1. Les auteurs du texte sont les membres du CNR, c'est-à-dire du Conseil national de la Résistance. Ce conseil est composé « des représentants des différentes organisations de la Résistance, des centrales syndicales et des partis ou tendances politiques ». C'est le résistant Jean Moulin qui en est le fondateur mais celui-ci fut arrêté et tué par les Nazis en 1943.

> **Gagnez des points !**
> Mobilisez vos connaissances sur le CNR pour mentionner Jean Moulin et le rôle important qu'il a joué dans la création de ce conseil.

2. Le programme d'action du CNR est adopté dans la clandestinité car, le 15 mars 1944, toute la France est encore occupée par l'Allemagne nazie. La phrase soulignée nous montre que le CNR attend les « opérations militaires que l'armée française et les armées alliées entreprendront sur le continent ». En effet, peu de temps après la parution de ce texte, le 6 juin 1944, a lieu le débarquement des Alliés en Normandie ; la libération de la France commence alors et la Résistance y participe activement.

3. Le général de Gaulle est mentionné dans le dernier paragraphe car c'est le chef de la Résistance, c'est lui qui l'a unifiée sous son autorité et qui a eu l'idée du CNR. Ce rôle important explique pourquoi il est ensuite le président du CFLN puis du GPRF, le Gouvernement provisoire de la République française, devenant ainsi à partir de juin 1944 le dirigeant de la France.

> **Gagnez des points !**
> Mobilisez vos connaissances pour expliquer que de Gaulle est le chef de la Résistance puis du nouveau Gouvernement qui dirige la France à partir de juin 1944. Ne vous contentez pas de recopier le document.

4.

Les projets de réforme du CNR après la libération du territoire	
Sur le plan des droits et des libertés	**Sur le plan social**
Établissement de la démocratie par le rétablissement du suffrage universel	Droit au travail et droit au repos
Pleine liberté de pensée, de conscience, d'expression	Un plan complet de sécurité sociale visant à assurer à tous les citoyens des moyens d'existence
Liberté de la presse	Une retraite permettant aux vieux travailleurs de finir dignement leurs jours
Liberté d'association, de réunion et d'information	

> **Astuce du prof**
> Attention, le droit du travail et le droit au repos, malgré leur intitulé, sont bien à classer dans les mesures sociales du CNR.

5. Le programme du CNR a été appliqué car dès 1944, le GPRF donne le droit de vote aux femmes et établit pour la première fois en France le suffrage universel lors des élections de 1945. Cette même année, le GPRF met en place la Sécurité sociale, une protection sociale pour tous notamment les plus fragiles : les malades, les vieux travailleurs, les familles…

EXERCICE 2

Astuce du prof

Les aires urbaines se composent de trois espaces, organisez donc votre développement en trois paragraphes distincts pour décrire chaque espace et ses dynamiques.

1. La ville-centre, très urbanisée, se trouve au cœur des aires urbaines. Elle est l'espace le plus anciennement urbanisé, le plus densément peuplé et concentre encore la majorité des activités économiques. La ville-centre est devenue, dans beaucoup d'aires urbaines comme celle de Paris, très chère. Bien rénovée et mise en valeur, ses loyers augmentent et une partie de sa population est contrainte de s'installer plus loin, en banlieue.

En effet, la banlieue est l'espace urbain qui entoure la ville-centre. Moins urbanisée, elle offre plus d'espace pour y construire des logements plus grands et moins chers que dans la ville-centre. Mais la banlieue demande un effort de mobilité à ses habitants : ces derniers doivent souvent multiplier les déplacements de banlieue à banlieue ou vers la ville-centre pour aller travailler. Ces déplacements quotidiens s'appellent des migrations pendulaires et s'observent dans toutes les grandes aires urbaines, comme à Lyon ou Marseille par exemple.

Enfin, la couronne périurbaine, espace le moins urbanisé, se situe entre la banlieue et l'espace rural. La périurbanisation s'est développée car de nombreux urbains recherchent un logement individuel, un jardin et la proximité de la campagne. Cela allonge encore les migrations pendulaires car bien souvent le travail reste concentré dans la ville-centre. C'est le cas à Toulouse par exemple, qui a l'une des plus grandes zones périurbaines de France.

Aujourd'hui, les aires urbaines doivent maîtriser leur étalement urbain pour faire face aux enjeux d'un développement durable : il faut préserver l'espace rural et réduire les migrations pendulaires pour limiter la pollution.

2.

EXERCICE 3

1. Les trois valeurs de la République sont présentes dans les deux documents : elles sont citées sur l'affiche (document 1) et dans l'article 4 du document 2 : liberté, égalité, fraternité. Sur le document 1, on repère deux symboles de la République : Marianne avec son bonnet phrygien, et les couleurs du drapeau tricolore : le bleu, le blanc et le rouge.

2. La laïcité est un principe de la Ve République inscrit dans la Constitution de 1958, mais hérité de la IIIe République et de la loi de 1905 sur la séparation des Églises et de l'État.

Ce principe instaure la neutralité religieuse de l'État. L'École républicaine est donc laïque, ce qui permet de protéger la liberté de conscience : à l'école, chacun est libre de croire, de ne pas croire et de le dire. La laïcité permet ainsi l'exercice de la liberté d'expression des élèves dans la limite du respect des convictions des autres.

> **Gagnez des points !**
> Exposez vos connaissances en Histoire et en EMC sur la laïcité pour bien expliquer qu'elle garantit les libertés à l'École.

3. En France, il existe un principe important dans nos écoles, c'est la laïcité. Cela veut dire qu'à l'école, on ne nous enseigne aucune religion en particulier. Notre République n'ayant pas de religion officielle, elle doit se montrer neutre à ce sujet. Bien sûr, nous pouvons parler des religions en classe et on nous enseigne l'histoire des grandes religions : nous sommes libres de nous exprimer sur ce thème mais sans faire de prosélytisme, c'est-à-dire sans essayer de convaincre les autres d'adopter nos idées et nos croyances.

> **Astuce du prof**
> Même si vous êtes censé parler à un élève étranger, n'hésitez pas à employer le vocabulaire de la leçon pour montrer que vous le maîtrisez.

Ainsi, nous sommes obligés d'accepter les idées de tout le monde dans la classe, ce qui nous permet d'avoir une culture du respect et de la compréhension de l'autre. Cela favorise « le vivre ensemble » à l'école malgré les différences de cultures, d'idées et de religions de chacun.

Sujet de brevet 2

EXERCICE 1 [20 pts]

Analyser et comprendre des documents

GÉOGRAPHIE

Doc. 8 500 salariés SFR à la Plaine Saint-Denis en 2015

Ce sera dans quelques années le premier employeur privé de Saint-Denis. Hier, Frank Esser, le P.-D.G. de SFR, et Olivier de La Roussière, le président de Vinci immobilier, ont posé la première pierre du futur siège social de l'opérateur téléphonique.

En 2015, tous les salariés du groupe, soit 8 500 personnes, s'implanteront dans le secteur Landy-Pleyel sur un terrain de 4 hectares situé non loin du Stade de France où, depuis plusieurs semaines, les engins de terrassement s'activent. Le projet, gigantesque, s'articulera autour de quatre bâtiments de bureaux et accueillera de nombreux espaces communs : cinq restaurants, des commerces, un pôle de conférence, un auditorium, une salle de sport et 1 600 places de parking. Sauf imprévu, les 4 500 premiers salariés déménageront fin 2013 ; les 3 500 autres suivront deux ans plus tard.

« C'est un projet ambitieux, explique Franck Esser, le P.-D.G. Le choix de Saint-Denis s'est imposé à nous car c'est un lieu central, très bien desservi, identifié par le Grand Paris comme un pôle de compétitivité et prestigieux du fait de la présence à nos côtés d'entreprises comme Generali, BNP, etc. »

L'arrivée de cette entreprise confirme le dynamisme de ce quartier, que certains surnomment la Petite Défense. « Avec cette installation, Saint-Denis dépassera la barre des 100 000 emplois, au plus haut de son histoire, se félicite Didier Paillard, le maire (PC). Cette première pierre s'inscrit dans le projet d'aménagement global du secteur Landy-Pleyel ». Outre les RER B et D, le quartier accueillera d'ici une vingtaine d'années le futur pôle intermodal de Pleyel, où transiteront deux lignes du Grand Paris Express, le prolongement de la ligne 14 et des lignes de TGV. De quoi séduire les entreprises et les salariés. Hier, Didier Paillard a ainsi rappelé que sa « ville construisait de nombreux logements et notamment des logements 1 % à destination des salariés ». Car c'est bien là l'enjeu pour l'agglomération : « Ce dynamisme économique doit profiter aux habitants du 93, y compris aux plus précaires », martèle Patrick Braouzec, le président de Plaine Commune[1].

1. Plaine Commune : communauté d'agglomération qui regroupe 5 villes autour de Saint-Denis.

D'après l'article de Nathalie Pellier, *Le Parisien*, 11 novembre 2011.

QUESTIONS

1. Sur quel territoire s'installe l'entreprise SFR ? À quel type d'espace productif appartient-il ? Comment peut-on appeler ce quartier, comparé à une « Petite Défense » ?

2. Dans un tableau de ce type, relevez puis classez les différents atouts de la Plaine Saint-Denis qui expliquent la localisation de l'entreprise SFR sur ce territoire.

Superficie du terrain	Proximité avec…	Projet du Grand Paris	Transports

3. Quelles sont les différentes activités de services mentionnées dans le texte ? Citez-en d'autres.

4. Qu'est-ce qu'un pôle de compétitivité ? Illustrez votre explication à l'aide de l'exemple du texte ou d'un autre exemple étudié en classe.

5. Quels acteurs sont mentionnés dans l'article ? Quels sont leurs rôles respectifs ?

6. Quelles sont les conséquences attendues de la localisation de SFR sur le territoire de Saint-Denis ?

EXERCICE 2 [20 pts]

Maîtriser différents langages

HISTOIRE

1. Sous la forme d'un développement construit d'une vingtaine de lignes, vous décrirez comment civils et militaires subissent des violences extrêmes pendant la Première Guerre mondiale.

2. Au-dessus de la frise chronologique ci-dessous, dans les cadres, placez les années de la Première Guerre mondiale. Dans la frise, indiquez à l'aide d'un point la date qui marque la fin de la guerre, en précisant le jour, le mois et l'année. Placez aussi dans la bonne année le génocide des Arméniens, une grande bataille de la guerre et la Révolution bolchevique.

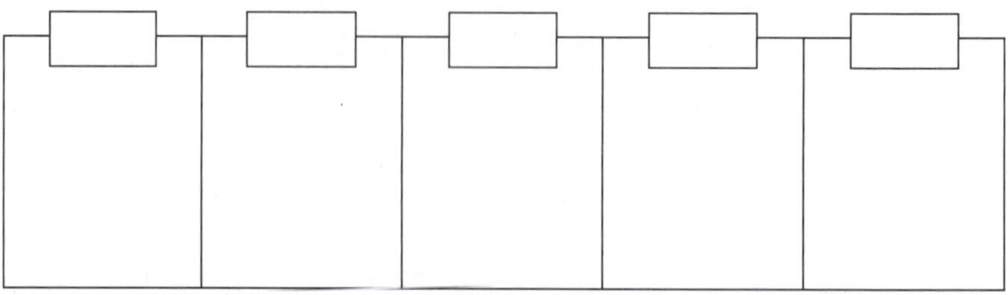

EXERCICE 3 [10 pts]

ENSEIGNEMENT MORAL ET CIVIQUE

Doc. 1 Extraits de la Déclaration universelle des droits de l'Homme, 1948

Art. 1er : Tous les êtres humains naissent libres et égaux en dignité et en droits. Ils sont doués de raison et de conscience et doivent agir les uns envers les autres dans un esprit de fraternité.

Art. 19 : Tout individu a droit à la liberté d'opinion et d'expression. […]

Art. 20.1 : Toute personne a droit à la liberté de réunion et d'association pacifiques.

Doc. 2 S'engager dans une association

2a Témoignages de bénévoles de l'association Action Froid

Touchés par la situation des sans-abri, des habitants de Bourges[1] ont décidé d'agir. Réunis dans l'association Action Froid, ils leur apportent de l'aide. Mylène, cette bénévole active, n'a jamais travaillé dans l'humanitaire mais une démarche citoyenne lui a fait rejoindre l'association de Laurent Eysat, Action Froid, née spontanément sur Facebook. […] Bruno apprécie ces maraudeurs[2] d'un nouveau genre : « C'est des gens comme tout le monde qui donnent un coup de main ».

Mylène : « Quand on me demande pourquoi je fais ça, je ne sais pas ; mais moi, je me demande pourquoi les gens ne le font pas ».

1. Bourges : ville du centre de la France.
2. Maraudeurs : bénévoles qui apportent chaque nuit aide et nourriture aux sans-abri.

D'après l'article d'A. Tobeluchy, *Le Berry*, 13 novembre 2012.

2b **Affiche de l'AFEV : association d'étudiants qui fait du soutien auprès des jeunes en difficultés scolaires**

QUESTIONS

1. D'après le document 1, sur quels droits et sur quelle valeur se fondent les associations en France ?
2. Expliquez les objectifs des deux associations présentées par le document 2 et donnez les raisons pour lesquelles des bénévoles s'y engagent.
3. Vous êtes chargé de présenter une association de votre choix à votre classe dans le cadre du parcours citoyen en vous aidant des documents et de vos connaissances. En quelques lignes, présentez les objectifs et les actions de cette association et expliquez pourquoi vous avez choisi de la présenter.

EXERCICE 1

1. L'entreprise SFR s'installe dans le secteur du Landy-Pleyel près du Stade de France, à Saint-Denis, dans la banlieue nord de Paris.

Ce territoire est un espace productif du secteur tertiaire, un espace de services où se concentrent les sièges sociaux de grandes entreprises comme SFR mais aussi BNP (banque) ou Generali (Assurances). C'est pourquoi on peut dire que ce quartier est un centre des affaires, un CBD (*Central Business District*) comme celui de La Défense mais en moins important.

2.

Superficie du terrain	Proximité avec...	Projet du Grand Paris	Transports
– Un terrain de 4 hectares qui permet la construction d'un « projet gigantesque »	– Le Stade de France – La ville de Paris – D'autres grandes entreprises comme Generali ou BNP	– Création d'un pôle de compétitivité – Création du « futur pôle intermodal de Pleyel » où passeront deux lignes du GPE, la ligne 14 et le TGV	– Desservi par les RER B et D

3. Les différentes activités de services présentes dans le texte sont d'abord celles de l'entreprise SFR. Cet opérateur téléphonique va installer son siège social, c'est-à-dire son centre de décision, à Saint-Denis. Celui-ci sera entouré d'autres sièges sociaux, ceux des entreprises BNP et Generali. Mais le projet prévoit aussi la construction de cinq restaurants, de commerces ainsi que d'un pôle de conférence. Les activités qui ne sont pas mentionnées dans le texte sont par exemple le tourisme, qui constitue une part importante des activités tertiaires en France, ou les activités de recherche et de formation.

> **Astuce du prof**
> Même si ce n'est pas directement dit dans le texte, ajoutez la proximité avec Paris car c'est un atout évident de ce territoire.

4. Un pôle de compétitivité est un territoire choisi par l'État pour y développer la présence d'entreprises innovantes ainsi que de centres de recherche et de formation pour redynamiser ou dynamiser une région. L'exemple que j'ai étudié en classe est par exemple celui de l'Aerospace Valley localisé dans le Sud-Ouest entre Toulouse et Bordeaux. C'est un pôle de compétitivité spécialisé dans l'aéronautique avec notamment le siège social, l'école et les usines de l'entreprise Airbus.

5. Le P.-D.G. de SFR, les salariés, le maire de Saint-Denis, le président de Plaine Commune sont les principaux acteurs mentionnés dans le texte. On peut citer aussi l'État à travers la mention du projet du Grand Paris et du pôle de compétitivité de Saint-Denis.

6. Le P.-D.G. a décidé de la nouvelle localisation de SFR en accord avec les salariés. Le maire et le président de Plaine Commune tentent de coordonner les différents projets afin qu'ils profitent aux habitants et à leurs villes. Enfin, l'État finance de nouveaux aménagements, notamment en matière de transports (nouvelle gare, nouvelles lignes de métro).

EXERCICE 2

1. La Première Guerre mondiale voit se développer des violences extrêmes inconnues jusqu'alors. Comment les combats de cette guerre totale ont-ils provoqué une telle violence aussi bien contre les militaires que contre les civils ?

> **Gagnez des points !**
> Organisez votre paragraphe en deux parties et essayez de faire une phrase d'introduction et une phrase de conclusion.

L'industrialisation des sociétés européennes en 1914 permet la mise au point de nouvelles armes meurtrières : les gaz toxiques, les mitrailleuses et surtout les obus. Ce sont d'abord les militaires qui affrontent sur le champ de bataille ces armes terribles. Pour s'en protéger, ils creusent des abris et c'est ainsi que la Première Guerre mondiale devient une guerre d'usure, une guerre de tranchées. Mais les violences subies restent extrêmes car les soldats, lors des grandes batailles comme la bataille de Verdun en 1916, tentent des sorties pour lancer des offensives et affrontent alors des pluies d'obus qui les tuent ou les mutilent massivement.

De plus, les conditions de vie dans les tranchées sont très dures, les soldats y souffrent de la faim, du froid, de la fatigue et d'un grand manque d'hygiène. C'est pourquoi, en France, la population surnomme très vite ses militaires « les poilus ».

> **Gagnez des points !**
> Les violences concernent aussi les conditions de vie extrêmes des soldats dans les tranchées, n'oubliez pas de les décrire.

Les civils sont aussi la cible de violences extrêmes. Quand ils sont proches de la ligne de front, ils subissent comme les soldats des bombardements massifs qui n'épargnent rien : villes, hôpitaux, villages sont touchés et parfois complètement rasés, surtout dans le nord-est de la France. Mais dans l'Empire ottoman, une forme de violence particulière atteint les civils arméniens en 1915. En effet, le gouvernement turc, persuadé que la population arménienne le trahit au profit de l'Empire russe, décide d'éliminer cette population, considérée comme « ennemie ». Dès lors hommes, femmes et enfants sont traqués et tués, victimes d'un génocide.

Les violences extrêmes sont la cause d'un bilan très lourd de plus de 10 millions de morts pour les militaires. Le bilan du génocide arménien dépasse quant à lui plus d'un million de victimes.

2.

1914	1915	1916	1917	1918
	Génocide des Arméniens	Bataille de Verdun	Révolution bolchevique	11 novembre : armistice de l'Allemagne, fin de la Première Guerre mondiale

EXERCICE 3

1. On peut fonder une association en France car on dispose de la liberté d'opinion et de la liberté de réunion et d'association, tant que celles-ci sont pacifiques. Les associations s'appuient sur la valeur de la fraternité, citée par l'article 1 de la Déclaration universelle des droits de l'Homme et qui fait partie de la devise républicaine « liberté, égalité, fraternité ».

2. Le document 2 nous présente une association, Action Froid, qui vient en aide aux sans-abri et une autre association, l'AFEV, qui fait du soutien scolaire auprès de jeunes en très grandes difficultés. Les bénévoles s'engagent à Action Froid parce qu'ils sont « touchés par la situation des sans-abri ». Ils peuvent être aussi, comme Mylène, dans une « démarche citoyenne » ou, comme Bruno, avoir envie de « donner un coup de main ». Les bénévoles s'engagent à l'AFEV parce qu'ainsi ils sont « utiles contre les inégalités ».

> **Gagnez des points !**
> Pour bien rédiger votre réponse, citez le document.

3. Je vais vous présenter l'association des Restos du cœur. C'est une association fondée par un comédien, Coluche, qui a décidé de venir en aide à ceux qui n'ont pas les moyens de s'acheter à manger. C'est une association qui lutte contre la misère et l'exclusion.

Les *Restos du cœur* font des collectes de nourriture partout en France et se chargent ensuite de la redistribuer dans des locaux où les bénévoles installent des sortes de magasins où ceux qui en ont besoin viennent se servir. Ils organisent aussi des distributions de vêtements ou de cadeaux à Noël.

> **Astuce du prof**
> Vous n'êtes pas obligé de prendre une association à caractère humanitaire, vous pouvez prendre l'exemple d'une association culturelle ou sportive telles que vous en connaissez sûrement dans votre ville.

J'ai choisi de parler de cette association car j'habite à côté du local des Restos du cœur de ma ville, et tous les jours je vois des personnes, surtout des mamans, faire la queue devant. Je voudrais donc plus tard les aider et surtout agir contre la misère et les inégalités.

Sujet de brevet 3

EXERCICE 1 [20 pts]

Analyser et comprendre des documents

HISTOIRE

Doc. 1 Circulaire de la préfecture de police de Paris ordonnant la rafle du « Vel d'Hiv » des 16 et 17 juillets 1942

« À messieurs les commissaires [...].

Paris, le 13 juillet 1942.

Les autorités occupantes ont décidé l'arrestation et le rassemblement d'un certain nombre de Juifs étrangers. [...] [La mesure] concerne tous les Juifs étrangers, quel que soit leur sexe, pourvu qu'ils soient âgés de 16 à 60 ans. Les enfants de moins de 16 ans seront emmenés en même temps que les parents.* [...]

Vous constituerez des équipes d'arrestation. Chaque équipe sera composée d'un gardien en tenue et d'un gardien en civil ou d'un inspecteur des Renseignements Généraux ou de la Police Judiciaire. [...]

Les équipes chargées des arrestations devront procéder avec le plus de rapidité possible, sans paroles inutiles et sans commentaire. [...] Des autobus seront mis à disposition. Lorsque vous aurez un contingent suffisant pour remplir un autobus, vous dirigerez :

a) Sur le Camp de Drancy les individus ou familles n'ayant pas d'enfant de moins de 16 ans.

b) Sur le Vélodrome d'Hiver, les autres.

En ce qui concerne le Camp de Drancy, le contingent prévu doit être de 6 000. [...]

La garde du Vélodrome d'Hiver sera assurée, tant à l'intérieur qu'à l'extérieur, par la gendarmerie de la région parisienne et sous sa responsabilité.

Le directeur de la police municipale, Hennequin. »

Archives de la police, sorties à l'occasion d'une exposition organisée par la mairie du IIIe arrondissement de Paris en 2012.

---

*En réalité, la rafle s'est portée sur tous les Juifs, français comme étrangers et de tout âge.

Doc. 2 Principaux itinéraires des convois de déportation à destination d'Auschwitz durant la Seconde Guerre mondiale

Mémorial de la Shoah.

QUESTIONS

1. À l'aide de l'expression soulignée dans le document 1, présentez la situation de la France en 1942.

2. Identifiez les personnes visées par cette circulaire.

3. Décrivez ce qu'est une rafle à l'aide du document 1.

4. Montrez, grâce au document 1, comment les services de l'État français collaborent avec l'occupant.

5. À l'aide du document 2, expliquez pourquoi la rafle du « Vel d'Hiv » n'est qu'une étape dans la politique nazie mise en place en Europe durant la Seconde Guerre mondiale.

EXERCICE 2 [20 pts]

Maîtriser différents langages

GÉOGRAPHIE

1. En vous appuyant sur un exemple étudié en classe, rédigez un développement construit d'environ vingt lignes montrant l'organisation et les dynamiques d'une aire urbaine en France.

2. a. Localisez et nommez les trois océans identifiés sur le planisphère ci-après.

b. Reliez, dans le tableau suivant, chaque territoire ultra-marin à l'océan dans lequel ou au bord duquel il se situe.

Martinique •		• Océan Atlantique
Réunion •		
Guadeloupe •		• Océan Indien
Polynésie française •		
Mayotte •		• Océan Pacifique
Guyane •		

c. Localisez et nommez sur le planisphère deux territoires ultra-marins de votre choix.

d. Identifiez l'équateur sur le planisphère par un trait de couleur et complétez la légende.

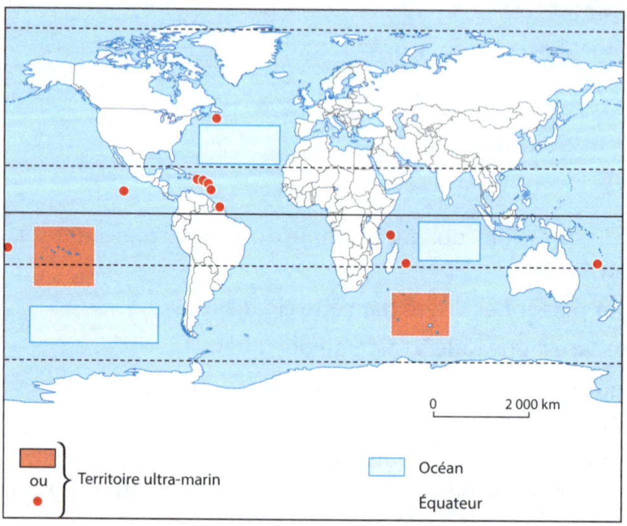

EXERCICE 3 [10 pts]

ENSEIGNEMENT MORAL ET CIVIQUE

Doc. 1 Dépliant de présentation des budgets participatifs de la ville de Floirac

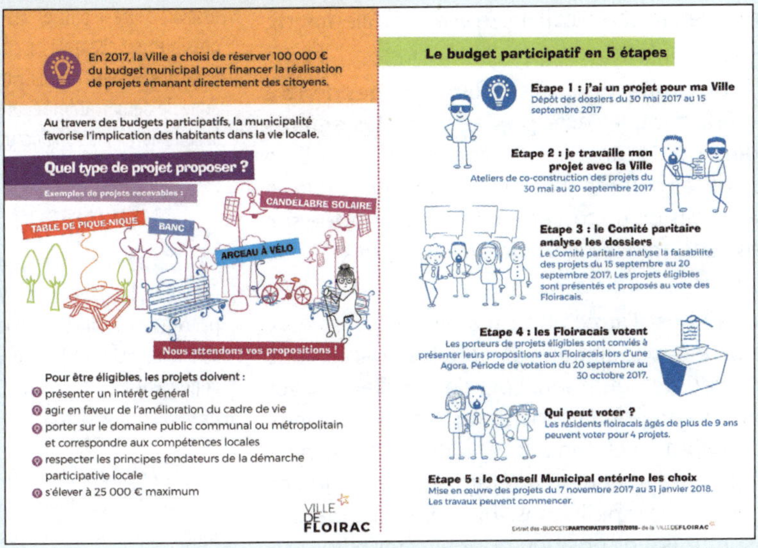

http://www.ville-floirac33.fr/la-democratie-participative

QUESTIONS

1. Identifiez la source et les destinataires de ce dépliant.

2. Qui peut proposer des projets ? Qui peut voter ?

3. Expliquez quel est l'objectif recherché par la ville de Floirac.

4. Citez deux autres formes d'engagement des citoyens dans la vie démocratique.

5. Vous allez à la rencontre des habitants de votre quartier pour qu'ils s'engagent dans la vie de la commune. Rédigez un texte pour les convaincre.

Votre réponse ne comportera aucune information d'identité ou de signature, ni le nom de votre commune.

EXERCICE 1

1. En 1942, la France, battue par l'Allemagne en 1940, est occupée par les nazis. Dans la zone nord, l'Allemagne occupe directement le territoire, tandis que la zone sud est administrée par le gouvernement de Vichy, un régime autoritaire dirigé par le maréchal Pétain et qui collabore avec les Allemands.

> **Gagnez des points !**
> Ne vous contentez pas d'une présentation générale de la situation de la France, mais essayez d'être le plus précis possible, par exemple en citant le gouvernement de Vichy ou la ligne de démarcation séparant la zone libre et la zone occupée jusqu'en novembre 1942.

2. Cette circulaire vise avant tout les Juifs étrangers réfugiés en France, hommes et femmes âgés de 16 à 60 ans. Pourtant, le texte précise que « les enfants de moins de 16 ans seront emmenés en même temps que les parents ». En réalité, comme l'indique la note en bas de texte, cette rafle « s'est portée sur tous les Juifs, français comme étrangers et de tout âge ».

> **L'astuce du prof**
> Attention, les personnes « visées » par cette circulaire sont celles qui seront les victimes des mesures annoncées !

3. Une rafle est l'arrestation massive, agressive et rapide d'une population, et son rassemblement dans un lieu de détention. Lors de la rafle du « Vel d'Hiv », des équipes de policiers ont été constituées avec « un gardien en tenue et [...] un gardien en civil » à qui on demande d'arrêter les familles juives « avec le plus de rapidité possible ». Ensuite, des autobus sont mis à disposition pour emmener les prisonniers dans le camp de Drancy ou au Vélodrome d'Hiver où ils sont gardés par la gendarmerie.

> **Gagnez des points !**
> Indiquez chaque étape de la rafle depuis l'arrestation jusqu'à l'internement.

4. Lors de la rafle du Vel d'Hiv, les autorités françaises collaborent avec l'occupant allemand. En effet, selon Hennequin, le directeur de la police municipale, ce sont « les autorités occupantes », donc les Allemands, qui ont décidé de la rafle. Ce sont pourtant les policiers et les gendarmes français qui procèdent aux arrestations et au rassemblement des Juifs à Drancy et au Vélodrome d'Hiver. Les autorités françaises ont obéi aux ordres donnés par les Allemands, allant même plus loin que ce qu'on leur demandait, puisque la mesure ne devait porter que sur les personnes âgées de 16 à 60 ans. L'État français a donc activement participé à l'internement et à la déportation des Juifs habitant en France.

> **Gagnez des points !**
> Montrez que l'État français a non seulement obéi aux ordres donnés par l'occupant allemand, mais est même allé plus loin que ce qu'on lui demandait.

5. La rafle du Vel d'Hiv n'est qu'une étape dans la politique nazie mise en place en Europe durant la Seconde Guerre mondiale. En effet, les Juifs internés dans des camps d'internement en France ou dans les autres pays européens occupés sont ensuite déportés dans des camps de concentration en Allemagne ou des centres d'extermination en Pologne. Dans les camps de concentration, les prisonniers juifs, tziganes ou résistants étaient forcés à travailler dans des conditions telles qu'elles conduisaient la plupart du temps à la mort. Dans les camps d'extermination comme Auschwitz ou Sobibor, les déportés étaient dans la plupart des cas mis à mort dès leur arrivée. À Auschwitz, environ un million de personnes ont été tuées pendant la guerre. Au total, entre 1941 et 1945, le génocide des Juifs, la « Shoah », a fait entre 5 et 6 millions de victimes, et celui des Tziganes environ 300 000.

Gagnez des points !
Citez des chiffres appris en cours pour appuyer votre propos. Utilisez également le vocabulaire historique spécifique appris.

EXERCICE 2

1. Aujourd'hui, plus de 80 % des Français sont citadins et vivent dans une aire urbaine. Comment s'organisent les différents espaces d'une aire urbaine et quelles sont leurs dynamiques ?

Les aires urbaines sont composées de trois espaces distincts. La ville-centre est l'espace le plus anciennement et densément urbanisé. C'est là que l'on trouve les principales activités économiques et culturelles, ainsi que les centres de décision, notamment dans les grandes métropoles comme Toulouse. Les habitations, souvent anciennes, y sont assez chères et on y trouve les monuments historiques qui attirent les touristes.

Autour de la ville-centre s'étendent les banlieues, moins densément peuplées mais urbanisées de longue date. Ces espaces se caractérisent par de grands ensembles d'habitat collectif, destinés à accueillir les ouvriers et les employés, mais aussi par des pavillons dans des zones résidentielles. On y trouve également des zones commerciales et industrielles, comme l'usine Airbus à Blagnac, dans la banlieue de Toulouse.

En s'éloignant encore de la ville-centre, à la périphérie des banlieues, commence la couronne périurbaine. Cet espace mélange ville et campagne : les villages agricoles anciens accueillent de nouveaux résidents qui travaillent dans le pôle urbain, c'est-à-dire dans la ville-centre ou les banlieues. Ils s'installent dans des fermes rénovées ou, plus souvent, dans des pavillons récemment construits.

Les aires urbaines connaissent différentes dynamiques. Tout d'abord, la périurbanisation ne cesse de progresser. L'urbanisation s'étend toujours plus loin sur l'espace rural : c'est l'étalement urbain. En effet, les prix élevés des loyers et l'amélioration des moyens de transport poussent les citadins à s'éloigner de la ville-centre et des banlieues. Ils sont aussi parfois à la recherche d'un cadre de vie plus agréable, attirés par le calme, la proximité de la nature et le fait de posséder une maison individuelle avec jardin. À Toulouse par exemple, comme dans la plupart des grandes métropoles, ce sont ainsi les espaces périurbains qui sont de plus en plus peuplés, tandis que la population de la ville-centre stagne et se gentrifie. Les quartiers centraux, autrefois populaires, sont aujourd'hui rénovés et accueillent des populations aux revenus élevés.

Ainsi, l'étalement urbain a pour conséquence un éloignement de plus en plus important entre le domicile et le lieu de travail. Chaque jour, les périurbains se déplacent en voiture individuelle ou en transports en commun pour aller travailler : c'est ce qu'on appelle « les migrations pendulaires ». Dans l'aire urbaine toulousaine, il n'est pas rare de passer plus d'une heure dans les transports.

L'organisation et les dynamiques des aires urbaines confrontent ces dernières à des difficultés croissantes liées à l'allongement des temps de trajet et à la saturation des réseaux de transport.

2. a., **c.** et **d.**

Gagnez des points !
Choisissez trois couleurs différentes pour les consignes **a.**, **c.** et **d.**.

L'astuce du prof
Pour la consigne **c.**, choisissez des territoires facilement repérables sur la carte. Évitez les points trop proches les uns des autres.

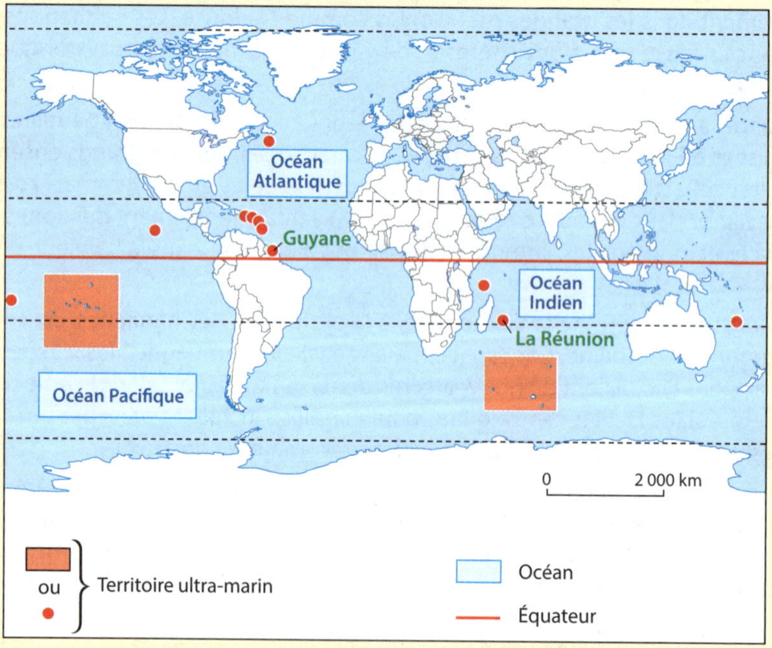

b.

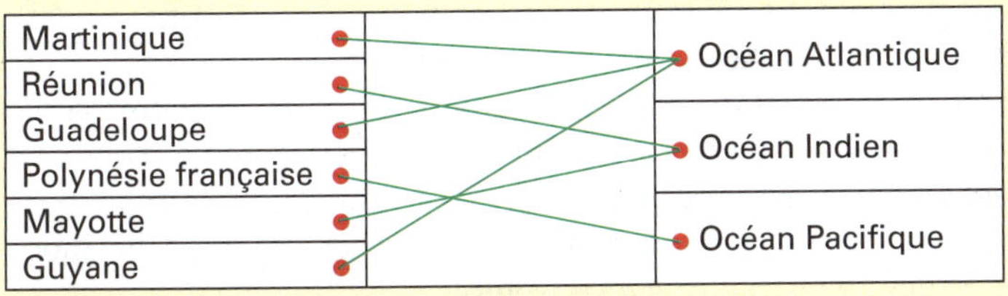

EXERCICE 3

1. Ce dépliant a été rédigé par la ville de Floirac et est présenté sur son site internet officiel (*www.ville-floirac33.fr*). Les destinataires sont donc les habitants de la ville de Floirac, les Floiracais.

> **L'astuce du prof**
> Ne vous contentez pas de citer le nom du site internet, mais expliquez qui est à l'origine de cette affiche.

2. Ce sont les habitants de Floirac, les Floiracais, qui peuvent proposer des projets pour leur ville. Ils les présentent aux autres habitants lors d'une agora, c'est-à-dire une réunion publique. Tous les résidents floiracais âgés de plus de 9 ans peuvent ensuite voter pour les quatre projets qui leur semblent les plus intéressants.

> **Gagnez des points !**
> Montrez que vous avez compris les différentes étapes d'un budget participatif.

3. L'objectif recherché par la ville de Floirac est de favoriser « l'implication des habitants dans la vie locale ». En rendant possible des projets « émanant directement des citoyens », cette municipalité cherche à faire participer les habitants à la vie de la cité. Ainsi, ils n'ont pas l'impression que toutes les décisions sont prises par les élus sans les consulter.

> **L'astuce du prof**
> Ne citez pas seulement le document, mais expliquez ce que ce type d'action change pour les citoyens.

4. Pour s'engager dans la vie démocratique, les citoyens peuvent militer dans un parti politique et même se présenter aux élections, notamment aux élections municipales, dès l'âge de 18 ans. Ils peuvent aussi s'engager dans différents types d'associations : associations de quartier, associations sportives ou d'aide à la personne. Tout citoyen peut ainsi participer, avec « Les Restos du cœur », à la distribution de repas aux personnes dans le besoin de son quartier.

> **Gagnez des points !**
> Ne vous contentez pas d'exemples d'engagement politique. Vous pouvez vous appuyer sur des exemples précis d'associations que vous connaissez.

5. Chers amis,
Je vous écris aujourd'hui car j'ai remarqué que beaucoup d'entre nous ont des idées très intéressantes pour améliorer la vie de notre quartier, mais ne savent pas comment les mettre en œuvre.
Il existe plusieurs façons de s'engager dans la vie de notre commune. Tout d'abord,

je rappellerais l'importance d'aller voter, notamment aux élections municipales. Certains d'entre nous peuvent même se présenter pour être élus au conseil municipal et y porter les idées des habitants de notre quartier.
Ensuite, de nombreuses associations d'habitants agissent pour améliorer la vie quotidienne dans notre commune : des associations sportives, d'aide aux devoirs, aux personnes âgées ou aux personnes isolées. Ils sont toujours en demande de nouveaux adhérents et de bénévoles pour les aider. L'action de ces associations permet à notre communauté de mieux vivre ensemble.
Enfin, notre municipalité a pris l'initiative de mettre en place un budget participatif. Chacun d'entre nous, à tout âge, peut proposer des idées destinées à améliorer notre cadre de vie, que ce soit dans le domaine des aménagements urbains ou dans l'organisation de moments conviviaux. Ces projets doivent bien sûr présenter un intérêt général et ne pas coûter trop cher. Les projets qui auront recueilli le plus de voix seront financés et réalisés par la mairie.
L'année dernière par exemple, l'aire de jeu du parc a été entièrement refaite en s'inspirant des idées proposées par les enfants de l'école X.
Alors n'attendez plus, je compte sur vous pour profiter de toutes ces opportunités pour rendre notre commune et notre quartier plus agréables et plus beaux !

Gagnez des points !
Citez au moins un exemple concret et réaliste d'aménagement urbain ou d'action solidaire à l'échelle locale.

Annexes

Frises chronologiques

1. De la Première à la Seconde Guerre mondiale

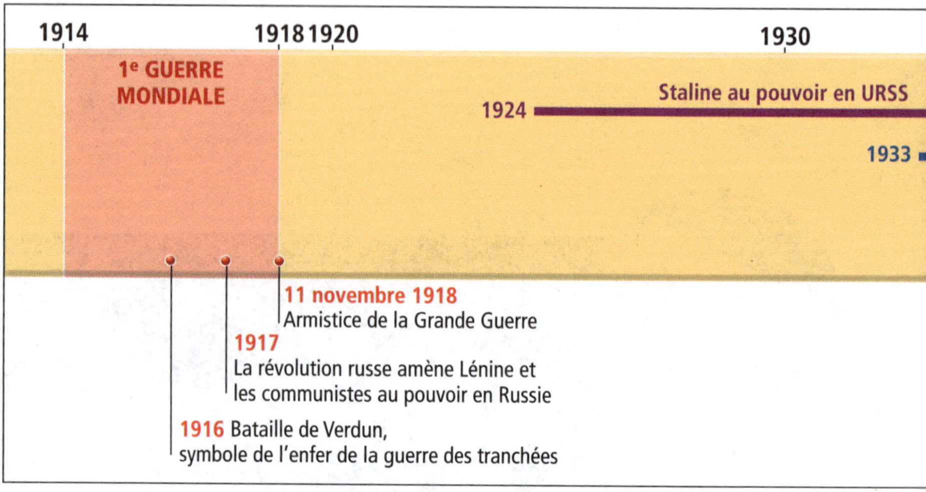

2. Le monde depuis 1945

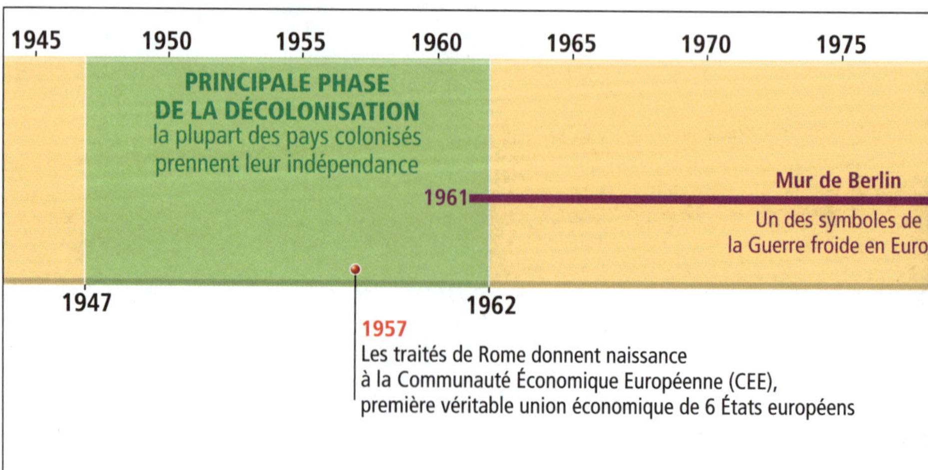

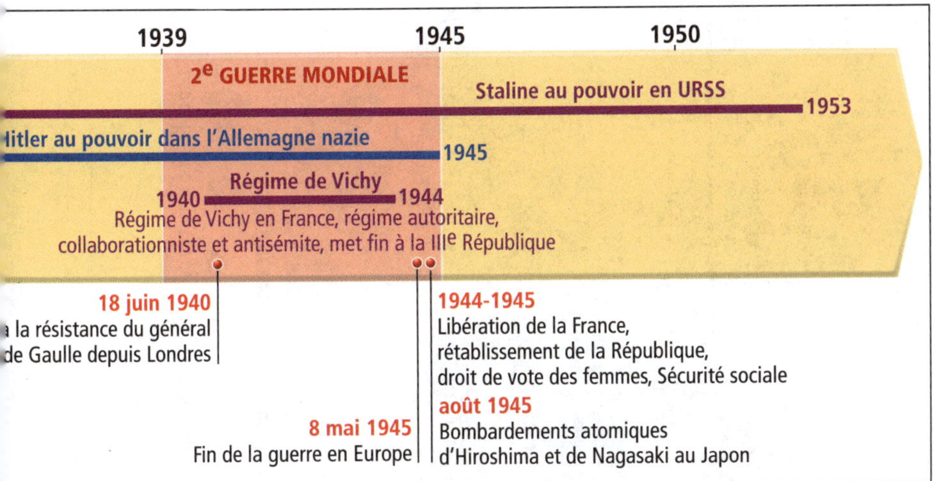
1939
1945
1950
2e GUERRE MONDIALE
Staline au pouvoir en URSS
1953
litler au pouvoir dans l'Allemagne nazie
1945
Régime de Vichy
1940
1944
Régime de Vichy en France, régime autoritaire, collaborationniste et antisémite, met fin à la IIIe République
18 juin 1940
la résistance du général de Gaulle depuis Londres
1944-1945
Libération de la France, rétablissement de la République, droit de vote des femmes, Sécurité sociale
août 1945
Bombardements atomiques d'Hiroshima et de Nagasaki au Japon
8 mai 1945
Fin de la guerre en Europe

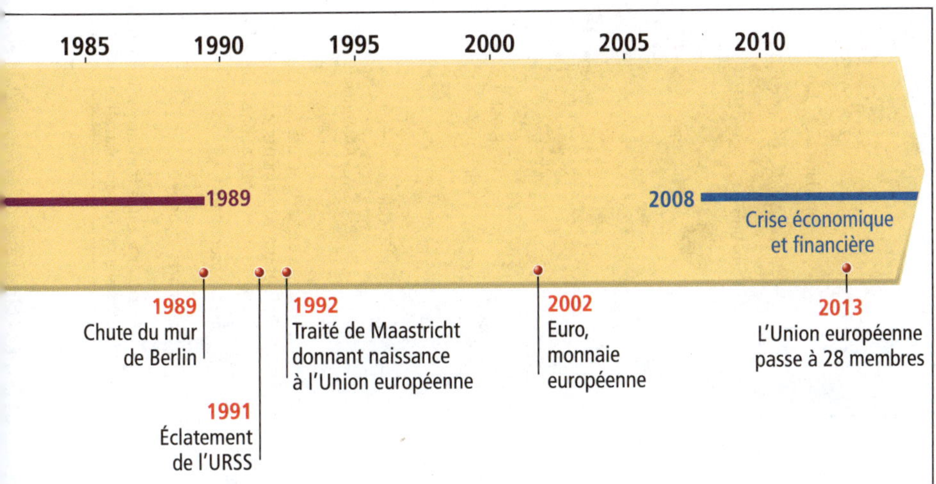
1985
1990
1995
2000
2005
2010
1989
2008
Crise économique et financière
1989
Chute du mur de Berlin
1991
Éclatement de l'URSS
1992
Traité de Maastricht donnant naissance à l'Union européenne
2002
Euro, monnaie européenne
2013
L'Union européenne passe à 28 membres

Cartes géographiques

1. La présence française dans le monde

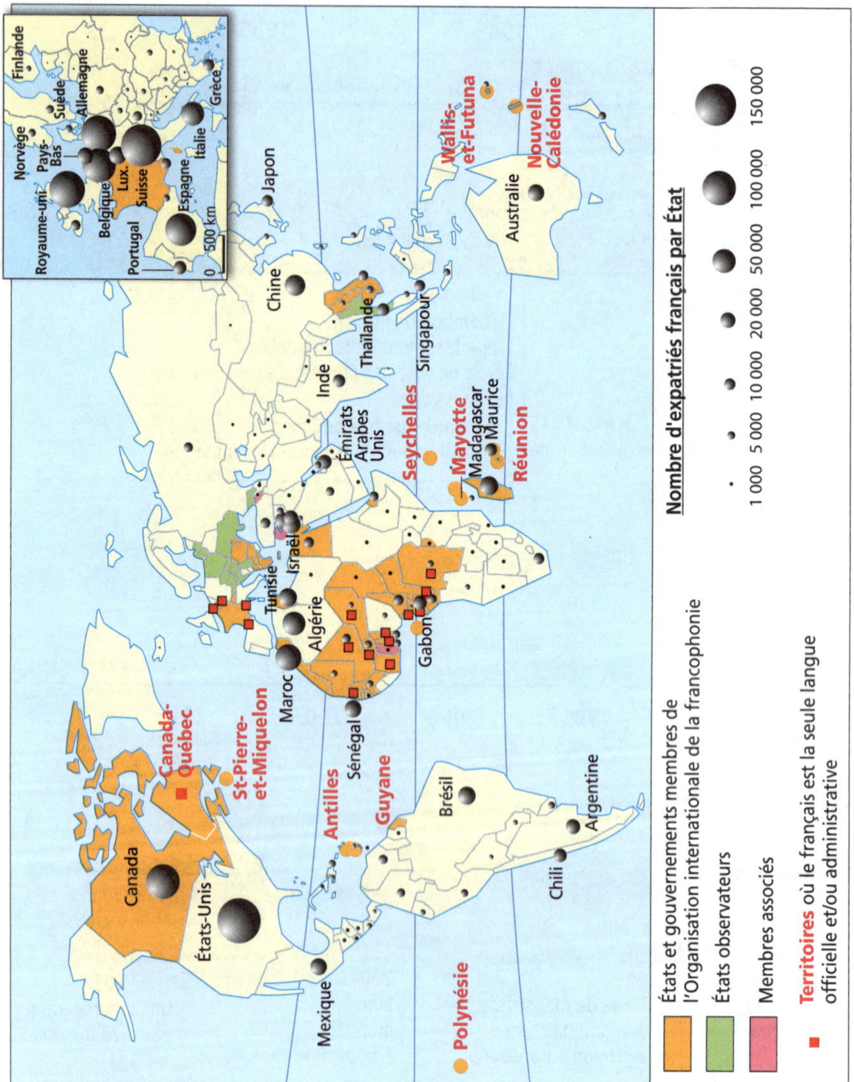

2. Les régions françaises

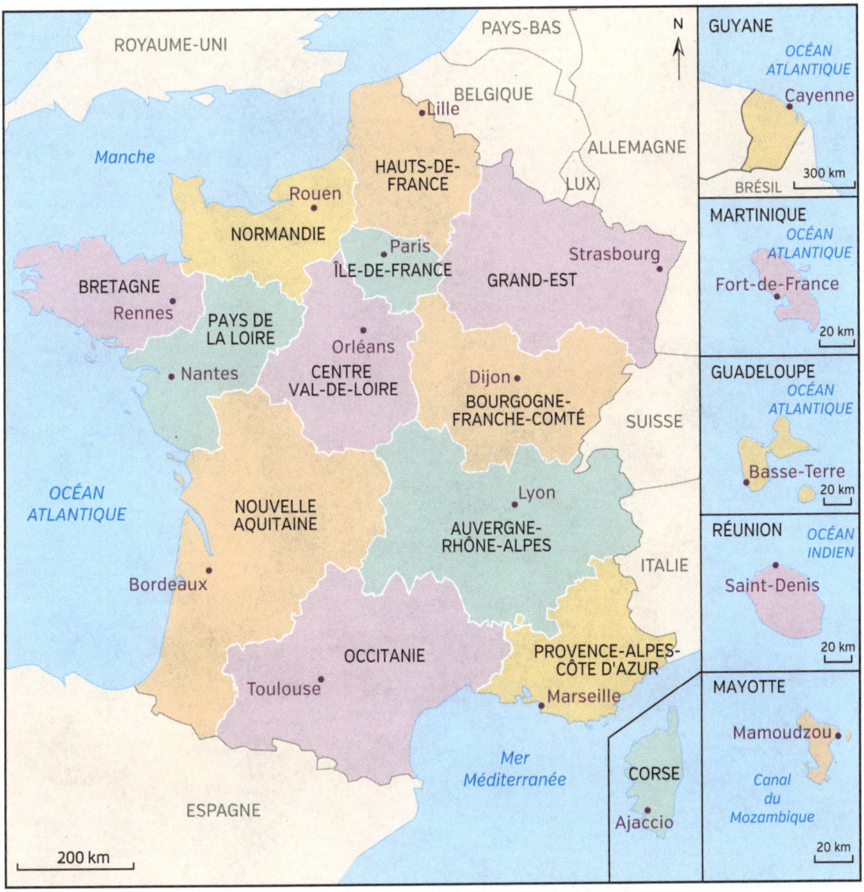

3. Les États de l'Union européenne

1. L'UE et les États associés

- 27 États membres
- Ancien État membre de l'UE
- États non membres de l'UE mais fortement intégrés à son influence

2. Les États candidats à l'UE

- Candidatures acceptées, négociations en cours
- Candidatures officielles
- Candidatures potentielles

1. Crimée : région ukrainienne ayant proclamé son rattachement à la Russie par référendum au printemps 2014. Ce rattachement, validé par la Russie, n'est pas reconnu par les autorités ukrainiennes ni par la communauté internationale.

172531_guide_carto_09_ue_europe
180 X 222,5 mm

4. Union européenne, zone euro et espace Schengen

Crédit photographique couverture : Shutterstock

Crédits photographiques intérieur :

20h BIS/Ph. Nadar © Archives Larbor ; **20m** BIS/Ph. J.-L. Charmet © Archives Bordas ; **20b** Ph. Lou © Archives Larbor ; **22** © Akg-images/Erich Lessing ; **31** © Deutsches Plakat Museum, Essan, Germany/Archives Charnet/Bridgeman Giraudon ; **35** © Akg-images/ullsyein bild ; **39** © Paul Ferjac/Le Canard Enchaîné ; **40h** BIS/Ph. G. Tomisch © Archives Bordas ; **40m** © APN/Novosti ; **40b** © BIS/Ph. Coll. Archives Larbor ; **42** © AKG-images ; **54g** © BIS/Ph. Coll Archives Larbor ; **54d** BIS/Joseph Martin © Archives Larbor ; **65** BIS/Ph. Jeanbor © Archives Larbor ; **68h** BIS/Ph. J.-L. Charmet © Archives Bordas ; **68m** BIS/Ph J.-L. Charmet © Archives Bordas ; **68b** © AFP ; **82hg** © BIS/Ph. Coll Archives Larbor ; **82hd** BIS/Ph. J.-L. Charmet © Archives Larbor ; **82mg** © Michael Evans/Newscom/sipa ; **82md** © BIS/Ph. Coll. Archives Larbor ; **82bg** BIS/Ph. © Éditions du Seuil/Archives Larbor ; **82bd** © Sipa Press/Bill Fitz-Patrick/Newscom ; **84** © Alfred/Sipa ; **96hg** Archives Nathan ; **96hd** Archives Nathan ; **96mg** Sipa Press/AP/Iori Sagisawa ; **96md** Shutterstock/© 360b ; **96b** © Everett Collection/ Shutterstock ; **107** Archives Charmet/Bridgeman Images ; **112hgg** BIS/Ph. J.-L. Charmet © Archives Bordas ; **112hg** © Archives Nathan ; **112hd** © Sipa Press/Frilet ; **112hdd** © Sipa Press/ Haley ; **112bg** © Sipa Press/Apesteguy ; **112bm** © Sipa Press/Facelly ; **112bd** © Archives Nathan ; **112bdd** © Frederic Legrand/Shutterstock ; **126hg** Gamma Rapho/Micheline Pelletier ; **126hd** Gamma Rapho/Laurent Maous ; **126bg** Gamma Rapho/Keystone-France ; **126bd** Bridgeman Images/Rue des Archives-AGIP ; **128** © Plantu ; **139** © Ph. Guignard/air-images.net ; **150** Couverture de Télérama n° 3135, février 2010 © Photo Thierry Ardouin, Tendance Floue ; **160** MaxPPP/PhotoPQR/*L'Alsace*/Thierry Gachon ; **163** © Carlos S. Pererya/Age Stock Photo ; **187** © Stéphane Corvaja/AP/sipa ; **197** © Ruben L. Oppenheimer ; **220** DR ; **243** www.service-civique.gouv.fr ; **248** DR / Ville de Besançon ; **252** hg, bg, hm, bm : gamma rapho. / Robert Deyrail ; hd, bd : shutterstock ; **261** © Ville-Floirac33.fr/Kamel Meziani & les habitants de Floirac/DR ; 268 Afev2015_ StudioGenaro/DR. ; **275** © Ville de Floirac - Tous droits réservés.

MIXTE
Papier issu de sources responsables
FSC® C022030
FSC www.fsc.org

Nathan est un éditeur qui s'engage pour la préservation de son environnement et qui utilise du papier fabriqué à partir de bois provenant de forêts gérées de manière responsable et contrôlée.

IMPRIM'VERT

N° de projet : 10278728 - Achevé d'imprimer en mai 2022 par Bona S.p.A. à Turin en Italie